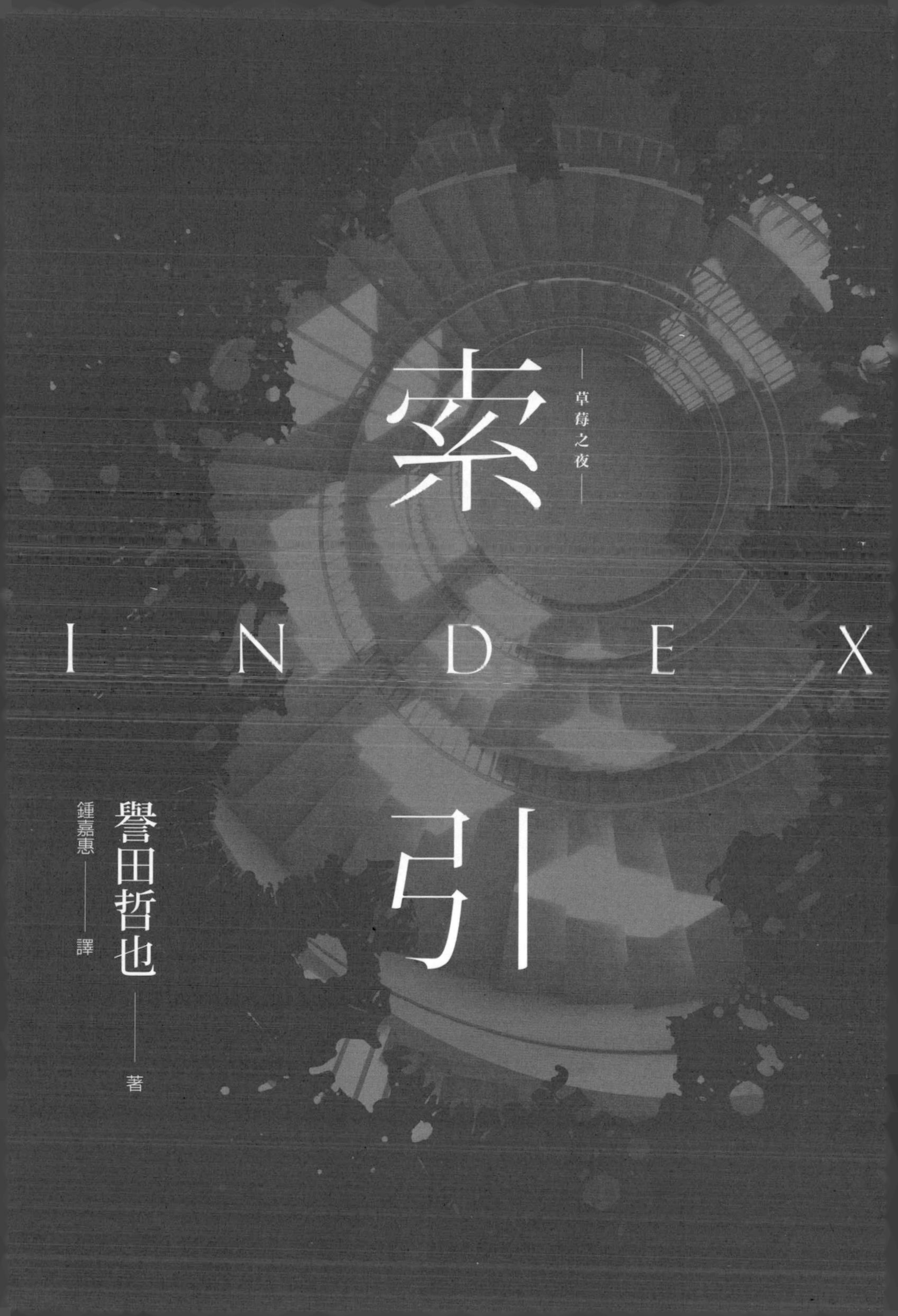

索引

草莓之夜

INDEX

譽田哲也——著

鍾嘉惠——譯

Contens

掩護

Undercover

在警視廳總部上百間偵訊室中，姬川玲子挑選了第十一號房。「一」的英文是「one」。讀作「won」就是「勝利」之意。有兩個「勝利」。沒有比十一號房更吉利的偵訊室了。反過來說，這意味著面對這次的嫌犯就需要這等氣勢。

吉田勝也，四十三歲。上次偵訊時已向他說明過他有權保持緘默和請辯護律師。吉田只是模稜兩可地點個頭，沒有特別表示希望見律師的意願。

玲子望著吉田開始冒出少許鬍渣的下巴。

「……真難看。」

右後方搜查二課的土井主任輕輕嘆了口氣。原本像這樣的情況，按理應該由搜查二課的課員來訊問，但這次是特例，由池袋分局重案搜查股擔當股長玲子負責偵訊。

吉田也看似無聊地嘆口氣。

玲子對他的一舉手一投足全看不順眼。

「為什麼要做這種事？」

每個人應該都有各自所謂的人性觀點。玲子當然也有。清濁、明暗、愛憎、表裡。她認為人就是同時具備這樣的雙面性。正如這世上沒有十全十美的好人，同樣的也不會有壞到骨子裡的壞人。至今為止玲子所對抗的殺人犯也是，只要好好與他們面對面，總是能從中看見一點點的人性溫暖與良善。哪怕是策畫「草莓之夜」的主謀，在面對實際犯案者「F」的背叛時也會大受震撼。說起來，那起案件原本就具有對照出現代社會對生死感覺鈍化的一面。其犯行絕不可饒恕，但若問那當中是否毫無意義，玲子會回答「否」。她認為每個人都必須用不同於「草莓之夜」的方法，努力去面對相同的命題。

雖然這種說法很極端，但玲子一直認為，所謂的偵訊行為，應該要站在與犯意完全相反的位置，試圖接近犯罪者的心理、以及找出犯罪動機的核心。是因愛生恨？是要擺脫厄運？或是逃避擺脫不了的念頭？就好像衝動的擺錘。玲子相信，只要看出擺錘的軌跡，就能找到解開嫌犯心理的那把鑰匙。

然而現階段，玲子在這名叫做吉田勝也的男人身上，看不到那種有可能成為線索的擺錘。「黑暗」的另一頭沒有「光明」。「憎恨」的另一面沒有「愛」。她只抱有這樣籠統的印象。

吉田的視線始終定在桌子的一點上，間隔很長的時間才吸一口氣。也不知道他到底有沒有在聽玲子說話。不，感覺他甚至對玲子的存在視而不見。

「……你太太很傷心喔。她哭著說，不知道今後和沙紀兩人該怎麼活下去。」

玲子說著說著，自己也覺得很沒意義。她實在不認為這種話能讓這男人屈服。可是，那又該說什麼呢？該用什麼話才能撬開這男人的心房？

忽然間，吉田抬起視線，似乎想起什麼事。

「對了……為什麼是妳在偵訊？」

帶點鼻音，但十分宏亮的聲音。

「刑警偵訊嫌疑犯是天經地義的事吧？」

「不……這種案子，通常是搜查二課的人負責不是嗎？」

半吊子的萬事通，反而比無知更麻煩。

「是的。原本是這樣沒錯。」

「我記得姬川警官是池袋分局的股長之類的。」

「正是。」

「池袋分局的什麼來著？是刑事課的重案搜查股嗎？」

「你可記得真清楚。」

明明只是對他亮一下名片而已。

吉田一臉百思不解的樣子，偏著頭。

「……我既沒打人，也沒拿刀傷人，更別說是殺人了。為什麼非得接受妳的訊問？」

是的。玲子之所以堅持要調查這件案子，理由無疑只有一個。

「不……你犯的正是殺人罪。你是個不折不扣的殺人凶手，吉田勝也先生。」

吉田牽起一邊的嘴角。

那是醜陋、扭曲，且非常邪惡的笑容。

事情的開端發生在二月二十四日星期五，玲子剛到任池袋分局重案搜查股不久。

那天晚上玲子輪值，一直守在局裡的二樓待命。池袋分局的服務台不知道為什麼設在玄關進來後的二樓。

和玲子一起坐在櫃臺的，是生活安全課一名四十多歲、叫做江田的巡查部長。

「我去年在總部的特搜（特別搜查總部）曾和姬川警官共事過喔。」

「咦？什麼時候？」

「喏，不是發生過一起上班族服用混有危險成分的藥物而死掉的案子嗎？那時我在瀧野川分局的生安（生活安全課）。明明不覺得是什麼大案子，想不到突然在總部成立特搜。嚇了我一大跳。」

是去年正月初的那件案子嗎？很遺憾，玲子對江田完全沒有印象。

「是這樣嗎？那……承蒙你關照了。」

「哪裡哪裡，我才是……話說回來，姬川警官好神氣喔。開會時總是坐在最前排，發言直截了當。然後開完會就帶著部下去痛快喝一杯。而且破案神速。我們課裡的小伙子對妳佩服得五體投地。竟然說要爭取調去總部，加入姬川組……不過那小子現在人在機動搜查隊。」

刑事部搜查一課凶殺案搜查第十股姬川組。正式解散明明還不到一個星期的時間，卻已感覺像是遙遠的過去。不過就算再怎麼懷念，既已解散也不可能再恢復原狀。即便沒有這項因素，警察這一行本來就經常會調動。假使這麼捨不得姬川組，那這回就憑自己的實力，再次將過去的成員找回來。

為此，玲子自己必須先重返總部。

「想不到那位姬川警官竟會調來池袋……」

就在江田說到這裡時。

天花板上的擴音器發出了雜音。

玲子反射性地抬頭看向牆上的時鐘。十點四十分。

《警視廳總部來電。西池袋五丁目◎之△的民宅內疑似發生自戕事件。各相關人員請盡速趕至現場》

玲子忍不住與江田對看一眼。自戕事件，也就是自殺。倘若保住一命就是生安課的事，救不回來就歸刑事課管。

玲子與江田一同前往廣播室，遇到正好從裡面走出來的刑事課長東尾警視，便問道：

「課長，是未遂？還是身亡了？」

東尾看著手上的筆記，微微偏著頭。

「這是消防廳轉過來的，生死尚不清楚。那戶人家姓赤木，通報者是一名年長女性，名字叫赤木史子。大概是太太吧。自戕者據說是家人。……好像是這樣。」

說完這話，迅速用食指摸了摸喉嚨一帶。是上吊自殺嗎？

「總之先去看看吧。」

「了解。」

玲子先返回位於四樓的辦公室，帶上外套、白手套、臂章和手電筒等再下樓到停車場。

「姬川警官，來得正好，還有一個空位。」

江田打開偵查用便衣警車的後門，向玲子招手。

「謝謝。……啊，我坐中間就行了。」

「那怎麼成。股長大人。」

玲子與東尾課長、江田，及另外兩位智慧犯罪搜查股和犯罪預防股的警長（警階為巡查部長的刑警）共五人，坐上車子前往現場。

玲子問坐在身旁的江田。

「西池袋五丁目是丸井再過去那一帶嗎？」

到任第五天。玲子的腦子裡尚未完整記下轄內的行政區名。

「嗯。應該就在ＵＦＣ銀行的下一個路口轉進去那一帶。」

這樣的話，豈不是要不了五分鐘？

正如江田說的，剛才提到的地址就在銀行的下一個路口左轉，再往前三十公尺左右就到了。現場已停有救護車和一輛熊貓車（黑白相間的警車）。並已有數名制服員警到場，八成是從最近的派出所來的吧。

玲子一行人由東尾領頭前往現場。最先走上前來的應該是派出所主管吧，身上別有警部補徽章的地域課人員。

「……辛苦了。」

他邊說邊輕輕搖頭。意思是人沒救成嗎？

東尾微微點頭。

「真的是上吊死的嗎？」

「是的。赤木芳弘，六十三歲。在倉庫的鋼架上，用塑膠繩纏了好幾圈。」

玲子不假思索地問了一句：「倉庫？」他用詫異的眼神看了看玲子。看來還是需要自我介紹。

「我是自二十日起調派到重案搜查股的姬川。」

「原來是新來的股長。」

大概還算滿意，他也點個頭致意，然後繼續說。

「這裡是一家叫做常盤玻璃的玻璃餐具批發商。住家在二樓，一樓是辦公室和倉庫。死亡的赤木芳弘是社長……說是社長，但好像只有太太和另一名員工而已。」

這時，急救隊員正好從現場走出來。一旦確認死亡就沒他們的事了。三人一同坐上救護車離開現場。

東尾目送三人離去後，轉頭看向這邊。

「江田警官，去把局裡用來搬運物品的廂型車開來。姬川，妳也一起去。」

「是！」

常盤玻璃是棟結構異於尋常的建築物，一樓部分為鋼筋水泥建造，其上承載著木造家屋。一樓內部基本上是被鋼架和瓦楞紙箱塞滿的倉庫。左手邊的小房間是辦公室嗎？燈已點亮，可以看到有兩張辦公桌。

遺體在倉庫右後方盡頭一個很不起眼的地方。繩索已被解下，躺在鋪有藍色塑膠布的地面上。和兩名制服員警在一起的年長女性想必就是赤木史子。

東尾看向玲子。

「我來檢查遺體。妳去向他太太問話。」

「了解。」

玲子邊向史子行禮邊對她說：

「……太太，很遺憾發生這樣的事。在妳這麼難過的時候來打擾實在抱歉，但能不能向妳請教幾個問題？」

史子把臉揪成一團點個頭，馬上又拿白色毛巾遮住眼睛。玲子摟著那瑟縮的肩膀，將她帶往辦公室。站在高個子的玲子旁邊，她的頭幾乎只到玲子的胸部。

玲子讓史子在辦公椅上坐下後，說聲：「借用一下。」便將倚牆而立的鐵管椅攤開。

她首先確認兩人的名字怎麼寫。先生是「赤木芳弘」，太太是「史子」。

「那麼，赤木太太，請問妳是在怎樣的情況下發現妳先生的呢？」

史子點個頭，緊握著毛巾開始說：

「……應該是十點左右……孩子他爸說要下樓去看看，便走下樓。」

樓梯在哪裡？稍後再確認吧。

「妳那時候是在……」

「我在看電視……看新聞。」

「妳先生平時會在那個時間下樓嗎？」

「嗯……為了生意上的事，如果臨時想到什麼，有時是會這樣……」

玲子附和一聲，敦促她繼續說下去。

「可是他去了很久一直沒回來，我心裡覺得奇怪，於是也下樓去看看。一下樓，發現這裡的電燈開著，可是沒有人……我一直叫『孩子他爸、孩子他爸』，但沒有回應……大門鎖著，我想應該沒有出去，就在屋裡找……」

史子不禁發出一聲呻吟，再次用毛巾遮住臉。

「……腳……我朦朦朧朧地看到腳懸在那裡……一開始我還搞不太清楚……走過去一看，孩子他爸……」

玲子輕撫她的背，史子像在道歉似地一再點頭。但她的呼吸依然非常急促，全身有如抽搐一般。

「……我原本想把他放下來，可是太重了，我像這樣用雙手把他抱高後，手就構不到上面……不過他的身體還是熱的，說不定有救……所以我就叫……救護車，然後又把孩子他爸往上抱……直到救護車來，就這樣一直抱著……明明用剪刀把繩子剪斷就好了……我真是笨，竟然沒想到……要是早一點剪斷的話，說不定……」

十點半左右發現。做了一些急救措施後向消防廳通報。訊息轉到警視廳，十點四十分時分局接到警視廳來電。時間大致吻合。

待會兒需要確認有沒有遺書。

「太太，妳不需要自責。妳已經盡了最大的努力，妳先生全都明白……最近有什麼事困擾妳先生嗎？」

史子稍微調整一下呼吸後又開始說：

「這一陣子營業額下滑，為了籌措資金苦不堪言……可是，好不容易有人願意借錢給我們，情況因而稍微好轉。然而，為什麼……」

有人願意借錢？

「借錢給你們的是個人嗎?」

史子邊吸著鼻水邊抬起頭。

「呃,不是……基本上算是公司。」

「是認識的人嗎?」

「嗯,算是吧……三、四個月前,孩子他爸透過其他批發商介紹還什麼的。」

三、四個月前才認識的人就願意借錢?公司明明因此有起色,不料老闆卻突然自殺?

「太太,這幾天有沒有什麼不尋常的交易?」

「……為什麼這麼問?」

「有沒有什麼大筆訂單?」

「我只負責出納和計算薪水之類的,訂單或庫存全部是孩子他爸在管。」

「另外那位職員也不會知道嗎?」

「阿春只管收發和配送。關於庫存或貨品,應該知道得比我多,不過在訂單方面……」

「妳先生平時都是利用傳真接發訂單嗎?還是透過電子郵件?」

「傳真。這種……」

史子起身走到對面的辦公桌。打開桌上收放文件的黑色抽屜,從裡頭取出一張文件。最上方印著「訂貨單」三個大字。

「能不能讓我看一下？」

「可以……請。」

有五層同樣深度的抽屜。每一層各自仔細貼著寫有「訂貨單」、「訂貨單存根」、「訂單傳真」、「已回覆的傳真」、「提貨憑證」的標籤。

玲子先檢查「訂貨單」那層抽屜。

這些是常盤玻璃發給各製造廠商的訂單。上面記載了產品名稱、編號和數量。有些有單價，有些沒有。有的只有一個產品編號，有的一次寫了三個。數量大抵上是十個或二十個。多則五十個，或將近五十個。若是成組的產品，則為一或兩組，多則大約十組。單價以定價數百圓到兩千圓左右的居多。其中也有訂單在備註欄上註明【急件！請告知何時交貨】。近十天內的訂貨狀況大致是如此。

玲子接著打開「訂貨單存根」的抽屜。裡面收存著與訂貨單同樣格式的文件。但可能因為是利用傳真回覆，每一張的文字和線條都多少有些凌亂不整。

玲子查看內容。

最上面一張的日期為二月十五日，是九天前。收件者「YU Crystal」應該是廠商名稱，訂貨單存根的內容如下：

【一口啤酒杯五個一組／BUL8802／一五〇組／定價二二八〇〇圓】

玲子大吃一驚。粗略估算一下，這張訂單超過三百萬圓。雖然深知批發業不是照定價交易，但也不會低於一百萬吧？

她也查看了其他訂單。同一天向石川玻璃工房訂貨的存根聯。

【高球杯對杯／TWP52／二〇〇組／定價二四〇〇〇圓】

下一張訂單的日期也是同一天，接單單位是富士商事。

【Amazonia　花瓶　高二七〇公分／Y27B／定價三一五〇〇圓／一二〇個】

到這裡大概已經超過一千萬圓了。

同樣的訂貨單始於那一天的四天前。總額約七千萬圓。但這只是玲子根據定價大致計算的結果。

「太太，妳知道這件事嗎？」

史子邊拭淚邊看向玲子遞過來的訂貨單存根。

濕潤、微腫的眼睛馬上睜得大開。

「……這、這是什麼？」

「YU Crystal、石川玻璃工房……貴公司平時就與這幾間公司有交易往來嗎？」

「是、是啊，從以前就有。可是，這是什麼？等一下……」

她又翻找了一下抽屜，在一疊大額訂貨單的傳真回覆底下是一般正常量的訂單傳真回覆。最近的日期是昨天，每兩、三張就往前回推一天。

唯有大額訂貨單的傳真回覆被集中放在最上面——。

既然負責收發訂單的是芳弘社長，那麼可以合理推論，如此整理收納訂單的也是他。換句話說，芳弘特地抽出十多天前的傳真匯整成一疊，打算有所處置——還可以這樣推論。

玲子再一次檢查「訂貨單」的抽屜。但不出所料，沒有她要找的東西。裡頭有小額訂單的傳真，卻沒有半張大額訂單的傳真。順便補充一下，這裡有的訂貨單，傳真回覆也全都收在「訂貨單存根」的抽屜裡。

這代表什麼意思？

這不就意味著，有人假冒常盤玻璃的名義向廠商大量訂貨，而廠商的回覆全都送來常盤玻璃？

不是赤木芳弘的某人向多家廠商大量訂貨。若是單純的惡作劇，說明是誤會一場就能解決了。但如果廠商實際出貨了，情況又會如何？要是數千萬圓的商品被運送到某處，而常盤玻璃並沒收到貨呢？即使這樣，對方還是會要求付清餘款。向常盤玻璃追討數千萬圓——。

「太太，常盤玻璃獲得的融資，具體金額是多少？」

史子突然回過神似地抬頭看向玲子。

「三百萬……說是暫時的周轉金。」

假使用這筆錢做數千萬的買賣，那可是一本萬利。
「刑、刑警小姐……那個，這件事，是那位黑澤先生做的嗎？」
「貸款給常盤玻璃的人，就是這位叫做黑澤的先生嗎？」
「嗯，就是他……」
現階段，玲子也只是覺得可疑。
「光憑這些單據還很難說。不過，我認為妳先生有可能被捲入某件麻煩事。太太，關於這位名叫黑澤的先生，能不能再多告訴我一些有關他的事？」
是生意人的剛毅不屈嗎？史子目光炯炯地向玲子點個頭。

現場大致勘查完畢，走出現場時，玲子叫住東尾。
「課長。」
「嗯……看來應該是上吊自殺，不會錯。」
東尾從口袋掏出香菸盒。會吸菸的警察目前依然占大多數。
「我姑且還是把鑑識人員和法醫找來了。」
對玲子而言，說到法醫就會想到國奧，不過今晚應該不是他當班吧。
「事實上，課長，這個月以來，常盤玻璃很可能遇上假訂貨真詐騙的麻煩。」
正準備點燃香菸的東尾停下動作。

「……假訂貨真詐騙？」

說完這話，「喀擦」一聲按下打火機。

「是的。常盤玻璃的經營績效自去年開始大幅衰退，甚至到了考慮收掉公司的地步，但去年十月左右，與三和商事一名叫做黑澤的人接觸後，獲得了三百萬的融資。當時三和商事進出常盤玻璃的有三人。除了代表的黑澤之外，還有一名叫大島的男性經理級人物，和看似祕書、叫做今村的女人。黑澤向赤木社長提議把貨賣給名古屋方面販賣生活雜貨的連鎖店，恐怕講好以低於平常的價格批給對方，實際上開始交易後，這兩個月來，對方也確實有將貨款匯入……」

「等一下！」

東尾吐出一口煙，同時將掌心對著玲子。

「……是赤木太太這麼說的？」

「是的。」

「因為遭人詐騙而自殺？」

「不。是我問她對自殺的原因有沒有頭緒時談到融資的事，心裡產生疑問，便徵求她的同意查看訂貨單存根，結果發現並非常盤玻璃電話號碼的傳真……大概是從哪家超商傳的吧，但確實向多家公司訂了數千萬圓的貨品。實際受害金額要向收受訂單的公司確認才知道。」

東尾沉吟一聲後，又吐出一口煙。
「……假使這是真的，那要找智慧犯罪股，或是請總部的二課支援嗎？」
按理應該這麼做，不過——。
「不好意思，課長……能不能讓我負責這個案子？」
東尾狠狠地斜睨著一旁的玲子。
「……身為警部補的妳想要否定組織辦案嗎？」
「雖然智慧犯罪股的警長也一起來了，可是掌握到線索的是我。」
「辦案又不是先到先贏。連這點道理都不懂嗎！」
「好吧。那麼請你當作沒聽到這件事。」
東尾頓了一秒才反問道：「什麼？」
「失陪了。」
東尾氣得大叫一聲：「喂！」抓住正要離去的玲子的胳臂。
「……妳要做什麼？」
玲子只輕輕一甩，東尾便鬆手。但他的眼睛依舊緊盯著玲子不放。
「要我當作沒聽到是什麼意思？妳以為這樣妳的獨斷獨行就會被允許嗎？想一想搞砸了會是什麼情況。要是在我這邊就能解決還算好。不過視情況，也可能搞到池袋分局的所有幹部都遭到撤換！」

「這種事不會發生。」

如刀刃般銳利的風，自兩人之間「咻」地吹過。

「……妳憑什麼這麼肯定。」

「不會有那種還沒做就先想到失敗的刑警。」

「妳以為妳是誰！妳的專長是凶殺案，對詐欺是門外漢吧？」

「不，這是凶殺案。」

東尾的臉上逐漸浮現出困惑和錯愕之色。

「……假訂貨真詐騙不是妳說的嗎？」

「這是利用假訂貨真詐騙這項凶器來殺人。赤木芳弘是被高額負債這條堅硬的繩索勒死的。」

「這純粹是情緒性發言。連歪理都算不上。」

「所以我說，請課長當作沒聽到。」

東尾深深嘆口氣的同時，無力地垂下頭來。

「實在是……名不虛傳的小辣椒！」

他一邊說，一邊將不知何時抽完的香菸在攜帶式菸灰缸裡捻熄。

「我終於明白為什麼今泉會特地打電話給我了。」

今泉？是前搜查一課凶殺案搜查第十股股長今泉警部嗎？

玲子不假思索地問道：「股長？」但今泉已不是玲子的股長了。

「嗯。他說聽到妳要調來我這邊的消息，覺得會給我添麻煩，要我把妳想作當年的他，對妳睜一隻眼，閉一隻眼。」

已經離得很遠的今泉如今還這麼關心自己——。

「……課長曾與今泉警部在同一個部門共事過嗎？」

「正好二十年前吧。我們都在丸之內分局，當時我是重案搜查股股長，他則是被調升到地域課。不久後我調到總部，便指名今泉接任我的位子。反正他就算待在地域課，大半時間也都在支援刑事課的工作。」

東尾忽然露出一個苦笑。

「話雖這麼說，不過姬川，我可沒打算像今泉那樣幫妳擦屁股喔。妳想做什麼就去做。剛才的話我就當作沒聽到。我也會知會大迫，說我暫時交派妳一項特別任務。」

大迫是玲子現在的直屬上司。重案搜查股的統合股長。

「……謝謝。」

「別謝得這麼快。雖然妳認為自己是單槍匹馬去衝的，但只要搞砸了一定會牽連身邊的人。妳絕對不能忘記今泉，還有被降職遠調鳥取的和田警官的事。」

我知道。前搜查一課課長和田的臨別贈言，至今依然深深烙印在心裡。可是正因為如此，自己更必須不斷向前奔跑，玲子心裡這麼想，但並沒有說出口。

「我會……銘記在心。」

她突然打了個冷顫。

不過那絕不只是因為冷的關係。

可想而知，玲子隔天取消休假，下午便前去上野。她去拜訪一家交情不錯的店家，這家店是大約四年前因為牽涉某案件，玲子前去調查後相識的。

說到上野就想到知名的阿美橫丁，不過隔著JR高架路段的另一側也是條大型的商店街，名叫「御徒町站前通」。光是逛逛沿路熱鬧的店面便很有趣了，一走進高架橋下，眼前展開的景象更是引人入勝。如迷宮般錯綜複雜的室內通道兩側，是一家接著一家排滿琳瑯滿目商品的店鋪。例如皮包、鞋子、首飾、眼鏡、服飾、陶器、吸菸用具等等。

五木商會也在那當中。

玲子從掛滿華麗名牌包的店頭往裡面張望。

「……角叔，你好。」

老闆角田雄三人在左手邊兼展示櫃功能的櫃臺內。話雖如此，但僅僅四坪大的店內，三面全被高聳的展示櫃包圍。只有正中央約一張榻榻米大的空間能容納客人。原本角田能待的地方就只有櫃臺內。

「喔，玲子，歡迎光臨。」

角田拉下老花眼鏡同時站起身。不知道是不是在意日漸稀疏的頭髮，冬天裡經常戴著毛線帽。今天是雅致的深綠色。

玲子環顧一圈排滿高級品的展示櫃。

「怎麼樣？很賺吧？」

「才不，完全沒賺頭。價錢好的都賣不出去。」

雖然他嘴巴上這麼說，但玲子知道角田有多位好主顧。也曾親眼目睹他像在車站內的商店買報紙似地，非常爽快地出手買下一支要價數百萬、錶面鑲有十顆鑽石的勞力士。

「怎麼，今天也是查案子？」

「不。今天輪休。」

「是嗎。那要不要喝杯咖啡？」

「好啊，來一杯。」

角田點個頭，拿起手邊的無線話筒，請熟識的咖啡店外送咖啡。

「……啊，我是角田。兩杯熱的，麻煩了……好的。」

玲子等他放下話筒後，開口說：

「我說啊，角叔，我今天來是有事要請教。」

「我猜也是。妳臉上就是這麼寫的。……好了，坐吧。」
玲子就是喜歡角田好溝通這一點。
玲子在圓椅上坐下，喝一口不一會兒便送到的咖啡後，反倒是角田先開口問她：
「……那這回是什麼事？又是什麼殺人兇手和我們店有關，想搶在黑道之前找到他嗎？」
角田一邊說著，一邊揚起了嘴角。事實上，角田對於黑社會的消息十分靈通。不過——。
「不，這回不是。那個，我想請教的是，舉例來說，假設我打算利用非正規途徑處理大量的玻璃餐具，有哪些方法？」
角田輕哼一聲，點個頭。
「雖然不清楚有沒有透過掮客，但最終都只能批給跳蚤商。玻璃餐具容易打破，中國人恐怕不會做這門生意。當然啦，這年頭還有網路這項工具，不過那對黑社會的人來說是把雙面刃。雖然容易銷貨，可是只要警察一搜尋，馬上就會被逮到犯罪證據。這樣的話，他們可能會去找中小型量販店……規模比Donki或是大黑屋小，又很有衝勁的連鎖店。否則沒能力處理大量的貨品，根本連生意都談不成。」
「原來如此……」
這麼一來，應該在都內就能解決了吧。

「角叔，這類連鎖店的進貨管道中，有沒有你認識的朋友啊？」
「這個嘛……要說有是有，可是我不敢說有。」
「我懂了。那你可以不說。偷偷讓我知道就好。」
「又說這種莫名其妙的話。」
角田笑著盤起雙臂。
「畢竟……隔行如隔山。我知道是知道，但玲子就算去了那邊，大概也不會有人理妳。因為他們進的貨幾近黑貨。甚至明知是贓物還照樣進貨。像玲子這種看起來就是在正當公司工作的女強人進到那裡，他們才不會告訴妳呢。結果就是妳問『採購負責人呢？』『不在』；『社長在嗎？』『打小白球去了』，全部都給妳裝蒜喔。」
的確是如此。假使那個採購負責人就是嫌犯，那在他面前亮出逮捕令也就夠了，但若要從他口中問出什麼，就需要花點心思了。
「……那要什麼樣的表情才行？」
「只要不是一副『我是社會上的菁英』的表情就行啦。」
「你的意思是，要我裝出一副我在偷偷摸摸做事的表情嗎？」
「沒有必要偷偷摸摸，不過，可能需要營造出遊走在灰色地帶的感覺。」
「遊走在灰色地帶的感覺嗎……！」
不行。腦袋裡只浮現「鋼鐵」的臉。勝俣健作。前公安警察，典型的敗德刑警。

「哎呀，最簡單的就是假扮成他們那一行的人。」

潛入地下黑市嗎？

「你是說，全身穿戴得金光閃閃嗎？」

「是啊。最起碼也要穿Dolce&Gabbana的套裝。手錶嘛，當然是勞力士。」

「包包，這個就行了吧？」

愛馬仕的單肩包，玲子喜歡的紅色。

「那個也不錯啦，可是妳不覺得稍嫌破舊嗎？何不乾脆帶個Prada之類的包比較有派頭？全身上下都是Prada，這樣剛剛好。」

「……你是開玩笑的吧？」

這麼做到底要花多少錢，玲子心裡完全沒譜。

玲子考慮到日後，怎麼樣也不想戴勞力士的手錶，所以在角田的店裡買了伯爵錶。這支錶一般市價也要六十幾萬圓。不過玲子一再殺價，最後殺到五十萬整。

然而荷包一旦失守便很可怕，那之後，D&G要價十七萬的套裝玲子也買得毫不手軟，看到Emporio Armani定價十萬以下的商品都感到「好便宜」。當她連Christian Louboutin的鞋子都買了時，終於開始覺得自己好可怕，但後悔已來不及了。只好告誡自己在夏天來臨前，無論如何都得節制點。

一回到南浦和的自宅。

「我回來了。」

「啊，玲子，妳回來啦。我跟妳說……」

「對不起，待會兒再說。」

玲子立刻爬上二樓自己的房間，鎖上門。

將血拼的成果先排放在床上，一樣一樣檢查，同時穿戴在身上。

穿上套裝，戴上卡地亞的耳環、項鍊和戒指，披上狐狸毛裝飾的羊毛大衣，在墊有包裝紙的地方試穿Louboutin的鞋子，最後戴上香奈兒的太陽眼鏡。

「……哇！好討厭的感覺！」

那已經不可能是警視廳的警部補姬川玲子。應該會被看作是沉迷時尚雜誌的瘋女人，或是誤以為自己是模特兒的名媛。最慘的是被當成黑道大哥的情婦。不管怎麼看，都覺得是個沒有內涵、十分自我的女人。

可是，這樣還不夠。

「我是個買家……是個靠著金錢的力量，大量買進名牌貨的女買家。」

玲子像念咒語般地不斷複誦後，隔天起便展開行動。

首先，她到位在百人町的掮客的事務所，這是角田告訴她的。但畢竟角田沒有引介她來，所以就貿然前往。

「你好……請問社長在嗎？」

玲子打算一開始就裝出品行惡劣的樣子，結果不知怎地講話便夾雜著關西口音。彷彿化身成「女井岡」，這感覺雖然不好，不過一旦以這樣的角色開始，就只能繼續演下去。

坐在沙發上，年約五十上下、臉色十分紅潤的男子慢條斯理地站起身。

「歡迎光臨……恕我失敬，請問……」

除了他以外，辦公桌那邊另有一名穿著合身剪裁西裝的年輕人，和一名看似晚上在酒店兼差的女行政人員。

玲子一一打量過三人之後，再次將視線轉回半百的男人身上。

「在？還是不在？」

「不，社長不在。」

「哪時回來？我等他。」

玲子走到男人所在的會客沙發旁，逕自在他對面坐下。不消說，太陽眼鏡還掛在臉上。

在一臉為難的男人開口說話前，先下手為強。

「怎麼樣？貴公司轉得過來嗎？」

她大幅扭轉身子環顧四周。辦公室一隅，超大型紙箱堆積如山。裡面八成裝的是重量輕的東西，如衣服之類的。

「轉……妳的意思是？」

「我是問你，貨轉得過來嗎？」

「啊，喔……還可以，勉勉強強。」

「那是怎麼著，客人上門，你們不奉茶的嗎？」

女行政人員一驚，男人用下巴對她示意後，她猛地起身，走向迷你廚房。不知道是不是因為穿了不合腳的高跟鞋，走路時屁股顯得特別翹。

「那麼，請問……」

「你們能夠一次進一大批的那個勞力士嗎？」

打亂對方說話的節奏乃是基本。這是不露出破綻的最大祕訣，角田如此傳授玲子。

「啊？勞力士……勞力士的什麼？」

「你看一個人的穿著打扮，應該就要猜到是談什麼生意吧。我說的勞力士，當然是鑲有十顆鑽石的勞力士錶啊！」

男人半敷衍地應和一聲「喔」，但感覺並不十分理解。

「勞力士的……妳要進什麼等級的貨？」

「說得是。因為要當作特賣商品吸引顧客上門，差不多要這種等級的。」

玲子比出三根指頭。當然不是三十萬。是三百萬。

「那個……比方說，大約要進多少？」

「如果是貴公司，有辦法進多少？」

「假使妳急著要……三支吧？」

玲子用鼻子冷笑一聲。

「不行哪！這根本談不下去！你不會當我是個小囉囉吧？只有三支，特賣個鬼啊！我還不好意思把它印上DM呢！……我懂了！你把你認識的、有能力做這種買賣的人，介紹給我吧。我不要聽到五支、十支這種小鼻子小眼睛的話！下個月十日前能湊齊五十支、上百支錶再說，幫我引見這種有力人士。跟這種人合作，再多貨我們都有辦法銷。不過，不能是山寨版喔。我們會長對山寨版痛恨得要死……話雖這麼說，但死的可不會是我們會長喔。」

該說的都說完之後，玲子伸出手。是中指戴有卡地亞鑽戒的左手。

男人納悶地看了看玲子。

「……什麼？」

「紙和筆。」

一身西裝打扮的年輕人八成一直在聽兩人談話，當即飛奔過來。比起女行政人員，他似乎多少有點用處。

「謝謝……小兄弟，你長得挺帥的嘛！」

玲子接過便條紙和原子筆，在上頭寫下手機號碼。可想而知，不是她平時使用的那個門號。是今天才簽約申辦、專為這次臥底調查準備的門號。最後附上「白鳥」的署名。這是以前曾害玲子大出洋相、她最討厭的一個案件關係人的姓氏。

「不過，也不是非勞力士不可。只要貨好數量又齊全，我們什麼都可以幫忙銷。名牌包、首飾、餐具，什麼都行，有好康的就告訴我一聲。……聽到了嗎？」

玲子站起身，將便條紙遞給對面的男人。順便幫站在她身後的年輕人把領帶挪正。

「下次我買一條更好的給你。」

最後拍拍他的肩膀，擦身而過。不知道在磨蹭什麼，女行政人員手上拿著茶壺還杵在迷你廚房。

「打擾啦。先走了……」

在門口有禮貌地行個禮，把門完全關上後，全身瞬間冒出大量的汗水。

這種辦案方式對心臟可不怎麼好。

在東尾的安排下，玲子得以不必進池袋分局，專心投入這次的臥底調查。當然也暫時不回家。她在新橋的第一飯店訂了房間，以那裡為據點繼續進行調查。

假扮多日「操著關西口音的女買家」，也漸漸演出興趣了。
「……反正再多貨我們都有辦法銷。隨時都可以聯絡我。」
從某個角度來看，這差事很輕鬆，因為只要一直吹牛就行了。
不過，等對方真的感興趣了，事情反倒麻煩起來。
「當真有辦法弄到五十支勞力士？」
「……是的。我們會想辦法。」
人家真的要幫你想辦法可就傷腦筋了。這下子變成是玲子拚了命要讓對方放棄。
「可是，如果做完這筆交易之後就不做了，那可不行！」
「咦？什麼意思？」
「那當然。要是顧客反應好，肯定會繼續推出第二波、第三波特賣，到時若是沒貨，我的生意就做不成了。……你要是擺出一副好像進了五十支勞力士就沒事的表情我可受不了。我只和有辦法在我指定的日期之前弄到我要的Franck Muller、Patek Philippe之類的人合作。應該說，是我們會長不會答應，不是我。」
不過，像玲子這樣只是耍耍嘴皮子的冒牌買家，持續一段日子後竟也有些斬獲。
「……喔，妳就是白鳥小姐嗎？」
在她走訪之處，愈來愈常遇到有人劈頭就這樣問她。如果是獨行俠也就罷了，像這樣若名聲傳得太廣反倒不是好事。因為老是嘴巴說說，最後都沒做成半筆交易，這樣的風聲遲早會傳出去。

也開始有人直接與玲子接觸。

『今晚一起吃頓飯……如何？』

『啊，白鳥小姐嗎？我有個不錯的消息要告訴妳。』

『喂，是白鳥姐嗎？好久沒問候您了。還記得我嗎？』

像這樣不知目的是玲子還是買賣的傢伙口益增多。當然，只要可以，玲子都會赴約，竭盡所能地收集情報。她曾經在喝完酒後給對方一些零花，讓他「去找小姐逍遙一下」。有時見時機恰當，玲子也會主動撒餌：「好像有個三人組的掮客挺有本事的？」但始終沒有發現值得留意的情報。雖然也曾多次懷疑：眼前的這個男人會不會就是黑澤本人？然而這樣的猜測似乎都是錯的。

就在這樣的某一天。

『喂，白鳥小姐嗎？』

「我是……你哪位？」

已完全習慣假裝關西口音來接電話。

『我是八田商事的塚本。』

玲子一聽到公司名稱和聲音，馬上就想起來了。是她第一天走訪的公司，那個幫忙拿便條紙給她的年輕人。

「喔，你好。上次打擾了。」

『工作上的進展如何？找到妳滿意的交易對象了嗎？』

「還沒。感覺每一家公司都不怎麼優。到現在還沒選定合作對象。我也沒多少時間啊。」

『這樣啊……妳很忙嗎？』

哦？不能放過這次機會。

「不是，我說的沒時間指的是期限。塚本老弟不嫌棄的話，我隨時可以請你吃飯喔。」

『咦？真的嗎？』

雖然不清楚這小伙子握有多少情報，但那略顯退縮的態度反倒引起玲子的興趣。

「要不待會兒碰個面？」

兩人約好晚上七點在銀座的亞曼尼塔碰面。

塚本穿著黑色的短外套現身。打扮成這樣，可能還有人以為他是個普通正經的上班族。

「白鳥小姐，妳好。」

「你好。好冷喔……哎呀正好，就進去吧？」

玲子半強迫地拉他進亞曼尼，堅稱之前已答應要買領帶送他。結果買了兩條兩萬圓的領帶。真是大手筆。

「真的可以嗎？」

「行啦。……嗯，好看！這點小東西，年輕人不必客氣。」

玲子嘴巴上雖然這麼說，但心裡其實覺得兩人應該相差沒幾歲。玲子今年三十二歲。塚本可能小個一、兩歲，說不定還比自己大一點呢。

「順便就在這裡吃飯吧？」

位在十樓的亞曼尼餐廳。玲子雖然滿臉不在乎地走進去，但其實她是頭一次進來這種地方。宛如被琥珀包住的木質圓桌，同為圓弧形的長沙發。每一張桌子皆以屏風隔開，是個挺適合密談的環境。

玲子廢話不多說，直接點了最昂貴的套餐。

「那麼，祝白鳥小姐的買賣成功！」

「多謝。」

以紅酒乾杯——。

沒多久，使用鮑魚、鵝肝、松茸等高級食材製作的料理，便一道接一道送上來，玲子吃到一半差點想喊停。

不過，她沒有白點這些菜。

「那個……有件事我一定要告訴白鳥小姐。」
烤鹿兒島黑毛和牛上桌後不久，塚本主動開口提出。
「嗯？什麼事？」
「是這樣的……雖然他們不是直接找上我們公司，不過我聽說最近有個掃貨集團想與白鳥小姐聯繫。」
玲子也是從這次臥底查案後才知道，掮客之間把向他們收購商品的人稱作「掃貨商」。
「這消息好啊！我就是想聽到這樣的事。」
「可是，我反而覺得這件事有點危險。」
這豈不更好！
「有什麼危險？」
「平時這幫人好像都把貨批給關西或西部那邊的跳蚤商，但聽到白鳥小姐的事之後，我猜他們八成認為白鳥小姐會出比跳蚤商更高的價錢跟他們買，所以好像到處向人打聽白鳥小姐的聯絡方式。」
「你說的集團是多少人？」
「兩人，或是三人……不過可以肯定的是，其中一人是女的。」
該不會中獎了？

「塚本老弟，這你不用擔心。算我一份！我早有心理準備這事多少有些風險。要是這麼沒膽，怎麼幹這行！你知道怎麼聯絡那幫人嗎？」
「不，我不知道……要我幫妳調查嗎？」
「好啊。不然，把我的聯絡方式轉告對方也沒關係。」
想不到這個塚本立了大功，四天後，玲子辦案用的手機接到了電話。是從「〇八〇」開頭的手機門號打來的。
『喂……是白鳥小姐嗎？』
女人的聲音，年紀似乎與玲子相仿。意思就是，是祕書今村嗎？
「我是……妳哪位？」
『敝姓北野。是八田商事的人告訴我這支號碼的。』
不是今村嗎？或者這也是假名？
「八田商事的塚本老弟是吧？嗯……找我有什麼事？」
『是的。我們無論如何都想請白鳥小姐賣我們的商品。久仰大名，聽說妳經手的都是相當大筆的生意，而且無所不賣。』
可是我假扮買家才沒多久，還不到「久仰」的地步吧。
「好吧。那就先見個面，當面談吧。」
兩人相約隔天下午兩點在紀伊國屋書店新宿南店前碰面。

南店有別於新宿總店，並不在大馬路上，離車站也有點遠，很少人會約在這裡碰面。

這天，玲子刻意穿得很休閒出門。長版針織毛衣，配上雙面皆可穿的羽絨外套和牛仔褲。因為今天的目的並非交涉，而是跟蹤。守候的地點也不是店門前。而是進入書店，躲在書架旁窺視外頭的動靜。

等到下午兩點五分過後，玲子鎖定一名對象，推測應該就是那個女人，於是撥打昨天那支手機號碼。結果不出所料，自己盯上的那名女子從口袋掏出手機。身穿磚紅色大衣，好一個和風美人。

『……喂。』

從玲子的手機聽到的聲音，和外頭那名女子說話時的嘴型完全吻合。

「啊！北野小姐……真是抱歉。說來慚愧，我半路撞車……事情鬧得挺大的，沒辦法一走了之，而且警察待會兒就來，看樣子會拖很久……真的非常抱歉。今天的約先取消。等我這邊處理好後再跟妳聯絡。」

玲子看到女人的臉漸漸扭曲，一副很不高興的樣子，實在令人愉快。

『這可真糟糕……不過出車禍也沒辦法。那就下次有機會再見面吧。』

「好，真是對不起。下次一定補償妳。啊……警察來了。那先這樣，我很快會再跟妳聯絡。」

玲子一掛斷電話，女人隨即也把手機收進口袋，向四周張望了兩、三遍之後，朝新宿車站方向走去。她似乎相當提防有人跟蹤，那麼，靠著玲子一個人，究竟可以緊追不捨到什麼程度呢？

玲子保持勉強不致跟丟的距離，尾隨在後。時而利用前面的行人掩護，時而躲在沿路的柱子旁。走到接近車站時，女人也不再那麼頻頻回頭了。但不能因為這樣就掉以輕心。玲子依然不時調整步伐，忽近忽遠、忽左忽右地一路跟蹤到JR的驗票口。

用儲值卡通過驗票口後繼續跟蹤那女人。不料，這時有人冷不防地拍了一下玲子的背。

玲子向右一看，馬上又向左看，出現了一張熟悉的面孔。

「……土井警官！」

是警視廳刑事部搜查二課智慧犯罪特搜股的警部補。

「姬川。妳這傢伙在這種地方做什麼？」

「你問我做什麼……」

玲子立刻頓悟。兩人在追查同一個案子。

土井眼睛看著前方低聲問她：

「妳在追誰？」

「……什麼？」
「那個褐色長髮、紅棕色大衣的女人嗎？」
這種情況下裝傻也沒用，是嗎？
「……沒錯。」
「那就滾一邊去！」
雖然按理應該是如此。可是玲子並無意撤退。
「憑什麼？我只是在追我的案子罷了。況且……就算是二課，也沒理由突然叫我『滾』吧？」
「我不想讓外行人到處亂攪和！再說這根本不歸妳管吧？」
「你看你看！一直在這邊說廢話，可是會跟丟目標的！」
土井不屑地罵聲「可惡」，加快腳步。玲子擺脫土井斜向前進，同時追著那女人的背影。還好，沒有跟丟。
女人走下開往品川方向的山手線月台。試著用這樣的目光觀察四周，可以看出另有幾個貌似刑警的身影混雜在人群中。包括土井在內大概有四人。相當正式的跟監。
平日的下午兩點二十五分。山手線內環月台上並不怎麼擁擠。玲子確認女人排的上車位置後，刻意保持距離，繞到樓梯後側。土井等人分散在那女人的四周，稍稍把她圍住。

等了一、兩分鐘後，電車駛進月台。

《請退到黃色警戒線後方……》

玲子在腦中回顧女人至今為止的行動。

女人對跟蹤的警覺性相當高。從南店到這裡的路上也一直在察看四周，毫不鬆懈。再說，她被玲子放鴿子，這會兒並沒有特別的計畫。絕對沒有在趕時間。意思就是說——。

不一會兒，銀色的列車完全停止，兩側車門開啟。

《新宿，新宿站》

女人率先上車，搶到門邊的位置。一看，土井以外的偵查員，一人上了同一節車廂，另外兩人進入隔壁車廂。土井還站在指示牌的暗處。他刻意不上車嗎？

輕快的旋律結束後，

《車門即將關閉，請留意》

就在廣播結束的那一剎那。

女人跳越電車與月台的間隙，輕盈地落在月台這一側。當然，三名偵查員並沒有跟著下車。因為那麼做就好比告訴對方自己在跟監。他們只好乖乖地搭到代代木。

躲在指示牌暗處的土井朝玲子這邊瞪了一眼，用下巴示意玲子「跟上去」。怎麼，自己的偵查員沒了就把玲子當部下使喚嗎？好吧。不用他說，玲子也打算繼續跟蹤。

女人走下樓梯後向左走。是要去其他月台嗎？

繼續走了一會兒後，在中央東口的驗票口前右轉。是埼京線嗎？如果是，那就是往池袋方向？玲子才這麼想，沒想到女人竟走去前往新木場方向的月台。她到底要去哪裡啊？

玲子在柱子後頭脫下羽絨外套，將黑色翻至灰色那面重新穿上。並將頭髮往後紮成一束，戴上為這種狀況預先準備好的平光眼鏡。這下子應該就判若兩人了。順帶一提，玲子左右兩眼的視力皆為二・〇。從小到現在都沒變。

走上月台後，女人就站在那裡。老老實實地搭上下一班電車，但在下一站澀谷便下車。如果是澀谷，剛才搭山手線也可以到。然而她卻特地換月台改搭埼京線。可見她多麼提防有人跟蹤。不過，這行為本身即等同「嫌疑」。更加不能放過她。

女人來到澀谷街頭，逛了好幾家百貨公司。從109到東急總店，也稍微逛了一下H&M和BEAMS、PARCO，最後再從丸井逛到西武。特別重點式地看過化妝品和內衣的賣場。偶爾會在貨架旁蹲下，猛然站起後隨即穿過賣場，但又突然掉頭回來。不過，她這麼做只能甩掉穿著土氣西裝的大叔偵察員，並不能擺脫玲子的跟蹤。何況這次臥底調查，玲子已自掏腰包投入上百萬圓的經費。絕對不能空手而回。

中途有人打電話過來。不是辦案用的手機，而是她平時使用的手機。

是二課的土井打來的，八成是向別人問來的號碼。
『姬川，妳在哪裡？』
「回到澀谷站，現在在東橫線的月台。」
『那女人呢？』
「那還用說，當然在同一個月台。」
土井停頓了一下，努力擠出聲音說道：
『……幹得好！』
「幹得好」個頭啦！
『那女人停下來後馬上聯絡我。我們會立刻趕過去。』
「土井警官，你想得太美了吧？剛才還罵我是外行人呢。」
『抱歉。那是我失言，別見怪。總之，那女人的情報對我們很重要。如果能查明她住的地方，妳說什麼我都答應。要我下跪、裸舞，什麼都行！』
誰要看你的大肚子啊！
「基本上我會好好考慮的……電車來了，我要掛電話了。」
玲子和女人一起搭上東橫線，這回在第三站祐天寺下車。出了東口後朝住宅區的方向筆直前進。
女人依然沒有放鬆警戒，不過玲子也差不多能摸透她的行動模式。她每直走一段長路，途中一定會回頭察看一次，轉彎前再察看一次。玲子只要在她這麼做之前躲進停在路邊的車子暗處，或是彎進岔路就行了。她也不會停下來一直察看後方。感覺比較像是在向四周發出「別跟著我」的警告，而非認真在提防別人跟蹤？或是在澀谷太過賣力，這會兒連察看也只是做做樣子？不論如何，只要她不突然奔跑起來，都算容易對付。

女人最後走進一棟位在祐天寺二丁目、小而美的公寓。想不到她的住處那麼樸素。

沒辦法。歸根究柢起來，是自己違規查案。那就道義上聯絡一下吧。

「……喂，土井警官嗎？」

『喔，姬川。怎麼樣？妳跟到哪裡了？』

「祐天寺。我弄清楚那女人住哪兒了。」

她將女人走進的公寓名稱和地址告訴他。

『幹得好！我們馬上過去，在我們到之前可別打草驚蛇！』

玲子心想：「你們的跟監才打草驚蛇呢！」但她沒有說出口，連聲應是後掛斷電話。

土井他們大約二十分鐘後才到。在前面轉角的香菸鋪集合。

「知道是哪一間嗎？」

「這種事待會兒問一下管理員不就知道了……不過，我猜應該是三〇三。因為那女人進去後，那間的窗簾有動一下，隱約看見神似那女人的一道人影。」

其中一名偵查員立刻抽起菸來。也不買一罐咖啡給我，連這點體貼都沒有嗎？

土井再次拍了一下玲子的背。

「辛苦了。接下來交給我們，妳回去吧。」

真是自私！玲子心裡雖然這麼想，但硬是忍住不回嘴。

四周天色已完全暗下來。玲子一看伯爵錶，已經過了傍晚五點半。算一算幾乎花了三個小時以上的時間跟蹤那女人。

「……好的。那我先走了。」

不管怎麼說，玲子今天也累了。

第二天。玲子前往缺勤多日的池袋分局，向東尾課長報告案件偵查情況。地點是在小會議室。報告到一半時，東尾露出詭異的笑容。

「沒什麼……是這樣的，昨天我接到土井主任的電話。他向我道謝，說妳幫了他大忙。」

雖然對方做的每件事她都看不順眼，可是沒辦法，自己確實是個不折不扣的門外漢。

「……是嗎？」

「不要擺出那副表情，姬川。與二課強碰，就表示妳的推測是正確的。而且妳還幫他們查明嫌犯的住處。他們暫時在妳面前也抬不起頭來吧。」

不過，玲子並不打算就此完全抽手。

「可是課長。二課恐怕不清楚常盤玻璃這件案子。這部分請讓我繼續追查。」

東尾撇撇嘴，勉為其難地點了點頭。

「也是啦……就這樣吧！」

「謝謝。」

那之後，玲子每天打一通電話給土井。因為土井等人在那女人的住處附近租屋，持續監視女人的行動。

女人的本名是谷口真純。單身，神奈川縣人，三十五歲。似乎獨自居住在之前查到的那棟公寓裡。玲子為了讓赤木史子確認長相，請土井傳谷口真純的照片給她。然而土井卻假借監視人力不足走不開，或檔案過大用手機沒辦法傳等理由試圖閃躲。

玲子也等得不耐煩了，於是親自走訪祐天寺，距離上次跟監已過了一個星期。土井等人監視的地點在對面公寓的四〇二室。

由於按門鈴沒有回應，玲子便直接敲門。

「抱歉，我是姬川。」

這下子總算感覺到屋裡有動靜。

傳來卸下門鏈和開鎖的聲音後，門微微開啟。

「……幹什麼！小聲點！」

土井從門縫中露出一張臭臉。

「那請一開始就應門。我要進去一下。」

不過，拉開門的瞬間，

「哇……好臭！」

嗆鼻的男人體臭，以及混雜了香菸、食物和廚餘的臭味襲來。真佩服他們能在這種環境下進行監視。

「拜託你們也讓空氣流通一下好嗎！」

「話是這麼說沒錯，可是正面的窗戶打開會被人看光光，抽風機又很吵，有什麼辦法！」

看樣子，現在似乎只有土井一人在。可能在打盹吧，上半身襯衫，下半身卻是運動褲，完全不搭。而且有很重的汗臭味。

「總之，我拿到照片檔案就會走人。打擾了。」

玲子把土井推進去後，自己也走進屋裡。一進門的右手邊就是廚房，所以頭一件事便是打開廚房的抽風機。

「請準備照片檔案給我。應該有吧？」

玲子逕自走到窗邊，從包包取出特地從分局帶來的筆電。由於沒有桌子這類家具，於是便直接在榻榻米上啟動電腦。

「不過……妳這人總是那麼有精神哪。」

「我這年紀沒有時間覺得累。好啦！快把檔案拿出來！」

「好、好。」土井邊應聲，邊伸手拿取和雙筒望遠鏡放在一起的數位相機。翻過背面，打開小蓋子，抽出記憶卡。

「……該不會也拍了真純的內衣照吧？」

「沒啦！她哪是那麼粗心大意的女人。」

的確。就算是一般女人，換衣服時起碼也會拉上窗簾。

玲子檢查過記憶卡中的所有內容，大部分都不是從這個房間拍的，而是跟蹤途中偷拍來的照片。穿著上次那件磚紅色大衣的照片是那天拍的嗎？物色洋裝的身影、在咖啡廳喝咖啡的側臉，各式各樣都有。當中還有像是和男人約會的照片。

「這男人是？」

「汽車保險業務員，他應該是清白的。可能因為不知道真純是怎樣的女人而與她交往。他也來過那間屋子一次，但沒留下來過夜。不過兩人都單身未婚，不是什麼見不得人的關係。」

「這一個禮拜，真純還做了什麼事？」

「什麼也沒做。只是偶爾去超市，或像上次那樣在澀谷閒逛，看起來不像在工作，尤其感覺不出半點犯罪跡象。不知道是真的那麼小心，還是單純只是準備期而已。」

「說起來，土井警官等人為什麼要跟蹤真純？」

土井用鼻子用力「哼」了一聲。

「這種事怎麼可能告訴妳！我們可是一步一腳印地追查，好不容易才查到這女人。我很感謝妳幫忙查明她的住處，我欠妳一份人情，可是除此之外要再……」

「我明白了。」

剛好檔案複製完畢，玲子取出記憶卡，拿到土井面前還他。

「順便問一下，除了真純以外，有查到其他犯罪成員嗎？」

土井從玲了手中粗魯地搶過記憶卡。

「同樣無可奉告！」

「你不想要我這邊的情報嗎？」

土井的臉色瞬間一變。

「……妳知道什麼？」

「哎呀，就只是人數這種小事罷了。」

「多少人？」

「你知道的是幾人？」

「好吧。我喊一、二、三，同時比出來。」

「沒問題。」

「一、二——」

喊出「三」的同時，土井和玲子皆比出三根手指。

「我聽到的消息是，真純以外的另外兩人都是男的。」

「我這邊也是……什麼嘛！也不是多了不起的情報。」

真是的。是有多想坐享其成啊！

「另外，你調查過真純的戶籍嗎？」

「廢話！不然我怎麼會知道她是神奈川縣出身的。」

「可以讓我看一下嗎？」

「……真是的，拿妳沒辦法。」

土井在已磨破角的公事包中翻來翻去，然後取出一本檔案夾。翻了幾頁後拿起來對著玲子，同時用手按住其他頁面以防被看到。

「……哦，是次女。」

玲子是長女。

「是啊。四個兄弟姊妹中最小的。」

真的。長男、次男和長女三人都已經結婚，戶籍已從谷口家遷出。

不對，慢著——。

「真純正好有兩位哥哥不是嗎？」

土井也看向頁面上的除籍者欄位。

「是這樣沒錯……不，這種事……怎麼可能？」

怎麼一副沒事的表情啊！

「這並非不可能喔。因為真純有個在當業務員的男朋友對吧？是不是她的真命天子則另當別論。而且這一個禮拜，她沒有和他之外的其他男人接觸……沒錯吧？」

「嗯，這點不會錯。」

應該就是他們了。玲子光是這樣想，心情便激動起來。

「一般來說，如果打算鋌而走險犯案，先不管男人的部分，成員中如果有女人，十之八九都是和戀愛有關。即使男方並無此意，但女方肯定是這麼希望的。反之，男人如果要讓女人幫忙，一定會利用身體操控她，不是嗎？真純頗具姿色，男人想必也不會拒絕吧？」

「是啊。」

就只有這點肯老實承認嗎？

「然而真純正和一般男性在交往。當然，她也可能和同夥有一腿。不過，假使沒有的話……」

土井咕嚕一聲嚥下口水。

「……假使沒有的話，怎麼樣？」

「假使沒有的話，真純和另外兩位成員之間就不是肉體關係，很可能有其他更深厚的關係。……也就是血緣。這條線十分值得追查。」

「怎麼會有這種事……妳的意思是，兄妹三人聯手搞詐騙？」

玲子心想，認為這種事不可能的人才大有問題呢。

土井似乎不抱太大希望，但還是姑且調查了一下真純的手足。四天後，他補傳了兩位哥哥的照片給玲子。

玲子帶著三人的照片去拜訪赤木史子。

究竟自己該如何為這樣的結果評分呢？

「這、這男的、這男的就是黑澤！還有這女的，就是姓今村的祕書……另外這個男的我沒見過。」

果然，真純和其他成員有血緣關係。

自稱「黑澤」的主謀就是吉田勝也，四十三歲。勝也之所以不姓谷口，好像是因為他入贅吉田家。

可是另一位哥哥谷口俊也並非「大島」。因為這樣，只猜對了一半所以該打五十分嗎？還是，即便只猜中了一人也該給滿分呢？

不過因為查明了「黑澤」的身分，警方一舉展開搜查行動。二課似乎也依序前往曾向警局報案的公司查證，不久便確立吉田勝也為主謀、谷口真純為從犯的偵辦方向。

不用說，玲子仍然姿態強硬地與土井針鋒相對。

地點是櫻田門的警視廳總部大樓四樓。玲子將土井帶進搜查二課旁的小會議室裡。

「土井警官，你到底什麼時候才要逮捕吉田勝也？」

「吵死了！不要那麼聒噪！外頭都聽到了……我們現在也在盡一切努力。妳猜錯的另一名成員，我們也已大致鎖定目標。這種時候得很謹慎，要一邊確認他的行動一邊小心收網，以免讓他跑了，要一舉將所有人逮捕歸案，否則便沒有意義。只要有一條漏網之魚，日後就很麻煩。……話又說回來，關於常盤玻璃一案的調查報告，妳寫都沒寫？」

現在要談這個嗎？

「有什麼辦法。我們課裡也有智慧犯罪股。對方的統合股長哀求我們，好歹留個調查報告給他們寫，讓他們的面子掛得住，我再怎麼不願意也說不出口啊。……先不談這個。」
雖然並不會有人聽到，但玲子刻意將臉湊近土井。
「如果抓到吉田勝也，能不能讓我來偵訊？」
「什麼？」
土井的鼻孔撐到不能再大，撇著嘴瞪向玲子。
「我明白。我自己也知道這要求沒道理。可是，那我倒要反過來請教你，在新宿被真純甩掉，靠著唯一跟監成功的我告訴你們地址，才讓後續的偵查得以繼續下去，關於這點，土井警官是怎麼向上頭報告的？」
要是你以為一通道謝的電話就能打發掉我，那可不行。
「這個嘛……我現在正在寫報告。」
「雖然知道真純有哥哥，但土井警官卻不曾調查過。指出這點疏漏的也是我。常盤玻璃一案也是，二課一直沒把它當回事吧？要不是我主動提出，獨自調查，會查出真純的住處，追查到吉田勝也嗎？就算沒有我說的這一切，土井警官敢抬頭挺胸地說，現在這樣的狀況是你憑一己之力達成的嗎？」
土井深深嘆口氣，聳了聳肩膀。大大的肚子也看似縮小了幾分。
「妳幹麼對這個案子這麼執著……」
因為有個叫赤木芳弘的人為此自殺。

「我向來的態度就是，自己找到的線索就要自己破案。」
「真是胡來。那……妳要我怎麼做？」
「我不是說了嗎？讓我來偵訊吉田。」
「妳不要無理取鬧！妳要我怎麼向上面的人解釋！……妳應該知道吧。二課和一課不同，二課課長是特考組出身的菁英官僚，不想要失敗，連雞毛蒜皮的小事都要管。尤其是現在的課長，綽號『卡嚓卡嚓山[1]』，他是有名的死腦筋，絲毫都不會通融的。」
二課勝山課長的頑固，玲子也時有耳聞。
「該怎麼說服勝山課長，就要看土井警官的本事了。其實也沒有那麼困難吧？只要告訴他有名警部補察覺常盤玻璃一案不單純，還幫忙跟監，所以也想在偵訊時給對方好看就行了。退一百步講，即使以輔佐的名義也沒關係。當然，實際上是我坐在吉田的對面……還是說，你要在卡嚓卡嚓山上裸舞？」
土井頹然垂下頭。
玲子心想：贏了！

1：勝山的「勝」日文發音為「katsu」，與「卡嚓卡嚓」（原文為kachikachi）的發音相近。此外，「卡嚓卡嚓山」同時也是日本民間流傳的一則童話故事。

六天後，警方一舉逮捕犯罪集團，終於輪到玲子出場了。

「姬川，妳聽好了。一旦我認為妳問案不夠力，馬上就把妳換下來！給我做好心理準備！」

「我知道！」

偏不巧，逮捕時機沒掌握好，第一天玲子僅說明了緘默權和聘請辯護律師的權利，之後他便打定主意保持沉默直到偵訊結束。玲子原本就不認為他是個容易對付的人，而這也重新激起了她的鬥志。

警視廳總部大樓二樓第十一號偵訊室。

玲子望著吉田開始冒出少許鬍渣的下巴。

「……真難看。」

即使坐在鐵製辦公桌的對面，玲子也看得出吉田的個子很高。臉有點長，燙了一頭與年齡不符的長長的捲髮，看起來非常的時髦講究。逮捕前身上穿的也全是高檔貨。凡賽斯的西裝，不清楚是什麼牌子的皮鞋，克羅心的領帶，都彭的打火機，手錶當然是鑲有十顆鑽石的勞力士。不過很遺憾，現在只有白襯衫配西裝褲，綁住腰間的繩子在桌腳纏了幾圈，整個樣子實在有辱尊嚴。

以輔佐官身分在右後方待命的土井輕輕嘆了口氣。他似乎因為私自同意讓玲子負責偵訊而顯得過分緊張。

但玲子卻迥然不同。她自己也覺得不可思議，竟能好好地保持鎮定。儘管鬥志高昂，但她還無法拿捏要對吉田施加多少壓力。

「長谷田大學政經學系畢業……名校呢。第一份工作是在武藤商事，接下來跳槽到永友通商。就貿易公司來說，這兩家都是大企業不是嗎？老家在神奈川。父親是退休銀行員。母親出身名門望族。到底為什麼……會變成現在這個樣子呢？」

吉田連眉毛都不動一下。

「你的岳父擁有七間餐廳，是個實業家。既然招贅，應該是打算將來把所有餐廳都交給你打理不是嗎？然而你卻……為什麼要做這種事？」

玲子是真的想不通才這麼問。既不是為了讓他反省，也不是要對他講倫理道德。生在如此得天獨厚的環境裡，擁有財富和家庭，為何要涉入詐欺之類的犯罪？真是想不通。

「……你太太很傷心喔。她哭著說，不知道今後和沙紀兩人該怎麼活下去。」

吉田的罪行遲早會見報，到時候岳父的餐廳也不可能不被波及。可以想見，在謠言造成傷害前，他會被解除董事長的職位。這麼一來，岳父也只是一個普通人。也難怪太太會傷心難過。

只不過，玲子也不認為這種催淚招術會對吉田管用。昨天她也說過類似的話。那時吉田也是一副興趣缺缺的樣子，只微微嘆了口氣。

搞不懂。這男人詐取錢財的動機到底是什麼？若是瞞著岳父欠了一屁股債，或盜用公款這類理由還能理解。可是現階段並沒有查到吉田有欠債。再說，吉田根本就不是岳父公司裡的員工。他對太太謊稱在貿易公司上班，實際上是全職的騙徒。這種情況不可能盜用公款。

忽然間，吉田抬起視線，似乎想起什麼事。

「對了……為什麼是妳在偵訊？」

還以為他要說什麼。

「刑警偵訊嫌疑犯是天經地義的事吧？」

「不……這種案子，通常是搜查二課的人負責不是嗎？」

吉田清楚記得玲子隸屬於池袋分局重案搜查股。昨天明明只是對他亮一下名片而已。而且他完全理解重案搜查所代表的意思。

「……我既沒打人，也沒拿刀傷人，更別說是殺人了。為什麼非得接受妳的訊問？」

這種情況大概就叫做「自找麻煩」。

玲子目光炯炯地看著吉田。

「不……你犯的正是殺人罪。你是個不折不扣的殺人凶手，吉田勝也先生。」

這時，吉田的臉上終於有了表情。他單邊的嘴角往上揚，不懷好意地微微一笑。

「妳指的是那件事嗎？常盤玻璃那個上吊自殺的老頭？」

「正是。」

「如果是那件事，那妳可就找錯對象了。假設是我造成常盤玻璃經營績效衰退，然後赤木那老頭為此所苦而尋短，就……算是這樣，也不能說是我要他去自殺的吧。我反而還阻止過他呢。就算欠個幾億，只要宣告破產就沒事了，不是嗎？那個負責配送的年輕人或許會流落街頭，可是那對夫婦有兩個在工作的兒子。去投靠其中一個，之後靠著年金悠閒自在地過生活就行了。」

這是什麼話！

「你說這什麼話！和常盤玻璃有生意往來的公司也會遭受池魚之殃啊。赤木社長想到這種情況，內心愧疚得不得了，又不知道該怎麼辦，才會尋短……至少你沒有資格嘲笑他！」

「那和他有生意往來的公司全都宣告破產就好啦！」

這男人瘋了！

「……你打算利用這種方式，自己大賺一票後就遠走高飛嗎？不過很遺憾，這世上沒有這麼便宜的事。說到底，你用這種方法騙得好幾億的錢打算用來做什麼？你有家庭，未來又有保障，然而卻……」

吉田抬高下巴，輕蔑地看著玲子。

「刑警小姐，妳一定很想聽到我這麼說吧，說我因為家境貧困，對於入贅感到臉上無光這類簡單易懂的理由吧？不過，實在遺憾啊，我不是那種人，真純和田岡也不是妳所想的那樣，有著令人同情的悲慘遭遇。」

田岡就是自稱「大島」的另一名成員。事後回頭看，根本沒什麼。「黑澤」、「今村」、「大島」，以及真純與玲子接觸時自稱的「北野」，全是知名電影導演的姓氏。戲弄人也要有個限度。

「那是為什麼？你們到底為了什麼一再重複那樣的罪行？」

「罪行是指？」

「我昨天說明過了不是嗎？假訂貨真詐騙。從包括常盤玻璃在內共十七家批發商那裡騙取商品，再低價轉賣給地方的量販店，獲取暴利。」

「……我不記得有這種事。」

這傢伙愛耍酷，真是不見棺材不掉淚。

「你以為只要不招供就不會被起訴嗎？已經有這麼多家公司受害報案，又有證據和目擊者的證詞。」

「那我不說話也沒什麼影響對吧？在時間到之前，讓我打個盹嘛。讓我耳根子清靜一下。」

「開什麼玩笑！……還是說，你有什麼不可告人的弱點？」
吉田的耳朵突然如痙攣般地抽搐了一下。
「……弱點？」
「羞於啟齒，不想讓任何人知道的弱點……你為了隱藏這項弱點而需要一大筆錢。」
「太可笑了！妳在說什麼！我到底……」
「你的出生、成長環境和婚姻都無可挑剔。可是，你的內心有個無法填補的大洞。」
「那是什麼？妳說我的內心到底有什麼樣的大洞？」
「這種事我怎麼會知道！不過我要說的是，假使你自己也沒有察覺到有那樣的洞存在，我們可以一起把它找出來。」
吉田用力冷哼一聲，身體向後靠在椅背上。
「……沒有那樣的洞啦！」
玲子並不是因為掌握了確切的證據而這麼說。但不可思議的是，她覺得好像有點說中了。
一個大洞。難道說，吉田勝也這人本身就是個大洞——。
相隔兩、三間的偵訊室，頻頻傳出偵查員破口大罵的聲音。開什麼玩笑！眼睛看著我！就是你幹的！如果用罵的能讓嫌犯屈服，玲子也會這麼做。如果憐憫能讓對方低頭，玲子就會對他說句好話。不過，到底什麼樣的話對這男人管用？這個看不到邊際、內心空洞的男人。

吉田乾燥、未能緊閉的雙唇緩緩張開。

「……請問，人的欲望有何道理可言？」

沒有抑揚頓挫、宛如一縷浮煙般的聲音。但玲子感覺，那似乎才是吉田這男人的真面目。

「你的欲望沒有道理可言嗎？」

「我不是在說自己。一般而言……所有人都渴望金錢不是嗎？」

但不是這種賺錢方法吧？玲子心裡這麼想，但硬是不說出口。

「沒錯。所有人都想要錢。」

「更進一步說，也不一定要是錢。時下小鬼們在玩的電動遊戲也是同樣的道理。一百分不夠，要一千分，一萬分還不夠，要一百萬分、一億、十億、百億……如果沒人管，他們可以不吃不喝地打一整天電動。變成要打到這麼多分才覺得滿足的人。我雖然覺得這很無聊，但有時也覺得這就是人的本性……刑警小姐，妳有小孩嗎？」

玲子看著吉田的眼睛搖一搖頭。

「……沒有。我還沒結婚。」

「那妳可能不知道。小孩打電動時，背影顯露出的那種陰森……不過，大人又怎麼樣呢？被譽為人才寶庫的政府當局的所作所為又如何？各單位爭奪預算，興建大型場館，成立外圍法人團體，錢不夠用了就增稅。這就只是一場金錢遊戲不是嗎？能搾取多少民脂民膏，多少能為自己自由使用，自己又能掌握多少權力，這是窮一生之力也無法達到終點的龐大遊戲不是嗎？」

玲子稍微偏了偏頭。

「你打算……就靠你們三個人玩這場遊戲？」

這回換成吉田搖頭。

「不對……我不是說了，那是一般而言。妳想用這招騙我招供，真壞！」

雖然玲子並無此意。

「刑警小姐，妳要把我想成為錢瘋狂的人是妳的自由。不過假使是這樣，那麼死去的赤木老頭也沒兩樣。他原本可以看開一點，假裝不知道繼續過他的日子，畢竟那只是錢的問題。可是他不這麼做，這是赤木老頭自己的選擇。被金錢的負面力量壓垮，自己決定要Game Over。怎麼能連這種事都算在我頭上！」

原來如此。這表示他已經準備好用理論來當他的擋箭牌？

「可是……人生不是一場遊戲。」

「不，它是遊戲。一場從出生到死亡要怎樣過得不無聊的極其單純的遊戲。期間能存到多少錢？賺得幾億？從這個角度來看，和小鬼們玩的電動遊戲沒啥兩樣。不論是當上首相名留青史，或是淪為罪犯，一旦死了都不重要了。人生的意義其實沒有妳想的那麼了不起。」

聽來似乎不無道理。可是，當然不能認同。

「……人生的意義既不是由歷史決定，也不是由別人決定。」

「妳說得對。每個人都可以有自己的價值觀……對吧？既然如此，我的生存之道也應該被認可。只是賺錢，賺更多的錢，一味地賺錢。把這當成人生真諦的人並不罕見，這就是我要說的。」

吉田停頓了一會兒。

「……那我問妳，妳的人生意義何在？維持社會秩序？滿足自己的正義感？但話說回來，妳為什麼想這麼做？為什麼想將犯人逮捕歸案？是為了正義嗎？如果是，又為什麼願意為正義犧牲生命？是為了社會嗎？為什麼想為社會奉獻犧牲？是想要成為一個好人嗎？為什麼想要成為一個好人？是希望別人喜歡妳嗎？為什麼希望別人喜歡妳？是因為被人討厭會很孤單嗎？為什麼不喜歡孤單？不喜歡就是不喜歡……沒錯。到頭來，理由就只是喜不喜歡、想不想做罷了。如果是這樣，那就算我想要永無止境地一直賺錢，也沒什麼好奇怪的吧？我渴望更多。多多益善。這有何不可？」

玲子立志成為警察的理由相當明確。起因是那位試圖拯救自己的警官殉職。玲子想要多少回報她為自己所做的付出。希望成為像她一樣能夠豁出性命拯救別人的人。並希望藉此重獲新生，堅強地活下去。

當然，幹了十年警察，玲子也漸漸具備其他價值觀。好比維持社會秩序、立下豐碩功績、逮捕犯人的成就感。如今這每一樣都成為她想要繼續警察生涯的動機。但若追根究柢，確實就只是「因為想這麼做」罷了。

只不過，玲子和吉田之間存在關鍵性的差異。

「我明白了。那好……你的價值觀就是如此無妨。人生是場遊戲，在死亡之前藉以消磨時間的遊戲。你以金錢、我以立下多少功績來衡量人生的價值……確實是如此。你沒有說錯。可是，吉田先生，就像不能用腳踢籃球，摔角比賽不能打人一樣，只要你在這個國家生活，就必須遵守這個國家的規定。無論如何都想踢球的話，請去踢足球。想要打人的話，請去打拳擊。如果想照你的意思活下去的話，請離開這個國家。我是不知道有哪一個國家願意接納你……至少，這個國家沒有你的容身之地。假使有的話……那就只有監獄。」

吉田再次冷笑。不過那氣勢看似衰退幾分。

「……這下子換成上道德課嗎？」

「不。是上社會課。」

玲子注意到吉田微微瞇起眼睛。

「就算哪一天我不做警察了，我也不會放棄與社會共生。我會繼續在社會中生存。正如魚離開水就無法生存，人這種生物也只能活在社會中。……你也快點加入我們吧。這樣的話，你就不必像現在這樣剛愎自用地活著。不需要用名牌商品和大筆現金取信於人。……相信那樣會活得更自在、輕鬆好幾倍。」

玲子在這次臥底調查結束後，便趕緊把花了那麼大筆錢買來的名牌貨變賣掉。只留下一只在角田店裡買來的手錶。

她看了看那只伯爵錶上顯示的時間。

「……差不多該吃午飯了吧？」

她感到土井銳利的視線射向自己的肩膀。他可能想說「時間還早，別自作主張結束偵訊」，但玲子有玲子的節奏。她覺得現在是適當的退場時機。

「拘留所的便當也許不合你的胃口，但那是許多人花時間心力做出來的。嚐一嚐農夫們種出來的稻米，還有燉菜，稍微冷靜一下。你自己一個人不可能活到現在。今後也不可能獨自活下去。……這件事出乎意料地重要。」

重新銬上手銬，解開繫在桌腳的腰繩。吉田不發一語，乖乖地走出十一號偵訊室。在返回樓上的拘留所途中也沒說半句話。

「麻煩了。」

交給拘留管理課後，玲子與土井一起來到走廊上。

土井邊說邊嘆氣：

「姬川……妳搞錯了。」

玲子心裡明白。她強烈感覺到身後的土井對自己的偵訊並不滿意。經濟犯不該這樣偵訊，訊問的砲火要更加猛烈，或是羅列更多犯罪事實讓他無處可逃，她以為土井會這樣數落自己。

然而她錯了。

「妳該不會沒在拘留股待過吧？現在所有的拘留所，午餐的主食基本上都是麵包，不會有米飯和燉菜啦。」

咦？是這樣的嗎？

女性敵人

Female Enemy

昨天八月二十五日忌日才剛供上的花，已因水分流失而枯萎、垂著頭。

玲子一邊撫摸那花瓣和葉子，一邊回頭向後看。

「這個……可以換了吧？」

她小心翼翼地問道，今泉和石倉皆點了點頭，雖然一副沒把握的樣子。

「難得妳買了新的過來，不供上也……你說是不是？阿保。」

「是啊，應該沒關係吧。這種酷熱的天氣，鮮花只能撐一天。這個我拿去洗。」

「那麻煩你了。」

石倉從玲子手中接過不鏽鋼製花瓶，走向用水區。玲子在墓前蹲下，將買來的花束在香爐前攤開。她打算把花分成兩份，好讓鮮花平均插在左右兩側。

今泉在背後喃喃道：

「那之後已經三年了。時間過得真快。」

「是啊。這三年真的發生許多事，不過，還是那個案子最……令人印象深刻。不論是好是壞……不，應該沒有好的一面吧？」

三年前，玲子在偵辦現在稱之為「草莓之夜事件」的過程中，第一次經歷到部下殉職。那位長眠於此的殉職刑警叫大塚真二。比玲子小兩歲，是玲子頭一個最像部下的部下。原本警階為巡查的大塚因而特別晉升兩級，成為警部補。

每次造訪大塚的墓，種種思緒便湧上玲子心頭，一層層疊了又疊，逐漸堆積。警察的工作經常與死亡為伍。但絕對不能死。不，不只是大塚。高中時代拯救了玲子的佐田倫子，和今年一月為保護玲子而遭人刺殺的牧田勳也是。他們將一條條人命的重量，以及奪走這些生命、無可饒恕的罪大惡極，深深烙印在玲子的心裡。而自己的這條命、刑警魂，則與他們的遺志同在。像今天這樣的日子，這種感受特別強烈。

「姬川，把線香拿給我。」

「好的。」

玲子從香爐中拿起不鏽鋼製托盤，交給後方的今泉。今泉將托盤裡殘留的灰燼倒進手邊的塑膠袋裡，放上新點燃的線香後交還給玲子。玲子再將它放回香爐裡。

「妳有聯絡上菊田和湯田嗎？」

「有。不過兩人今天好像都走不開。康平說他昨天一個人來過了，菊田傳簡訊說他明天會來。」

今泉低聲應道：「這樣啊。」

「十股那時候，駐廳時都能全員一起來。變成現在這種狀況後，漸漸找不出一個大家都方便的時間。」

「是啊……真的是這樣。」

實際上，昨天的忌日，玲子、今泉和石倉都實在抽不出空來才會延到今天。反倒是聽湯田說，昨天他來的時候遇到日下。即前搜查一課凶殺案搜查第十股的主任日下守警部補。這男人雖然與玲子形同水火，凡事不對頭，但玲子真心感謝他還記得大塚。

石倉拿著花瓶回來。

「……不好意思，沒想到用水區這麼遠。動作不快一點，連新買的花也要枯萎了。」

真的。與剛攤開時相比，感覺莖條和葉子都已奄奄一息。

掃完墓後，由於天氣實在太熱，三人一致決定要去喝點冷飲。

回到新小岩車站後走進一家咖啡廳。今泉和玲子面對面坐在窗邊，石倉在玲子身旁的位子坐下。

「我要冰咖啡。」

「我也是冰咖啡。」

「那來三杯。」

汗腺發達的石倉從剛才就一直頻頻拿手帕擦拭額頭和脖子。服務生端來的水也很快就喝光，他面向玲子。

「不過，主任還是老樣子，再熱也不會流汗啊。」

「討厭啦，保哥，我現在已經不是主任了。」

玲子現在是池袋分局刑事課重案搜查股的擔當股長。

「啊，抱歉……可是我一直都叫姬川警官『主任』，沒用過別的稱呼，要叫什麼呢……」

今泉盤起雙臂點了點頭。

「不過，這種事情一定會遇到的。我也總覺得叫姬川『股長』怪怪的。就那個嘛……雖然知道總部和轄區分局的職級相差一級，但知道歸知道，還是很容易搞混。」

「就是說啊。我也誤會過好幾次。」

同為警部補，但隸屬於總部時是主任，調派到轄區分局便成了股長。警部也是，在總部是股長，到了分局就成了課長或代理課長，若是小分局，還可能成為副分局長。

「……大塚是個做事認真的傢伙。如果還活著，相信起碼能升上部長。」

雖然也叫「部長」，但石倉指的不是刑事部長、警備部長的「部長」。而是比巡查高一階的「巡查部長」的「部長」。

汗水也乾了吧？石倉深深嘆口氣。

「真的，腳踏實地、勤勤懇懇，不氣餒也不放棄……大塚是個好刑警。我還清楚記得頭一次和他搭檔時的情景。」

的確。玲子也認為大塚是個做事認真的男人。

石倉忽然露出滿臉笑容。

「是那件案子嗎？哎呀，好懷念喔。姬川警官加入一課，而且初來乍到就當主任。我記得與大塚搭檔那次，是妳在一課辦的頭一件案子。那時候姬川警官也是卯足了勁。」

「說這什麼話！」玲子作勢輕輕打他一下。

「我現在也幹勁十啊。」

「哈哈……失敬了。」

不過，真是令人懷念。

如果能夠，玲子也希望再一次回到那個時候。

那已是五年前的事。

當時玲子也才二十七歲。受命擔任搜查一課凶殺案搜查第十股主任不久，老實說，她連這群成為自己部下的男人是什麼個性都還不甚了解。

年紀最大的是石倉保巡查部長，四十五歲。一臉和藹可親的樣子，卻是一課的資深刑警。連玲子都能一眼看出他的眼睛深處有著堅定不移的刑警魂。

其次是年輕許多的堀井純一巡查部長，三十七歲。沉默寡言，與玲子之間的交談尤其少，不太清楚他的個性。

年紀再小一些、三十五歲的西山大輔巡查部長則完全相反，十分多嘴饒舌。打從玲子加入十股的第一天起，

「真好，年輕的女主任。讓人緊張得發抖耶。」
「果然是那樣，會考試還是比較吃香。輕輕鬆鬆就能出人頭地。」
「主任果然是那種類型的嗎？即使沒有男人保護也敢獨自擅闖黑道辦公室？」
分不清他是想到什麼就說什麼，還是在挖苦人，總之這男人只要開著就一定會說話。
當時最年輕的是菊田和男巡查部長，三十歲。他也屬於沉默寡言那一類型，最初完全不把自己對玲子的觀感表露出來。
同屬十股的日下組，主任日下警部補之下有六名偵查員，玲子到任時，他們正好去支援設在大田區池上分局的特搜總部，還沒有打過照面。
到任第三天，玲子接到頭一件案子。
警視廳總部大樓六樓的刑警辦公室。十股股長今泉警部來找在此駐廳待命的玲子等人。
「……野方分局成立了特搜總部。是離奇死亡事件。」
玲子對他不明講是凶殺這點很在意。
「所謂離奇死亡是怎樣的情況？」
今泉依序看了看四位巡查部長的臉後，再度將視線轉回玲子。
「中野區新井四丁目△△、中野公園之丘六樓的六〇五室，發現一具離奇死亡的男屍。死者身分是橋田良，三十五歲。身上持有的駕照上登載的本籍是茨城縣。目前轄區分局正在調查他的住處。」

玲子瞄了一下今泉的記事本。名字好像寫作「橋田良」。

「股長，正在調查他住處的意思是，橋田不住在中野公園之丘的六〇五室？」

「好像不是。日下正在確認六〇五室實際承租人的身分。」

「死因呢？」

「雙手前臂、頸部和胸部有多處防禦性傷口，感覺是和某人爭執時造成的擦傷、挫傷痕跡，但沒有足以致命的外傷，現階段也無法確定死亡時間。雖然不排除病死、猝死的可能性，但因死後已經過一段時間，臉上卻明顯可見潮紅。懷疑可能是藥物中毒死亡……最壞的情況是被第三者強迫灌藥毒死，因此目前在監察醫務院鑑定死因。不過遲早應該會轉去大學醫院吧。」

不知道監察醫務院負責的醫生是誰。假使是國奧，玲子直接與他聯絡感覺更快。

西山也來摻一腳。

「總之，先看看現階段的偵察回報……最糟的狀況可能是，到了野方後結果發現是病死，被人說『兇殺案搜查組請慢走不送了』這種情況是吧。」

今泉維持同樣的表情看了看西山。

「想必監察醫務院已提出有犯罪可能性的看法才會聯絡我們。恐怕鑑識人員也在現場採集到什麼可以佐證的資料。總之，趕快前往野方分局！」

「了解！」只有玲子和石倉異口同聲地如此回答。

其餘三人只是七零八落地低聲應道「是」。

那天晚上的野方警察局。

總共二十二名偵查員聚集在二樓刑警辦公室旁的會議室。轄區分局的十七名員警是由刑事課、生活安全課和地域課召集而來的混合部隊。由於尚未定調為凶殺案，就陣容來看確實感覺人手有點少。

十股股長今泉、管理官橋爪警視、野方分局長和刑事課長四人，並排坐在會議室的上座。玲子坐在第一排最右邊。今天頭一次以搜查一課主任的身分坐在這個位子。

上座最左邊的今泉站起身。

「那麼，會議開始。」

可想而知要由玲子發號施令。

「……起立！」

不料，聲音不如預期的宏亮。

「起立！」

玲子回頭再次大喊一聲，然而會議室內只是異常地吵雜，還有一半的人沒打算從椅子站起。

「起立——！」

結果喊第三次口令時，喊到一半便破嗓。除了吵吵嚷嚷之外，又加上有人偷笑。慢條斯理站起來的偵查員中，甚至有人故意做出捂住嘴巴憋笑的動作。

玲子怎樣也無法阻止自己的臉發紅。

明明是警部補，又當上警視廳總部搜查一課的主任，只因為是女人，聲音太小聲不夠宏亮，就得接受這樣毫不掩飾的羞辱嗎？原以為升上警部補，還當上總部的主任，就不會再被人瞧不起。一直這麼深信不疑，咬緊牙關撐過來——。

不料就在這個時候。

「……起立了！喂！趕快站起來！」

玲子的左後方響起怒罵聲。

是菊田巡查部長。

他順勢繼續喊道：

「立正！敬禮！」

宛如日本太鼓般的聲音。既宏亮又渾厚，而且強而有力，使整個會議室的空氣瞬間緊繃起來。多虧了他，所有人敬禮的動作整齊劃一。反倒只有玲子一人因急忙轉回正前方而慢了半拍。

「稍息！」

玲子趁大夥兒就座時偷偷對後面說：

「那個……謝啦！」

但菊田僅簡短應聲「不謝」，並沒有看她一眼。

今泉立刻開始報告。

「現在報告本案，中野區新井四丁目△△、中野公園之丘六〇五室發現的離奇死亡屍體，目前查到的情況。首先，死者是住在中野區東中野三丁目◎△之△、藍色玫瑰二〇三室的橋田良，三十五歲，單身。Cosmo Design公司……據說是幫人設置客服中心之類的公司……死者是那邊的銷售主任。以上是從死者身上攜帶的汽車駕照、員工識別證得知，也向公司方面確認過了。估計死亡時間是在三天前，十二月十五日星期六晚上十點到隔天十六日的凌晨三點。」

正後方的西山嘟囔道：「主任上任的當天晚上耶。」順便說明一下，坐在玲子左手邊的是石倉，堀井坐在西山的後面。這場會議結束後，應該會與轄區分局的偵查員一起分組調查。

「屍體是在今天十二月十八日星期二上午十點過後被發現。管理員接到隔壁住戶通報，說六〇五室的房門因為被一隻左腳的男用皮鞋卡住，而呈半開半闔的狀態，於是前往該號房確認狀況，然後發現了屍體，打一一〇報警。屍體在客廳的中央……」

玲子看向開會前發的第二張資料。六〇五室為兩房兩廳的格局。客廳和飯廳連在一起，位在廚房的後方。

「右膝彎曲，臉朝下倒在沙發組的茶几前。研判是抵抗時造成的擦傷、挫傷等防禦性傷口，右手前臂有四處，左手六處，頸部兩處，胸部三處，不過都是輕傷，不構成致命傷。起初懷疑可能是宿疾惡化導致猝死，但死者還算年輕，進行血液檢查後，驗出量不足以致死的methylene、dioxy、methamphetamine……」

今泉分成一段一段念的字，其實合起來是一個名詞，縮寫為「MDMA」。是俗稱「搖頭丸」的合成毒品的主要成分。

「……由於還驗出其他藥物反應，已火速送至東邦大學法醫學教室和科搜研進行分析。此外應當注意的是，橋田良雖然死在客廳，但現場遺留的唯一一雙皮鞋的左腳卻被卡在門口。這顯示橋田死後可能有人離開那個房間，而此人很可能知道與橋田死亡有關的情況……以上是現階段警方所掌握到有關遺體的資料。接下來是現場鑑識人員。」

「是！」

左後方身穿藍色工作服的男人站起來。八成是野方分局刑事課的鑑識組人員。

「關於發現屍體的六〇五室，首先是玄關。玄關的地上有雙男用皮鞋，剛才的報告中也提到，就是隔壁住戶作證指出卡在門口的皮鞋。只有這麼一雙。不過有七種以上的鞋印。扣除大樓管理員的鞋印後，有五種有效的鞋印。其中之一與現場遺留的皮鞋同一樣式，其餘四種中有三種是女用鞋的鞋印。剩下的一種從尺寸來看，應該是男用球鞋。另外還有兩種左右的鞋印，但因重疊或不清楚，幾乎無法當作資料。」

橋爪管理官指著鑑識組人員。

「女用鞋的尺寸呢？」

「三種幾乎同樣大小，都是二十四公分左右。不過如各位所知，廠商對於鞋子的尺寸規格都有自家的主張，很難說是不是同一個人的鞋子。此外，另一雙球鞋鞋印也和死者的皮鞋同樣是二十七公分左右，現階段無法斷定它是死者以前穿球鞋時留下的痕跡，還是別人的。」

男性鞋印兩種，女性鞋印三種，共五種——。似乎可以肯定，除了橋田良之外，還有其他人進出六〇五室。問題是進入現場的第三者人數。以一對一的情況，女人要強灌男人喝下毒藥並不容易。但若是三對一，或是加入男人變成四對一的話，肯定辦得到。

「接著是室內。從玄關直通客廳的走道上，除了管理員之外，採集到六種腳印。一種看來是死者穿襪子留下的印子。兩種是絲襪的印子，其餘三種是打赤腳。打赤腳的印子中有一種是死者的，兩種是女性的……只不過，同樣有可能是同一個女人脫下絲襪後留下的，因此不可一概而論地說現場有四個女人。今後與總部的鑑識人員協同調查後，再就個別腳印在室內的動線向各位報告。」

這麼說來，至少有兩個女人和橋田良在一起嗎？這樣的人數組成並非不可能強灌死者毒藥。

今泉問：

「除了腳印之外呢？」

「也有採集到指紋，但還沒有完成分析。只是，在和室方面……」

若將六〇五室的示意圖大致分為四塊，那麼左上方是客廳和飯廳，左下方是廚房、洗臉台、浴室、廁所這類用水區域，右上方為和室，右下方是西式房間。鑑識人員所說的是右上方六張榻榻米大的和室，外面是陽台。從隔壁的客廳和飯廳也可以進出陽台。

「和室怎麼了？」

「是。靠陽台的那面牆擺了一張非常簡易的矮床，應該叫做地板床吧，這裡殘留著感覺像是女人的長頭髮和體毛。而前方六張榻榻米大的西式房間也有一張床。這邊是一般高度的雙人床。這裡也殘留了毛髮和體毛，但還無法判定是否與和室的為同一個人所有。此外，兩個房間都留有男性的毛髮和體毛，猜測是橋田的。」

死了一個男人。有兩張床。這是什麼情況？

玲子等今泉轉向自己這邊時舉手。

「什麼事？姬川。」

「是。六〇五室的承租人已經查出來了嗎？先前的報告中……」

「這事待會兒會報告。」

坐在今泉身邊的橋爪用鼻子哼笑一聲，面向玲子的方向。

「……別那麼著急嘛，大小姐。」

這個橋爪每次碰到玲子，一定會冷嘲熱諷幾句。

到任首日去向他打招呼時，被他大聲挖苦：「姓姬川、名玲子，別逗了！」第二天早上酸她：「升上主任就不必倒茶了嗎？」第三天則問她：「妳該不會是那個吧？自以為長得很漂亮？」

然後是今天，在會議中叫她「大小姐」。

「抱歉，管理官，我的名字叫姬川。」

「喔，是嗎？公主[2]。可是，既然是公主就要有公主的樣子，要再稍微文靜、從容一點啊。毛毛躁躁的公主得不到什麼好禮遇，而且也不好看。」

玲子雖然很氣，但繼續對槓下去也沒有把握會贏。暫且只能安分地坐著。

今泉指著左邊那一區。

「負責追查承租人的是哪一組？」

2：姬川的「姬」字在日文中代表公主之意。

「有！」
坐在第二排的偵查員站起。
「目前六〇五室的所有權人是松永一郎，住在神奈川縣，現職為某企業的董事。十一年前為了賺取租金而買下六〇五室，之後一直交給房仲公司管理。不料，那棟大樓後來的風評不太好，附近的人都稱它『綠燈戶』、『愛人公寓』。」
「綠燈戶？」橋爪反問道。
「是的。這棟大樓二手、三手的轉租情況非常猖獗，所有權人與實際住戶很少會一致，不一致反而才是常態。即使所有權人是像松永那樣的普通人，實際上卻成了無店鋪型的色情應召站，或是泡泡浴女郎的宿舍。也有的名義上為企業所有，但住在那裡的卻是老闆的情婦，或更麻煩的，是客戶老闆的小三。雖然也有普通人家住在那裡，但都是那種……該怎麼說呢？可以說是背景複雜嗎？那樣的住戶占了近七成。事實上，六〇五室沒有一個住家的樣子，生活所需的家具非常少。頂多就是取代愛情賓館的功能吧。就現狀來說，是這樣的感覺。」
今泉問道：
「向管理員通報六〇五室的房門夾著鞋子的鄰居呢？」
「是六〇六室叫做橋本明子的四十多歲單身女性，據管理員說……好像是某位民自黨議員的情婦。不過還不確定……。據說橋本明子上星期四起去關島旅行，昨晚回國。晚上十點左右回到家時，使發覺隔壁的房門被鞋子卡住，由於到了今天早上鞋子依然卡在那裡，覺得可疑才通報管理員。」

橋爪不解地歪了歪頭。

今泉繼續問道：

「那個所有權人松永和橋田良的關係呢？」

「目前還沒有查出有任何交集。」

「其他有關六〇五室的報告呢？」

「目前就是以上這些。」

換句話說，除了鑑識人員採集到的資料，其他一無所知。

偵查會議結束後公布分組結果。

「搜一的姬川主任……和野方分局重案搜查股的大塚巡查一組。調查被害人的人際關係。」

玲子聽見「是！」一聲爽快的回應，回頭一看，一名年輕男子從後方的人群中鑽了出來。

他站在玲子面前，很有精神地向她行禮。

「我是野方分局刑事課重案搜查股的大塚真二巡查。請多多指教。」

太好了。年紀相仿，或者稍微小一點。

「我是凶殺案搜查第十股的姬川，請多指教。」

兩人立刻交換手機號碼和名片。大塚看到玲子的名片後「喔喔」了兩聲。不太明白那聲「喔喔」是什麼意思。

大塚身材中等，除了說起話來有點含糊不清之外，沒有明顯的特徵。活力還算充沛，但並不會感覺他是個愛說話的人。長相很陽光，但絕不浮躁。就第一印象來說並不壞。

「大塚警官在這裡幾年了？」

「才一年三個月。」

「大學畢業後進來的？」

「不，我是高中畢業。」

十八歲就當警察的話，頭一次調動差不多是二十四歲。那之後又經過一年多，那就是二十五、六歲。果然比玲子小一點。

「這樣啊……」

玲子瞄了一下四周，看見數名總務人員捧著一堆便當盒從會議室後方的門走進來。如果繼續待在這裡，想必會領到便當和一罐啤酒，然後被捲入一團和氣的聯誼會。玲子無論如何都想避開這樣的場面。

「大塚警官，我接下來要去現場附近看看，怎麼樣？你要一起去嗎？」
大塚的表情瞬間一亮，再次很有精神地點個頭。
「請務必讓我同行。麻煩妳了。」
「好。那我們這就走吧！」
回頭準備拿包包時，對上石倉和菊田的眼睛。兩人大概都聽到剛才的對話了。
「……我不在也無所謂吧。」
石倉慌張地點個頭。
「是啊，已經開完會了……應該是沒關係。」
菊田只微微皺起眉頭，什麼話都沒說。
玲子欠身行禮後離開，向上座的今泉打聲招呼。
「股長，今天晚上我和大塚巡查去現場附近看一看。」
今泉瞄了一下會議室後方。
「吃個便當再去吧，如何？」
「不了。明天開始我們就要去調查被害人的人際關係，這樣下去會沒有機會去現場，所以想趁今晚……況且，現在正好接近被害人的死亡時間。」
會議室牆上的掛鐘顯示時間已接近十點十分。
「是嗎……不過今天才第一天，不要太勉強。」

「是。我知道了。」

上座中央的橋爪也露出一副有話想說的表情看著玲子這邊，但正巧局長拍了拍他的肩膀跟他說話。幸好。玲子趁這機會溜出會議室。

來到走廊後，大塚亦步亦趨地跟在玲子的左後方。

玲子面向前方問他：

「大塚警官一直待在刑事課嗎？」

「那、那個……姬川主任，請直接叫我的名字。」

可是，聽到人家這麼說便直呼其名，感覺也很遜。

「呃……嗯。以後吧。」

「我在這裡一開始就被分發到重案搜查股。」

「陳屍現場離這裡大概多遠？」

「走路十多分鐘的距離。」

準確掌握距離和移動時間的人值得信賴。

「這距離很微妙……嗯，搭計程車吧。」

「好的。」

在警局前攔了一輛計程車，五、六分鐘就抵達中野公園之丘。當然，計程車費是玲子付的。

「想不到……這大樓還挺不錯的嘛。」

用眼睛數了一下，有十一層樓。一層樓似乎有六戶，應該可算是較大型的公寓。面向的馬路是單向兩線、雙向四線的都道。這個時間車流量仍然很大。馬路的另一側是中學。只有那裡是一片漆黑，前方不遠處的都道上即可看見超商。還有加油站和家庭餐廳。不至於暗到晚上十點過後就覺得人身安全受到威脅。

橋田良究竟在這一區的這棟大樓的其中一間公寓做什麼？這是棟被附近住戶傳成綠燈戶、愛人公寓的建築物。橋田的目的是買春嗎？

「那個，大塚警官。」

玲子原本期待聽到一聲很有精神的「是」，然而卻只聽到路上行駛而過的汽車引擎聲。

「……大塚警官？」

回頭一看，大塚正伸直背脊望著馬路前方的超商。

「喂！大塚警官！」

拍了拍他的肩膀才總算注意到這邊，轉頭過來。

「啊，對不起。……那個……是！」

「喂，什麼事啊？」

「不，沒事。什麼事也沒有。」

「感覺可不像沒事的樣子。脖子伸得這麼長。怎麼？想去超商嗎？肚子餓了？」

大塚搖著頭說「不餓」，但依然朝同樣的方向偷瞄了一下。

「……剛才的報告說，被害人是在三天前死亡的對吧？」

「對。正好三天前的這個時候到凌晨三點之間。有什麼問題嗎？」

「不是，那個，我記得……請等我一下。」

大塚從內側口袋取出記事本。

「三天前……啊，果然沒錯。新井五丁目超商前的路上，發生了一起行人與轎車的擦撞事故。發生時間是在晚上的十一點四十分左右……不過就只有這樣。」

玲子也從旁邊查看他的記事本。

「怎麼？你那天晚上當班嗎？」

「不是的，三天前我是正常班，傍晚就回宿舍了。」

「那你為什麼會記下這樣的內容？」

「妳問我為什麼……我想說，應該要大致掌握管區內發生的事故或案件……當然不是全部啦。不過只要是來電通報，或是我耳聞目睹的範圍內都盡可能……應該說，不記下來的話，我就會忘記……哈哈。」

「想不到你挺勤快的嘛。」

先不管這事——。

橋田良死亡時間的前後，某人在附近發生擦撞事故。這純粹是偶然嗎？與本案完全無關嗎？比方說，某人毒殺了橋田，或是目擊凶案發生，慌慌張張地離開中野公園之丘，駕車逃逸途中發生了擦撞事故，沒有這樣的可能嗎？畢竟是連皮鞋卡在門口都沒發覺的冒失鬼。車子亂開一通因而發生擦撞事故，一點也不奇怪。

「……大塚警官，明天走一趟交通搜查股查一下那起事故吧。就算不查那起事故，死亡當晚既然有警察來到這附近，也許會耳聞目睹到與本案有關的線索。」

「了解。我明天一早就去查。」

大塚格外有勁地這麼說，並把背挺直。

「……也不必現在就這麼拚啊。」

「不是啦，感覺久久才會像這樣和總部的人一起辦案。很開心能夠幫上忙。」

一邊說，一邊又在記事本上寫字。那動作實在令人莞爾。

「對案情有沒有幫助還很難說。因為實際上，也有可能大學那邊的司法解剖結果出爐後，證實只是普通的病死，與犯罪無關。那樣的話，現在的特搜總部就會立即解散。只有毒品的部分交由你們局裡的牛安繼續追查，總部的偵查員則打道回府，竹籃打水一場空。」

即使門口卡了一隻鞋也是一樣。會議中雖然認為很可能有人在橋田死亡後離開現場，但橋田死亡之前鞋子就已經卡在門口，這樣的可能性也不能說是沒有。

「……算了，先不管這個。在這附近再繞一繞吧？」

「好的。」

假設發生事故的某人曾經出入中野公園之丘的六〇五室，那麼期間他一定得把車子停在某個地方。離現場最近的收費停車場在哪裡？抑或是哪邊適合路邊停車？中野公園之丘究竟有沒有停車場？有沒有監視器？

十二月十九日，星期三。

今天起，玲子這組負責調查死者的人際關係。即去找與橋田良有關的人探聽線索。其他組員，石倉組負責清查六〇五室的承租人。西山組和堀井組負責搜索橋田的住處。菊田組與轄區分局的其他偵查員一起進行地搜——在現場周邊尋找線索。

「姬川主任。」

一大早。玲子一走進會議室，似乎等在那裡的大塚立刻向她打招呼。

「啊，早安。昨晚拖到這麼晚，辛苦了。」

「不會……啊，是。辛苦了……不是，我要說的是……」

大塚忽然壓低聲音，感覺要說什麼祕密似的。

玲子確認附近沒有人在看、在聽之後，把臉湊近大塚。

「……什麼事？」

「昨天提到的擦撞事故，」
「動作真快！已經查到了？」
「是的，我昨天晚上順利地逮到調查車禍案件的同梯。拜託他讓我看筆錄……現在，方便嗎？」
「可以啊。」
大塚。挺積極的嘛！
幸好都還沒有人到。
「好的。肇事者是佐藤晃，四十二歲。住在三鷹市的上班族，好像是為了工作來到中野。公司是位在代代木的關東光能系統。是銷售太陽能板的業務員。出車禍時開的也是公司的車子。被害人是深町依子，二十八歲。住在目黑區，同樣是上班族。任職於旅行社日本城市旅遊，上班地點是新宿分店。深町的傷勢並不嚴重，說起來是深町自己不知道是腳絆到或怎麼的，走路踉踉蹌蹌，正好這時佐藤的車子駛過，她的左手肘和肩膀碰到駕駛座附近的車身後跌倒。右手、右膝和右側腰部受到擦傷及挫傷。……據說被害者不知道為什麼堅持拒絕報案，最後以事後和解結案。」
「……這樣啊。」
太陽能板的業務員，和在旅行社上班的女人，是嗎？
「反正今天先去橋田的公司看看，有時間的話再擴大調查。」

「好的，了解。」

早上的會議只是確認地搜的負責區域，九點左右偵查員便各自從野方分局出發。

玲子他們於十點五分前到達橋田任職的Cosmo Design位在赤坂的總公司。

出面接待的是橋田的上司米原惣介。看起來年紀大約四十五歲左右。

米原儘管對橋田突然死亡一事大為震驚，但仍準確回答玲子的問題，告訴他們許多有關橋田的事。

「他不是那種會無故缺勤的人，所以我很擔心。就算打他的手機也完全沒接。」

橋田持有的手機裡，確實有數通從總公司撥出的電話。星期一一整天有七通，星期二有五通。想必是某位公司同事不停打電話給他，直到星期二傍晚接到橋田的死訊為止。

「橋田先生的交友狀況怎麼樣？」

米原偏著頭停頓了一會兒，似乎在回溯記憶。

「……交友狀況，是嗎？他私底下應該很少與公司同事往來吧。不過偶爾下班後去喝一杯時，好像聽他說過以前幹過不少壞事。」

幹過不少壞事。吸食禁藥——？

「能不能具體舉個例子，是什麼樣的壞事？」

「什麼壞事呢，他是怎麼說的啊……不就是打架之類的事嗎？我不太記得了。不過實際看到他穿便服的樣子，就會有種『喔，是那一型的』，像這樣的感覺。」

「『那一型』的意思是？」

「就是穿著……那叫什麼？寬寬鬆鬆的褲子，頭戴棒球帽。身上穿著印有骷髏頭，或是那種會讓人覺得不太正派的圖案T恤。」

感覺多少掌握到他的形象。由於橋田死亡時身穿西裝褲和襯衫，又只有駕照上的大頭照，所以至今不曾有過不好的印象，若是像米原剛才所描述的裝扮，應該會覺得滿搭的吧。只是戴上黑色棒球帽，露出吊兒郎當的表情喊著「耶——」，感覺上有覺得有點壞。

「想向你確認一下，男性員工平常上班時一定會穿西裝嗎？」

「是的。男性員工基本上都穿西裝。最近雖然有人提議夏天不打領帶，但我們畢竟是業務員，很難……還是會覺得不打領帶對客戶有點不尊重。所以一年到頭都穿西裝、打領帶。」

「原來如此。那麼，就是正常的星期一到星期五上班嗎？」

「是的。星期一到星期五上班，週休二日。」

這麼說的話，橋田是星期五才到中野公園之丘六〇五室的嗎？下班後穿著西裝直接去那裡？為了什麼目的？依目前案情的發展來看，當然是為了女人。為了與女人共度春宵，橋田在星期五的晚上前往那個房間，一直待到星期六的晚上，然後死亡。到了三天後的星期二上午才被人發現遺體。

玲子腦中忽然冒出一個疑問。

「請問……那米原先生是什麼時候看到橋田先生穿便服的模樣？」

「咦？」

「橋田先生私底下很少與公司同事往來對吧？那你是何時看到……也就是穿著『那一型』便服的橋田先生呢？」

「啊！」米原抬起頭。

「就是那個嘛，員工旅遊的時候。」

員工、旅遊——。

大塚也有恍然大悟之感嗎？他朝玲子這邊瞥了一眼。

米原繼續說。

「每年六月，公司都會租一輛大型巴士。早上大夥兒在公司前集合後出發……總之這種時候就會如實呈現每個人的品味。像我這種人就是POLO衫配夾克、寬鬆的西裝褲，可是有些平時看來乖巧文靜的年輕女孩會穿得很辣。男人也是，像橋田那樣打扮得壞壞的感覺，或同樣是POLO衫，但卻是名牌貨，穿得一身帥氣……各式各樣都有。」

米原沒品味的穿搭和帶有性騷擾意味的措辭，這時都不重要。

「那個，你說的那次員工旅遊，是委託旅行社或什麼單位幫忙規劃的嗎？」

「啊？嗯……是啊。是請外面的人安排的。」

「那是每年嗎？每年都外包給同一家旅行社代辦嗎？」

「不，這我就不清楚了。要問總務的人才知道。」

「不好意思，能不能麻煩你現在就幫我們查一下那家旅行社的名字？」

「好的，沒問題。」

米原一度離席，再回來時手上拿著一張傳單。

「好像是這家公司……日本城市旅遊。」

竟然一舉命中目標！而且一看背面，還仔細地蓋上了「日本城市旅遊新宿分店」的章。

經由米原的介紹，玲子他們也向總務主任問了話。

「不好意思，百忙之中打擾了。……剛才聽米原先生提到那家叫日本城市旅遊的旅行社，請問有固定負責貴公司業務的人嗎？」

「有啊，那當然。」

「是不是一位叫做深町依子的小姐？」

然而總務主任立刻搖了搖頭。

「不是，是一位叫安西的小姐。行程規劃和領隊都是她。是位頗有姿色、幹練俐落的小姐。」

他翻了翻名片夾，不一會兒便找到一張印有「新宿分店　業務部　安西惠子」的名片。

「這樣啊。安西小姐……順便問一下，你認識一位叫做深町依子的小姐嗎？」

「不，我不認識。」

不過，感覺日本城市旅遊肯定與這案子脫不了關係。

玲子兩人趕緊離開，直接前往日本城市旅遊的新宿分店。

「抱歉，打擾一下。我們來是有兩、三個問題想請教。」

從正門進入店裡後，向接待櫃臺裡的女性出示識別證。為免事後被人抗議妨礙生意，兩人低調行事，盡量不讓其他客人或員工看到。

「……好的。請問是什麼事？」

「這裡應該有位安西小姐吧？」

「安西，是什麼人啊？」

「負責安排Cosmo Design這家公司員工旅遊的安西惠子小姐。」

這時不知道怎麼回事，那女人的表情突然僵住。

「安西她……已經在今年秋天辭職了。」

「辭職？發生什麼事了嗎？」

「詳細情況我就……」

今年秋天，意思是Cosmo Design今年六月員工旅遊時她還在？

「這麼說來，今後會由別的人負責Cosmo Design的業務嗎？」

「嗯，應該吧。我想是這樣。」

「該不會是深町依子小姐吧？」

這個問題問錯了嗎？她的表情愣了一下。

「不是，深町是廣告人員，不會直接面對客戶。」

事情不會這麼容易串起來的意思嗎？

「順帶問一下，今天深町小姐人呢？」

「很抱歉。深町今天請假。」

「怎麼了？是身體不適或什麼原因嗎？」

「好像是受傷之類的……不好意思，我不太清楚詳細情況，上面的人……」

深町依子的傷勢嚴重到要請假？不是連報案都不需要的擦傷和挫傷嗎？

玲子向日本城市旅遊問到了安西惠子的聯絡方式，而有關深町依子的部分，由於大塚早已調查清楚，反而問都沒問。

兩人火速走訪她的住處。

「……抱歉打擾了，我們是警視廳的人。」
目黑區東山一丁目一棟小而美的公寓的二樓邊間。門牌上沒有姓名。應該是獨居女子的住處，這是很普通的常識吧。
「深町小姐在嗎？」
對講機沒有回應，於是直接敲門，呼叫多次後終於有人應門。
《……我馬上開門，請稍候。》
一會兒之後傳來解鎖的聲音，門微微開啟。鏈條依舊掛著。
就門縫中所見，深町依子是個臉圓圓的、很可愛的女性。年紀雖然大玲子一歲，二十八歲，但兩人站在一起，恐怕會被看作比玲子還小。
「抱歉打擾了。我是警視廳的姬川。」
「我是大塚。」
兩人同時出示警察識別證，但在這數秒之間，玲子感覺有些不對勁。
深町依子始終不看玲子──。
看警察證時也一直注視著大塚那邊，而不看玲子。自我介紹時，視線也只在大塚的臉和領帶一帶來回移動，迴避看人的眼睛。
真奇怪。一般來說，如果有自稱警察的人上門，女性通常會提防男性的訪客，而不會對女性訪客抱持那麼大的戒心。這是當然的。畢竟多數女性會認為在力氣上不敵男人，而且若在近似密室的狀況下與男人對峙會感到有生命危險。正因為如此，警方在偵訊女性嫌犯時才會安排女性偵查員也在場，並分派女警去看守女性拘留所。

然而，到底是怎麼回事？在玲子眼中看到的深町依子，比起男性的大塚，反倒對女性的玲子更加防備。那眼神中隱藏著畏怯，不，甚至近似恐懼。

「是深町依子小姐嗎？」

「……我是。」

仍然不看向玲子這邊。

「請容我問幾個問題。四天前，十二月十五日星期六的晚上，深町小姐在中野區新井五丁目與一輛轎車擦撞受傷，對吧？」

「不……我就說那是……」

「正好同一天晚上，那附近的公寓……」

玲子說到這裡時，深町依子猛地用力拉起門把試圖關上門。幸好玲子立刻把腳尖卡進門縫裡，門才沒關上。原本門就只開一個小縫而已，所以腳並不會很痛。

令人驚訝的反倒是後來依子態度的轉變。

「回去！」

她不管玲子的腳卡在門口，依然使勁要把門拉上。而且只用左手。右手臂始終無力地垂在體側。那隻右手臂傷得那麼重嗎？既然如此，處理車禍時為什麼不強烈主張？

有什麼原因使得她不敢主張嗎？

「求求你們，回去！」

如此懇求的目光和話語也是一直對著大塚。玲子的存在只剩卡在門口的腳尖。其餘部分對她來說彷彿全是透明的，看不見。

一再拉扯門把的過程中，依子身上穿的水藍色針織衫左邊的袖子微微捲起。那左手腕上——。

「回去！就說叫你們回去了！」

玲子盡量讓依子看到自己，然後清楚地向她點個頭。

「我明白了，深町小姐，我們回去。我們會回去，可是在那之前請告訴我一件事。妳與安西惠子小姐……」

就在這一剎那，依子直視玲子的眼睛。

是憤怒嗎？或者說是嫌惡？還是輕蔑？

兩眼變得有神起來。

「……回去，我求你們，回去！」

玲子判斷，再繼續對這女人窮追不捨很危險。

「我明白了，我們回去。我現在就把腳抽出來，請先不要用力拉。」

玲子說完的剎那，力道雖然有減弱，但當她一抽出腳，門立刻「砰」地發出一聲巨響關上。

「不好意思……。打擾了……」

一看，黑色包頭鞋的兩側已被磨得有些泛白。

話說回來，這案子還真常遇到鞋子卡在門口呢。

「姬川主任，妳還好嗎？」

「還好。不會很痛。可是這雙鞋不行了。……真可惜。還是新鞋呢。」

兩人暫時先離開公寓，彎過一個轉角後，玲子停下腳步。

「說得也是，大塚警官，要不要稍微改變一下策略？」

「咦……策略，改變嗎？」

看了一下手錶，正午過了約三十分鐘。

「首先，你怎麼看剛才深町依子的態度？」

大塚沉吟一聲後，暫時陷入思考。

「……感覺有點歇斯底里，或者該說是相當討厭警察。」

「是嗎。我和你的看法不同。我覺得她討厭的不是警察。」

「是這樣嗎？」

「嗯……不如說，她討厭的應該是我。」

大塚再次沉吟一聲便沉默不語。

「她幾乎不願意看我。明顯地撇開視線。不過說話時一定看向你那邊。請求我們離開時，也是用哀求般、求救似的眼神看著你。在我看來，彷彿在對你說：快帶著這女人從這裡消失。」

「是這樣嗎？」

什麼嘛，完全沒發覺嗎？

「她只有在我提到安西惠子的名字時看了我一眼。如果說那眼神中帶有殺意……或許言過其實，但確實隱含著近似殺意的厭惡感。你對這點有什麼看法？」

大塚偏著頭，看向柏油路面。

「不希望別人把自己和安西惠子連在一起，一定有什麼隱情。」

「嗯，這個方向不錯。還有就是，也許安西惠子與我有某個部分很相似，不過這純粹是我的直覺。我身上有某種會讓她聯想到安西惠子的東西……所以她也不想見到我。希望我快點從她的眼前消失。所以才會對你發出求救似的眼神……不過也有可能只是年齡相近的關係。」

目前已知安西惠子與深町依子同樣是二十八歲。

「所以我覺得稍微隔一段時間……對了，先找個地方吃午飯，然後你再去拜訪深町依子一次，這次你一個人去。」

「咦？我一個人嗎？」

「對。總之，我覺得這次我不在比較好。我會在不遠的地方看著，你一個人去。然後一定要確實讓她知道這件事。告訴她這次是你一個人來，那個女的不在。盡可能地表現出溫柔、親切，願意幫她出主意的態度……然後看她的反應會有什麼變化。就先查清楚這一點吧。」

大塚仍舊一副半信半疑的樣子，但還是暫且點頭應聲「是」。

從結果來說，這天下午大塚沒能和深町依子談上話。

「對不起。她只是一直反覆地跟我說『請你回去、請你回去』。可能還差點哭出來。」

「是嗎。你有好好溫柔地跟她說話？」

「有，那已經是我的極限了。」

「那就行了。今天就先這樣吧。」

接下來的兩天，玲子都讓大塚去拜訪依子。不知道是不是傷勢不輕，依子那個禮拜全都請假沒上班，足不出戶。

其間，橋田良的司法解剖、鑑識人員採集到的指紋與腳印分析結果一一出爐。

橋田良的最大死因，果然是濫用藥物所引起的心臟衰竭。會這麼說是因為橋田的血液中除了驗出MDMA，還驗出「Sildenafil」的成分，它的另外一個名字叫「威而鋼」，是家喻戶曉的治療陽痿藥物。橋田所吸食的MDMA原本就是不純的劣質品，它與Sildenafil經過什麼樣的作用機轉而引起心臟衰竭，似乎還需要花些時間才能查明。不過，橋田藉由吸毒得到快感，同時試圖延長做愛時間這一點，應該是肯定的。

換句話說，橋田服用藥物是出於自己的意志，死亡只是單純的醫藥事故導致的結果，這樣的可能性大增。如果是他殺，合併使用MDMA和威而鋼這方法未免太不合情理了。

可是這麼一來就很奇怪，因為陳屍現場並沒有發現未使用的MDMA和威而鋼，而就算現貨全部用罄，也沒有留下任何藥物的PTP包裝和藥盒。

因此，指紋和腳印便具有重大的意義。

從鑑識結果來看，得到這樣的結論：在六〇五號室內採集到的兩種穿絲襪、兩種打赤腳的四種女性腳印，全是同樣兩名女性的腳印。報告並指出，採集到的六人份指紋中，有兩個為女性所有。除此之外，依據腳印和指紋推論出的動線顯示，其中一名女性幾乎進出過所有房間，而另一名女性主要在裡面的和室和客廳走動。

特搜總部的見解是這樣的。

出入六〇五室的兩名女性處理掉剩下的藥物後離開現場——。

再者，負責地搜組的菊田在報告時指出，中野公園之丘的監視畫面拍到兩名年輕女性一起出現。兩人在橋田死亡的前一天，十四日下午八點十三分進入電梯。在六〇五室所在的六樓出了電梯。不過那之後這兩名女性並沒有搭電梯。畫面中的兩名女性並非六樓住戶，也無法確認她們是否還在六樓。最容易想到的可能性是，兩人在那之後走逃生梯離開公寓。為慎重起見，特搜總部二十日起派總部鑑識人員進入現場，以逃生梯為中心採集腳印及其他證物。

案情追查到這個地步，玲子實在無法再隱瞞手中握有的線索。只不過關於深町依子的部分，她不想直接在會議上報告出來。因為玲子認為，依子在某個方面也可能是被害人。

「……股長，我有事要報告。」

二十一日的會議結束後，玲子只向今泉報告了情況。地點是位在同一層樓的偵訊室。今泉雖然皺了一下眉頭，但沒有劈頭就責備玲子的獨斷獨行。

「也就是說，妳認為橋田和那個叫安西惠子的女人共謀，將這名叫深町依子的女人監禁在六〇五室予以強暴嗎？」

「沒錯。遺體上的防禦性傷口，很可能是橋田企圖強暴深町依子時遭到抵抗所造成。此外，假使是安西惠子製造出這樣的狀況，再從橋田那裡收取報酬，安西惠子的行為是否也可算是仲介賣淫？」

今泉偏著頭。

「不過，妳把深町依子當作被害人的依據是什麼？也有可能是三人一起吸毒，玩3P性愛派對不是嗎？」

「當然，這種可能性也不是完全沒有。」

「是因為深町依子對妳的態度嗎？」

「這也是一個原因。再加上……雖然我只是瞬間瞄到，但深町依子的左手腕上有像是用繩索等物緊緊捆綁過的痕跡。感覺是擦傷和伴隨內出血的壓迫痕跡。我猜深町依子八成被監禁在裡面那間擺有地板床的和室。要核對有許多方法，毛髮、指紋、腳印都行。安西惠子也不例外。」

「就算是這樣，但要立刻採集指紋怕有困難。」

確實是如此。

「……妳打算怎麼做？光憑這點依據，我不可能批准妳把人帶回局裡偵訊。」

「我知道。總之，我會先找安西問話。」

「深町那邊要怎麼做？」

沒錯，這是個問題。

「深町依子……我打算交給大塚巡查負責。」

今泉揚起一邊的粗眉看著玲子。

「交給大塚負責……他一個人嗎？這樣不行吧？」

在公安委員會規則中，巡查被定義為「司法巡查」，與巡查部長以上的「司法警察」明確區分開來。具體來說，司法巡查不具備申請逮捕令和偵訊犯人的資格。偵查若有任何進展，都必須交接給巡查部長級以上的人。

「是的。因此我請求換組。明天起，請讓大塚和石倉警長一組。而原本和石倉警長一組的……那個，是誰來著？」

「高坂嗎？野方分局重案搜查股的。」

「對，我和他一組。然後我們去調查安西。只是把她當參考人，去向她了解案情。」

今泉盤起雙臂，思考了一會兒後點了點頭。

「……好吧。要我來跟石倉說，還是妳直接跟他說？」

「由我來說。」

「是嗎。那就由妳去說。還有，」

今泉豎起食指對著玲子。

「……今後不能拖到這麼晚才報告。妳不再是警長，或轄區分局的偵查員。而是警視廳總部搜查一課的主任警部補。我不容許那種否定組織辦案的獨斷獨行作風。」

語氣嚴厲而沉重，但很不可思議的是，被今泉這麼一說，玲子馬上就聽進去了。

「是，知道了。我會銘記在心……非常抱歉。」

究竟為什麼？完全不會想反抗，連自己都感到洩氣。

當天晚上玲子就告訴石倉和高坂了。出乎意料的是，石倉欣然接受這樣的換組。

「好啊。其實我也對大塚巡查有點在意。外表看來雖不起眼，但經過磨練，說不定會成為一名優秀的刑警……這陣子觀察下來，我這麼覺得。」

玲子感覺臉頰一帶有什麼輕輕迸開來——。

那是她至今為止不曾體驗過的奇妙感受。

自己竟然與年齡、性別、經驗、階級都不同的石倉有相同的見解。這也許只是個小小的巧合，但玲子總覺得分外開心。如果是這人的話，今後還能繼續合作下去。她有這樣的感覺。

「沒錯。既然石倉警官這麼說，應該就錯不了。請你……多關照了。」

「了解。」

大塚隔天早上得知這項變動。雖然神情有些訝異，但馬上就真心地應聲「是」。

「這件事，我已經向我們的股長和石倉說過了。深町依子就……就由大塚警官來讓她招供了。不必著急。慢慢地，小心地，溫柔地……你一定可以的。盡量不要傷害她的情感，讓她打開心房，我相信你一定辦得到的。」

「不，別這麼說，雖然我沒什麼把握……不過，我會努力的。竭盡所能，不辜負主任的期待……」

大塚又補上一句「我會努力的」，玲子至今依然清楚記得當時大塚的表情。

那天上午十點。玲子兩人走訪日本城市旅遊告訴她的安西惠子的住處，一棟位在高圓寺的公寓，可惜沒人在。

高坂噘起嘴巴說：

「今天是星期六，會不會出去玩了？」

「或許吧……稍微等等看吧。」

在兩人時而一起、時而輪流監視之下，下午兩點過後安西惠子回來了。之前已透過她留在日本城市旅遊的履歷表確認了長相，的確是個五官端正、感覺很俐落的女人。她穿著一件很眼熟的炭灰色羊毛大衣。與玲子身上的外套非常相似。

房間是一樓的一〇五室。當她在門前站定時，玲子出聲跟她打招呼。

「妳是安西惠子小姐對吧？我們是警視廳的人。」

出示識別證後，惠子訝異地瞇起眼睛，仔細打量玲子和高坂兩人。

「……喔。有何貴幹？」

輕佻的語氣和表情，絲毫無意掩飾心中的不悅。

「前幾天，Cosmo Design這家公司有位名叫橋田良的先生過世了。安西小姐應該認識這位橋田先生吧？」

面無表情。儘管她刻意不表露出情緒，但還是看得出情緒波動。

「嗯。我在之前的公司與他有過業務往來，所以認識。」

「私底下的交情呢？」

「啊？妳是要問我們有沒有交往過嗎？」

「是這樣的嗎？」

「才、才不是呢！妳在胡說什麼！」

她一臉氣呼呼的樣子，同時將握著鑰匙的手伸進口袋裡。

「能不能稍微聊一下橋田先生這個人？」

「我沒什麼好說的！就只是承辦客戶的員工而已。」

「可是妳也曾以領隊的身分，陪同參加他們的員工旅遊對吧？」

「那是工作。就只是這樣而已。」

「聊聊當時的印象也無妨，請稍微回想一下，告訴我們。」

玲子邀惠子到附近的咖啡廳坐坐，但不知道是否不想聊太久，惠子提議到附近的公園就好，說完便逕自邁步向前。

雖說是下午兩點過後，但畢竟是冬天。到了公園後，只見孩子們活蹦亂跳地玩耍著，而陪同的媽媽們無不蜷縮著身體，一副很冷的樣子。

惠子在離沙池不遠的長椅上坐下。玲子向高坂使個眼色，要他保持一點距離。玲子將包包置於膝上，坐在惠子身旁。

「……延續剛才的話題，妳與橋田先生只有工作上的往來嗎？」

「沒錯。妳到底想知道什麼？」

「我想知道的，那可多了。比方說，妳在聽到橋田先生過世的消息後，為什麼臉上卻毫無表情。」

惠子的表情立刻蒙上一層陰影。

「……也許看不出來，不過……我當然會感到驚訝啊。畢竟是聽到認識的人的死訊。」

「是嗎？那妳是真的不知道橋田先生死亡的事？」

「不知道啊！我已經換工作了……怎麼可能知道？」

「十四日晚上八點左右到十五日的深夜，安西小姐人在哪裡？」

感覺她的表情明顯變得僵硬。

「問……問這做什麼？」

「很抱歉。警察基本上對任何人都會問這樣的問題。假使人在事發現場附近的話，說不定會知道些什麼不是嗎？」

「我……」

玲子期待她會露出馬腳，說自己不在中野，但惠子畢竟沒有笨到這種地步。

「……在我男友家。在橫濱。」

「不是和深町依子在一起嗎？」

不過，她的個性似乎很容易把驚訝表現在臉上。

「為什麼是依子……不知道啦！」

「是嗎？這就怪了……我也和深町小姐聊過，還以為這張照片裡的人就是安西小姐。」

玲子從包包裡取出截取自監視錄影帶畫面的照片。但還不能拿給惠子看。

「長相十分神似，髮型也像極了。而且還穿著和妳現在身上這件一模一樣的大衣呢。」

惠子的雙唇開始顫抖，這應該不只是天氣冷的緣故吧？

「妳看，真的是一模一樣。」

玲子故意將照片拿到惠子的臉旁邊。事實上那畫面是由斜上方拍攝的，根本無法判斷長得像不像。

惠子倏地伸出手，試圖奪取玲子手中的照片。不料，玲子的手故意不動，讓惠子抓到照片後，再趁機扣住她的手腕。

「……放手！就算只是一張照片，但只要他人用暴力奪取就是強盜。強盜罪，和違反麻醉藥品及精神藥物管理法，或是強姦罪、非法監禁罪……哪一條罪最重，妳知道嗎？」

「這、這話什麼意思！」

儘管語氣強硬，臉上卻是一副快哭出來的表情。玲子一鬆手，她便急忙將手抽回，緊緊放在胸前。

玲子從包包裡取出保管證物用的塑膠袋。把剛才那張已有多處凹折的照片小心地放進去。

「……喂！妳這是在做什麼！」

「我要怎麼保管我的東西是我的自由，不是嗎？」

「什麼，慢著！妳打算拿那個做什麼？」

當然是打算事後採集指紋拿去比對。

「哎呀，我拿這照片去做什麼會對安西小姐造成什麼困擾嗎？應該不會吧？既然妳十四日的晚上人在橫濱，應該沒有任何問題才對啊……當然，要是日後發現不是這樣的話，那可就麻煩了。」

「等一下啦……」

惠子雙手握拳，捶了捶自己的大腿，很懊惱似地甩一甩頭。

「……妳說我到底做了什麼嘛！」

頭來。

「我不知道。妳不告訴我，我怎麼會知道妳做了什麼事。」

惠子大嘆一口氣，垂下肩膀。在玲子看來，只覺得惠子已經完全招了。

惠子再次嘆口氣，嘖了一聲，抓抓頭髮，把頭髮亂抓一通後，直接抱住頭，垂下頭來。

「我只是……因為橋田說想和依子上床，我只是幫了點小忙罷了。」

「幫忙？」

「沒錯。帶依子去那棟公寓的是我。可是，就只是這樣而已。」

「深町依子小姐在橋田的逼迫下和他發生性行為，而且是在妳的面前，她同意這麼做？」

「起初當然是有點不願意，可是……藥效發作後，依子也挺樂在其中的啊。是真的啦！」

橋田遺體上留有的挫傷、擦傷痕跡絕不算少。深町依子不可能只是「有點」反抗而已。再說，惠子剛剛承認自己有使用「藥物」。玲子剛才確實有用「違反麻醉藥品及精神藥物管理法」這樣的字眼，但從來沒說這次的案子與違法藥物有關。這算是很重要的「祕密揭露」。

「……妳剛才所說的，聽起來像是妳帶深町依子去那棟公寓，然後灌她吃藥，讓她與橋田良發生性行為，是這樣沒錯吧？」

「是橋田說要灌藥的，我只是幫他的忙。從頭到尾我就只是幫忙而已。」
「為什麼要幫這種忙？橋田有付錢給妳？」
惠子的表情瞬間僵硬。她似乎在腦中盤算著，如果承認收錢，罪行會加重還是減輕？不過，就這點深入思索也沒多大意義。無論如何都不可能成為酌情量刑的依據。
惠子忽然放鬆下來，面向玲子。
「……我可以抽菸嗎？」
「請便。」
她從包包裡拿出黑色包裝的香菸，叼一根在嘴裡。打火機是塑膠製的便宜貨。動作嫻熟地按下開關，用左手圍住點燃香菸。
吸了一口菸之後，惠子似乎平靜許多。於是又漸漸露出一副天不怕地不怕的表情。
「……我只是想傷害依子罷了。」
聲音低沉而冷酷——。
感覺見識到了這女人的本性。
「我們倆同樣年紀，又畢業自水準相近的私立大學。我要規劃行程、要帶團，被支使來支使去的卻只有少得可憐的薪水，而那女的負責內勤，只要做些簡單的廣告工作。可是大家都誇她，說『深町小姐真可愛』之類的，結果她愈來愈得意……妳知道我現在的工作嗎？」

「不知道。我準備等一下再問妳。」

惠子用力從鼻子裡哼出一口氣。

「……應召女郎。好幾年前為了賺外快就在做了。平常用的東西，對我來說愈貴愈好，可是怎麼就是經常有人誇那女的衣服好可愛、包包好可愛……那女的有那麼好嗎？論身高、身材和臉蛋，我們倆都差不多，不是嗎？說起這個，我也是挺有男人緣的。客人大多是回頭客，指名要我服務。」

再深吸一口菸，但卻一副極其不快地吐出煙來。

「……橋田也是一個樣！跟我上床後一定會說，以前跟妳一起出來的那個同事真可愛……他只不過有一、兩次來到公司附近，馬上就盯上了人家。我問他，那女人比我好嗎？他就反問我是不是在吃醋。還冷嘲熱諷說我根本不是那一型的……所以我就讓他上啊。說什麼不是那一型的。所有女人都一樣啦。嗑了藥再做，什麼樣的女人有差嗎？依子還不是一副欲仙欲死的樣子？可是，我還來不及問他這些，那傢伙就……死了。」

最後一句話。只有在說最後那句話時，惠子的聲音聽來格外落寞。這應該也是她的真心話吧。

「妳什麼時候發覺橋田良死了？」

關於這個問題，她微微偏著頭說：

「不記得是幾點，不過應該是星期六的深夜。我當然也嚇了一跳，可是最先想到的是，不妙！得想想辦法才行！剛好橋田的藥盒放在桌上，於是我就帶著那個逃走……我想依子八成還在睡。因為從星期五晚上就一直做個不停。應該累癱了吧。……後來的事我就完全不知道了。」

之後醒來的深町依子，恐怕也是慌慌張張地逃出那間屋子吧。連把橋田的鞋子踢飛了都不知道。而且還在下一個路口的便利超商前與轎車擦撞，驚動了警察。依子不肯上醫院驗傷，也許是因為害怕接受血液檢查會被驗出毒品成分。實際上若不是傷勢嚴重到需要輸血，並不會做血液檢查，也不會做藥物檢查。

吸完最後一口菸，惠子將香菸扔在地上。玲子正準備叫她要扔在菸灰缸裡，不料惠子轉頭面向她。

「我問妳……我一定得坐牢嗎？」

恐怕是吧。強暴雖然是告訴乃論罪，但如果是多人涉及犯罪就不一定了。而在違反麻醉藥品及精神藥物管理法方面，若只是單純地吸毒，因為是初犯，有可能被判緩刑，但若是以強暴為目的而使用毒品則另當別論。另外還可能犯了逮捕・監禁致人死傷罪。基本上應該是免不了入監服刑。

不過，判刑終究是法官的工作。不是玲子此刻該置喙的。

「這個嘛，我也不清楚。……我只是為了在法庭上揭露妳的行為，而善盡我身為警察所能選擇的最佳方法。為了懲罰妳，讓妳受到與深町依子小姐相同的痛苦……所以徹頭徹尾地調查清楚。」

沒錯。玲子絕對不容許強暴，不論背後有什麼理由。她個人無法饒恕這樣的罪行。

即使對方是女人，她也絲毫不打算輕縱。

同一天，大塚成功問到深町依子的說法。很巧的是，據說他和玲子他們一樣，也是坐在公園的長椅上聽她說。

「……太過分了！不可原諒！」

惠子久違地約依子去吃飯，之後藉口已搬到中野，邀依子再去家裡喝一杯，然後便把她帶到中野公園之丘的六〇五室。對於屋裡不太像有人居住的感覺，以及惠子介紹橋田良是她男朋友的事，依子雖然感到詫異，但並沒有太過提防，也沒拒喝他們端出來的酒。然而，那無疑是錯誤的源頭。地獄的開端——。

即使依子對大塚說了這麼多，但她仍然不願意上警局說明這件事。

「……她一再要求我不要管她的事……對不起。我沒辦法再多說半句……她好不容易才告訴我這麼多，而我卻只是在一旁附和『這樣啊』……然後就結束了……對不起。」

玲子完全不意外。這不是大塚的錯，更不是依子的錯。其實依子需要的是一個願意幫助她重新站起來的人，就像佐田倫子對玲子那樣。可是這回玲子並不適合擔任這樣的角色。玲子第一次和依子接觸時，對她的態度相當強硬。別說是幫她重新振作了，玲子只要一出現，就有可能導致她情緒不穩定。

於是玲子決定，自己還是專注在安西惠子的偵查上。深町依子就交給大塚和石倉負責。或者，是不是該由專門偵辦這類案件的搜查一課性犯罪搜查股接手呢？

總之，這不是自己該出面的時候——。

玲子再次這麼覺得。

不出所料，安西惠子被以集體準強姦罪、吸食ＭＤＭＡ、逮捕・監禁致人死傷罪判刑六年九個月，入監服刑。服刑態度想必不佳，經過五年後的現在，還不曾聽到安西惠子獲得假釋的消息。

而直到現在，玲子只要回想起那件案子，心中仍然無法釋懷。如果能夠，她很想再一次從頭偵辦那件案子。從與深町依子的第一次接觸開始，和大塚一起，重新再來一次——。

石倉感觸很深地說：

「……不過，那小子幹得不錯。真的是謹慎再謹慎，穩穩地沉住氣，在那樣寒冷的天氣裡，站在那間公寓的門前等了好幾個小時，一直等她出來。該怎麼說呢？我因為這件案子，感覺有點喜歡上大塚了。」

「嗯。」玲子也點了點頭。

石倉接著說：

「還有就是，主任知道嗎？那個深町依子有來參加大塚的葬禮。」

「咦？我不知道。剛剛才頭一次聽到。」

不用說，玲子當然也出席了那場葬禮。右耳上包著繃帶。

「就是啊……我也是在第二年忌日的時候，才從大塚的母親那裡聽說的。每個月的忌日、盂蘭盆節、掃墓時，有個女人一定會來上墳。八成就是那位姓深町的小姐吧，她說。」

玲子完全不知道。也始終沒有察覺。

「不知道是不是那件案子過後，兩人還有來往啊……」

「不知道呢。可是如果不是這樣，她怎麼會來上墳。……不過，大塚殉職一事，當時也有上報。也有可能是她偶然間看到那則報導。」

說完，玲子忽然覺得從剛才就一直沉默不語的今泉很奇怪。

「咦，今泉警官，難不成你知道這件事？」

「嗯？妳說的這件事是指什麼事？」

「大塚和深町依子的事。你該不會知道那之後兩人是不是還有往來吧？」

不料今泉慌張似地搖了搖手。

「不知道啊！我怎麼會知道。你們都不知道了。」

不，這可難說喔。

他不會一直都知道這件事吧？只有他——。

有她在的咖啡廳

The Cafe in Which She Was

現在講「書店咖啡廳」大家一定都聽得懂，可是當時還很稀少，就算跟父母解釋自己是「在書店附設的咖啡廳裡工作」，他們也很難理解。書是紙做的，咖啡廳是會散發出咖啡味和菸味的地方，我一直擔心，把這兩方合併在一起，會不會讓書染上氣味。只是，自己只有高中畢業，泡沫經濟崩解後，女性求職情況尤其嚴峻，一方面又感覺「書店」與「咖啡廳」這種「優雅＋優雅」的組合很有魅力，所以我才下定決心在這裡工作。

應徵時，只與店長面試過一次。

「有沒有其他問題？」

「不，沒什麼問題。」

地點就在池袋，可以從家裡騎腳踏車通勤。我原本質疑的氣味問題也利用空調讓它不致於外漏，因此不用擔心。至於香菸，據說原本就全面禁菸。

「那麼，賀地末冬小姐，妳下星期一開始能來上班嗎？」

「可以，我隨時都沒問題。」

「我們會以咖啡廳的開幕工作人員身分聘用妳，關於人事配置，原則上一定期間過後我們會重新評估，如果妳希望的話，也可以成為正式員工，或轉調到書店賣場。請加油。」

「我會的，謝謝你。」

過去只有高二和高三的暑假打過工，做的是大樓清潔工作，對餐飲這一行完全沒經驗。不過曾在學校的文化祭中擺過小吃攤。賣炒麵和巧克力香蕉。那時也有賣飲料，所以自己便把它想像成——應該就是那次經驗的延伸吧。

可想而知，我學到很多，例如如何操作營業用咖啡機、西餐餐具的用法、待客的話術等等。尤其是學到飲料要從客人的右側送上、輕食等的盤子要從左側供應，那時受到了不小的文化衝擊。

後來自己在外面用餐時就會仔細觀察。證實了比家庭餐廳稍微高級一點的店，一定會像這樣出餐。不過，當時我一年頂多去一次那樣的餐廳。

就一家咖啡廳來說，它絕對不算大。只有一張十人座的橢圓形桌，和兩張四人座的方形桌。實際上十人就差不多客滿了。這種規模的店鋪，每天依然有各式各樣的客人造訪。

最多的應該還是想要一邊喝著咖啡或紅茶，一邊好整以暇地享受自己新買的書的人。一臉興奮地開始讀起小說的人，隨興翻閱時尚雜誌的人，不必翻字典就能閱讀外文書的人。真的是形形色色。

不過，沒買書而直接光顧咖啡廳的客人也不在少數。

這間池袋店在都內算是數一數二的大型書店。從地下樓層算起全部共十層，除了位在四樓一隅的這間咖啡廳之外，不用說，當然全是書籍賣場。大到這種程度，老實說，有時找起書來也挺累人的吧。不買書而上門來的客人大多不是面帶愁容，不然就是一副看似生氣的表情。

「歡迎光臨！」

「冰咖啡。」

而且，這一類客人多數是點冷飲。有的還會把冰開水一口氣喝光。不會點蛋糕之類的來吃。因為沒有書，也不會久坐。事實上，只要情緒冷靜下來馬上就會重回賣場。從某種角度來看，他們是個性非常爽快的人。

這當中，我特別在意某位女性客人。她雖然是屬於「慢慢享受」那一類的客人，可是與其他客人的感覺很不一樣。

「歡迎光臨！決定好要點什麼了嗎？」

「……咖啡。綜合的，一杯。」

最初的感覺是：這人講話好穩重、好優雅喔。

「好的。」

我記得那時候她的頭髮還是中等長度。烏黑且十分有光澤。年紀應該比我大一些。所以差不多是二十歲左右。從來店時間不固定，和每次總是穿著輕便服裝來看，猜想可能是大學生。

「讓您久等了。這是您的綜合咖啡。」

端飲料過去時，多數時候她已沉浸在新買的書本中。不是小說或雜誌。是橫式書寫，八成是學術用書那一類。至於是哪個領域就不清楚了。外面不但包著紙書套，又不能明目張膽地偷瞄客人正在閱讀的頁面。儘管非常好奇，但她的閱讀類型暫且仍舊是個謎。

我在吧檯裡用真摯的眼神望著她閱讀時的側臉，絲毫不會厭倦。沒有其他客人，又只有我一個工作人員時，甚至有種獨占她的感覺。

她有一對雙眼皮十分明顯的漂亮眼睛。平緩的鼻梁，嘴唇到下巴的線條宛如一幅畫，完美而勻稱。由於個子算高，坐姿又非常端正，就算有其他客人在也能清楚看到她的臉。可以說是十分搶眼的人。

同事內田茜似乎也一直在注意她。

「那個人很常來呢。感覺好像模特兒。」

「嗯。可是，她看的書感覺都很深奧。」

「怎麼？未冬妳確認過了嗎？」

「沒有，碰巧瞄到而已。」

「是嗎……這麼說來，感覺她好像很聰明的樣子。」

的確。看起來非常適合從事律師或會計師那類需要證照的工作。

她長則連續看三、四個小時的書。而且一直維持同樣的姿勢，同樣認真的眼神。專注力十分驚人。那樣認真投入的話，任何事應該都難不倒她吧。我真心這麼認為。

可是一陣子之後，我漸漸看到她的另一面。

那天，她又像在發功般，專心讀著她買下的書。

「……嗯？」

我為了把杯子收到吧檯後方的架子上，稍微移開視線，沒想到就在那短短幾秒鐘之間——倒下去了！

「哎呀呀！」

她竟然大膽地趴在橢圓形大桌的一頭睡覺！左手大拇指還夾在書裡，八成是她剛才在閱讀的那一頁。杯子就在那本半闔起的書旁邊。我腦中突然浮現一個畫面——驚覺自己睡著，睜開眼睛的她，不小心連同書和杯子一起揮落地上。我不想杯子摔破，更不願她的衣服和書弄髒。

我環視店內，悄悄地走出吧檯。幸好沒有其他客人。工作人員也只有我一人。雖然不至於躡手躡腳，但我盡可能悄悄地走近她。

然後站在她的左側。

首先拿起杯子，放在大約距離二十公分，幾乎是對面的位子上。我認為這樣應該至少不會發生醒來時打破杯子的意外。

那麼接下來要做什麼呢？並沒有人教我該如何處理在店裡睡著的客人。不過，假使要我自己臨機應變的話，那麼應該可以問她「小姐，您是不是身體不舒服？」之類的，自然而然地叫醒她。

不過，我故意不這麼做。

你問我為什麼？

因為看著她輕輕呼出鼻息的睡臉，實在是太可愛了。頭枕在穿著輕柔針織衫的右手上，閉著眼睛一副睡得很香的樣子。想到這樣一個聰明的美人兒，睡著時的表情竟是如此不設防，突然有種想要保護她的心情。

話雖這麼說，但我能做的事也有限。頂多就是不要發出不必要的聲音，和注意是否有其他客人上門，如此而已。說起來，她肯定也不想在有其他人在的地方打瞌睡吧，而站在店家的立場也不樂見這樣的行為。

可是，再一下下就好——。

她一定是念書念得太累了。我想讓她再多享受一點平靜的時光。

不，也許不是這個原因。說不定只是我自己想要近距離地凝望她罷了。想要獨占她那比初識時長了許多，但依舊光澤亮麗的黑髮——。

也許是這個原因吧。

那之後，她偶爾還是會在我在的時候打瞌睡。

雖然沒像第一次那樣趴在桌上睡覺，但書看著看著，不知不覺眼皮便沉重起來，不久就用力點了個頭。但在我眼看著她又要點頭時，她馬上又將頭抬起。

啊！又把頭撐住了——。

我自己其實很喜歡看她的睡臉。雖然不知道她的頭腦是不是真的很聰明，但臉蛋漂亮、身材又好，給人洗練俐落感的小姐，卻一個不小心讓人看到她天使般的睡臉——不，不是天使吧！真要說的話，應該是公主。不想讓任何人看見、沉睡的咖啡廳公主。

想到這裡，我忽然冒出一個非常自然的疑問。

其他工作人員究竟知不知道這件事？

我試著詢問咖啡廳三名工作人員中，和我感情最好的內田茜。

「喂，那個總是看很深奧的書，感覺很像模特兒的小姐，她……」

「嗯，最近很少看到她。」

「咦？」

這麼說起來，也許近來真是如此。可能她很少在小茜在的時候上門。

我也問了另一名工作人員，正式員工菅原貴子小姐。

「那個，我這樣問好像很奇怪……經常坐在大桌子靠裡面的位子，個子高高的、看書看很久的那位女客人有來嗎？」

「嗯？有這樣一位客人嗎？」

「喏，就是長得挺漂亮，表情看起來有點嚴肅，可是坐得直挺挺的，老是在看課本似的……」

「啊！戴眼鏡的那一位？」

「不是，她沒有戴眼鏡。」

「不知道耶……那我可能沒見過吧。我不太會去關心個別的客人。」

確實。菅原小姐是咖啡廳和書籍賣場兩頭兼顧，她自己有點把來咖啡廳這邊當作像在休息一樣。大概無意像我們這些全職人員一樣，清楚掌握每一位客人吧。

這麼說來，只有我見過那可愛的睡臉嗎？這的確讓人有點欣喜——。

於是有一天，我害怕的事終於發生了。

「啊！」

短促的慘叫聲和「卡鏘」的冰冷聲響同時傳進耳裡，我反射性地回頭看去。雖然不清楚是不是她打瞌睡時造成的意外，但她徹底打翻了冷飲杯。

我當下立刻將未開封的Duster整盒拿過去。所謂的Duster，指的就是營業用的抹布。外表是粉紅格子狀，挺可愛的。

「小姐，妳沒事吧？」

她左手拿著杯子，用右手將附近的物品挪開。看樣子，杯子似乎沒有摔破。

「那個……對不起，菜單濕了。」

「不要緊。有弄濕衣服或書嗎？」

「嗯，我的……啊，書有點……」

「不好意思。」

我從盒子裡拿出全新的抹布，先蓋住桌子上的積水。這樣就能防止受災區域擴大。接著是書。幸好只是弄濕收銀人員幫忙包上的紙書套，拆掉後，裡面書本原本的PP封面平安無事。「PP」是「polypropylene」的簡稱。就是那層滑滑的、亮亮的，防水與防髒污的表面加工。

「裡面的內頁應該沒事吧？」

她禮貌地用雙手接下我遞過去的書。這時，我第一次有意識地看了一下書名。

【刑事訴訟法　第三版】

果然打算當律師嗎？或者是檢察官？

她啪啦啪啦地翻著書頁，輕輕點頭。

「內頁沒事。而且我大致都讀過了。」

「什麼？看起來這麼艱深的書，妳都讀完了？」

說完後我好想塞住自己的嘴巴。

「……抱歉。我不該多管閒事。」

我至今仍然清楚記得那時她臉上露出的笑容。與看書時，當然也與打瞌睡時的表情都不同。我在那笑容中似乎看到某種堅毅，或者該說是屹立不搖的意志。

「我只要在這裡，便能很快地集中注意力看書。……老是一坐就坐很久，我才應該道歉呢。一直擔心，不知道會不會造成困擾。」

我毅然決然地搖頭。

「沒這回事。請儘管……慢慢享受。」

實際上，我絲毫不覺得困擾。坐很久時，她一定會點三到四杯咖啡。偶爾也會喝咖啡歐蕾或紅茶。

「那我就不客氣，再多坐一會兒……另外，再來一杯綜合咖啡。」

「好的。」

這是今天的第五杯。

不過，她像這樣頻繁光顧的時間，可能只持續不到一年。

有一天，我突然發覺有一個月以上不曾見過她。記得那時差不多是十月、十一月吧。

這時候，我果然還是去問小茜。

「喂，那位高個子的美女，最近很少來是吧？」

「有嗎？我……啊，聽妳這麼一說，我好像也完全沒看到她。」

我這時才發覺，自己有多麼期待她上門，把她當作是心靈的依靠。一旦發現後，心裡便在意的不得了。

至今為止，應該不曾有過這樣的情況——。

一這麼想，平時看來狹小的店內，頓時感覺格外空曠、冷清。即使是坐滿一半以上客人的繁忙時段，仍然會感到幾分寂寥與空虛。反之，空閒時段則無法不在意店外，揣想她會不會上門？是不是正在附近走動？

在休息等空檔時間，我就會跑去樓上——五樓——陳列法律相關書籍的賣場。有時還會擅自想像她輕輕伸長手，不費吹灰之力地抽出放在書架上層的書的模樣。

不——。

我不是什麼同性戀。雖然確實一直交不到男朋友，但我向來喜歡的都是一般男性。而且是很有男子氣概的那種。體型方面也是偏愛肌肉男，比起所謂的花美男，我更喜歡具有野性的男人，即使長得不是很好看也沒關係。例如在七樓書籍販賣部負責理工類書籍的岡部先生，或是雖然不知道名字，但偶爾會來的某出版社業務員，都是我很喜歡的類型。

所以，我絕不是用那種眼光在看她。說起來，我對她懷抱的是「仰慕」之情。彷彿只要有她坐在那裡，四周便亮了起來。感覺她優雅又充滿知性，而且擁有堅定的意志。不過，我也喜歡她有點粗心、不拘小節的一面。打瞌睡也是如此。還有一次，明明結帳的金額是兩千數百圓，她竟一臉淡定地只掏出一張千圓鈔票。

「那個，小姐，總計是兩千又……」

「啊！對不起！我以為我拿出來的是五千圓鈔票。」

這種時候，臉上露出有點不好意思的表情我也很喜歡。明知她年紀比我大，也覺得她應該很聰明，但正因為如此，發現她稍微少根筋的地方便會覺得很開心。看似完美無瑕，其實並非如此。不，連那稍微少根筋的部分也包含在內，她確實是完美無瑕。

她是不是不會再來咖啡廳了？已經通過考試，不用再念書了嗎？一想到這種情況就難過得不得了。

後來，我只要在池袋街頭看到身材高䠷、有著一頭漂亮黑髮的女性，便會期待那人就是她。我甚至還推測，也許她得知另一家書店的法律相關書籍也很豐富，開始常去那家書店之類的，而跑去其他書店察看過。我對流行時尚很陌生，無法分辨她穿的是什麼牌子的衣服，但只要發現哪家店有類似她風格的衣服，或是讓我聯想到她的服飾，明知與自己不搭還是會走進去看看。

不過，我不可能永無止境地追尋那樣一個僅存在於記憶中的偶像。不知從何時起，我開始這樣告訴自己：她不會再光顧我們店了，也不在池袋了。

我也必須跟她說再見了……。

在如此考量下，我向店長提出要求：希望能做咖啡廳以外的工作。

那時我已工作三年。見不到她之後過了一年多。

我開始以約僱人員的身分在書店賣場工作，又過了三年後轉為正式員工，後來因職務調動不得不離開池袋店。

起先是調到大阪店。在大阪店做了兩年。接著以前置準備人員身分，調到預定開設新店鋪的福岡半年。之後在新潟店待了三年。

令人高興的是，我與在池袋店時曾多次打過照面的某出版社業務員，在新潟重逢了。

「咦？賀地小姐以前是不是在池袋店的咖啡廳待過？」

「是啊，你記得我嗎？好感動。真是榮幸。」

然後兩人交換了名片，我這時才知道他的名字。美坂太一。先不管姓氏，那如實呈現他好體格的名字，讓我極為感動。因為那次重逢，之後他來新潟時，我們都會一起去吃飯。

事實上，待在池袋店時，他似乎就對我有點意思了。

「賀地小姐那時候應該還不到二十歲吧。我差不多二十五歲。起先雖然覺得妳很可愛，但只是個小女孩。……抱歉，這話沒什麼惡意，我覺得女人真是不可思議。賀地小姐轉眼間就變得成熟又漂亮。只是頭髮留長，一下子就充滿了女人味……可是，那之後我因為不負責池袋店的業務，也就沒再去那家咖啡廳了。放假時，有時會晃到那裡去看看，但一直沒見到面……可是太好了，能像這樣再次見面。我完全不知道妳成為正式員工，又調來新潟。」

我成熟、有女人味嗎？

假使他說的是真的，也許是拜她所賜。雖然並非刻意如此，但想變成像她一樣，想成為知性、優雅又成熟的女性，我認為正是這樣的願望，使自己自然朝此方向邁進。

我和他很自然地開始交往。我也三十歲了。當然心裡也會有結婚的念頭。當下雖然是遠距離戀愛，但他也對我說這樣沒關係。

好事接二連三地發生。

「賀地小姐，雖然事出突然，不過妳的調職令下來了，目前尚未正式公布。」

我竟然被調回老巢池袋店。我當然二話不說便答應。這樣既能和男朋友正常地見面，也能照顧身體微恙的母親。

我只花半天就完成搬家的準備，隔週起便到池袋店上班。

「我在池袋店一直工作到六年前，之後被調到大阪、福岡、新潟任職，現在又回到這裡。我叫賀地未冬。請多指教。」

儘管書架的配置等多少有些改變，不過整體上依然是那個讓我滿心懷念的池袋店。這次我被分派到二樓的休閒嗜好．實用書區。而且被提拔為領班。不過，原本希望也能到咖啡廳輪值的要求並沒有如願，但我依然幹勁十足地在賣場工作。

只是升上領班後，受到的要求自然和菜鳥時代不一樣。

「賀地小姐，能不能來一下？」

「好的，什麼事？」

副店長找我，把我帶到後面去。我擔心自己是不是搞砸了什麼事，不會是資料輸入錯誤，把訂十本變成訂一百本吧？但並非如此。

「這個……剛才警察來過，要我們如果看到的話立刻通報他們。」

副店長說完之後，拿出兩張肖像畫給我看。兩張上面畫的都是嘴角下垂、眼神陰鬱的男人，但一張沒戴眼鏡，另一張有戴眼鏡。兩者的髮型都是長度及耳的鮑伯頭。多少讓人有些毛毛的感覺。

「這人怎麼了？」

「妳見過嗎？」

「沒有，目前沒看過。」

或者該說，我調回這邊還不到一個月。

副店長點頭說：「我想也是。」

「這男的好像在這一帶物色女性，當對方落單時就去猥褻人家。」

「猥……猥褻？」

從認識不深的男性口中聽到這樣的詞讓我有些抗拒。而且還是在這種工作人員專用的內部通道。

不過，我也三十一歲了。還是這個樓層的領班。總不能以一句「討厭啦，好可怕」就結束這個話題。

「那所謂的猥褻行為，具體來說是什麼？」

「哎呀，我也沒問那麼多，八成就是抱住人家，或偷摸人家的屁股或胸部不是嗎？」

路過時被偷摸一下屁股，和被人抱住一把抓住胸部，意義完全不同。再說，假設是落單時遇襲，難保不會遭受更大的危害。

「我明白了。如果看到的話，我當然會通知警察……不過，最好把這個影印發給所有女性員工。發現後報警是應該的，但要是我們自己的員工遇害也不得了。」

「嗯，說得也是。我本來打算影印之後在各個樓層傳閱，不過，至少女性員工人手一張會比較好是吧？……那就這樣吧，縮印成一半的大小，方便攜帶如何？」

那天傍晚，所有女性店員似乎都看過了那張影印的肖像畫。

當中有人表示自己曾見過那男人。

「他站著看書，不過眼睛並沒有一直盯著書頁，而是不時張望著四周……那該不會就是在尋找獵物吧？」

「妳肯定那人長這樣？是這種感覺嗎？」

「……感覺是啊。就像這樣散發出一股陰沉的氣息。」

可惜，肖像畫並沒有畫出陰沉的氣息，大部分的人應該也看不出來。

「總之，裕美也要當心喔。妳是走路上班，又一個人住對吧？暗巷之類的，真的要小心。」

在能注意到的範圍內，我便到處去提醒年輕女孩們。這樣的鬧區裡原本就存在許多危險，不僅是這個男人而已。正好可以把它視為一個好機會，警惕自己平時就要做好自我保護。

不，不只是年輕女孩危險。我應該也還在可能受害的範圍內。實際上男友也一直建議我：

「小未經常利用的那個陸橋下的腳踏車停車場，那裡感覺有點暗，尤其是晚上，看起來治安很差的樣子不是嗎？停在別的地方不是比較好嗎？我總覺得不放心。」

說來害臊，不知從什麼時候開始，他對我的稱呼從「未冬」變成「小未」。先不談這個，我經常利用的停車場光線昏暗，感覺不是很好是事實。只是，由於我調回來的時間不上不下，其他供人整年租用的停車場已經沒有空位，就算有，租金也比這裡高出一倍，不得已只好停在這裡。

剛才提到的肖像畫發下去後，過了大約十天的某個夜晚。

「……辛苦了，那我先走了。」

將近深夜零點時分，我走出書店。

首先，越過書店正前方的明治通到西武百貨那一側。這一帶即使到了接近末班電車的時間依然熙熙攘攘。街頭湧進大批要前往車站的人，和準備要去續攤的人。到了池袋車站東口以後人群開始轉向，我變得必須要逆著人潮前進，不過馬路上的霓虹燈、街燈依舊通明，並不會感覺危險。

就在我正要通過東口前的時候。

「……啊！」

我忍不住叫出聲，瞬間呆立不動。

沒錯，那人就在那裡。

雖然這麼說，但並不是肖像畫中的那個色狼。而是我在池袋店的咖啡廳工作時，經常來光顧的那一位。我一直非常仰慕，突然見不到面後還很難過，但這也成為我從事咖啡廳以外的工作的契機。就是她——那位沉睡的咖啡廳公主——正從我面前走過。

我當然也一度懷疑，也許是自己認錯人了。可是，那黑得發亮的頭髮、身形、走起路來抬頭挺胸的樣子，一切看起來都和她一樣。

幸好，那人正朝著我租用的停車場方向走去。也因為這樣，我毫不遲疑地開始跟在她後頭。也許某處轉彎之後，就能確認她的側臉。也許能見到那認真追逐書中字句、熠熠有神的目光。再一次與我嚮往不已的那人——。

然而，她的腳步出乎意料地快。當然，如果用跑的應該追得上，但考慮到萬一認錯人，便覺得不好這麼做。

她過了PARCO後左轉，開始沿著鐵軌旁的路走。雖然有那麼一剎那覺得自己看到了她的臉，可是沒有看得很清楚，不足以確信就是她。

她繼續走著，慢慢朝荒涼的地方走去。半路上有座公園，貌似流浪漢的一群人坐在公園的地上飲酒作樂。我雖然也很害怕這一區，但通過這裡之後就有釣具店、保齡球館、便利商店，會稍微熱鬧一點。問題是從這裡往前走之後。

街道上突然沒半家店鋪，左邊是高架陸橋下方，右邊是大樓後方的寂靜道路。街燈也稀稀落落，正是男友一直擔心的治安不良地區。

不知道什麼緣故，一走到那裡她便稍微減緩速度。我也不由得配合她放慢腳步。想見她的話，現在正是追上她的大好機會。如果我是男人則另當別論，既然都是女人，基本上不會因為主動找她攀談而被誤會。我儘管心裡明白，但腳卻完全不聽使喚。

愈來愈接近我停放腳踏車的地方了。難不成，她也使用同一個停車場？希望是如此，那我也許有較多的機會再見到她——。

我才這麼想完。

她突然全力飛奔起來。

「別跑！」

那陌生的聲音，劃破了黑暗。

什麼？到底發生了什麼事——。

我也不由自主地小跑步追上去。這時她從懷裡掏出一個棒狀物。

「站住！」

她用力地將棒狀物朝前方扔出去。

那黑色的棒子宛如飛鏢般，邊回旋邊向前飛去。這下子我終於理解是什麼情況了。

她的前方有個男人。而且背對著這邊正要逃跑。左邊是腳踏車停車場，那裡也蹲著一個人。那人八成是個女人。

她扔出的棒子漂亮地絆住奔跑中的男人的腳。

「呃！」

雖然沒能讓他跌倒，但已充分打亂他的腳步。

全力飛奔上前的她大喝道：

「我叫你站住！」

她用雙手用力推倒男人。這回男人真的像滑壘般地往前撲倒在柏油路上。她迅雷不及掩耳地屈膝壓在男人的背上。不，是將全身的重量施加在膝蓋上，牢牢地壓制住他。

她接著又從腰際拿出一樣東西。

那是……手銬——？

「十月二十九……三十日，零點十三分。我以強制猥褻的現行犯逮捕你！」

她不知何時把男人的右手反扭到背後銬上手銬，很快地又「卡嚓」一聲銬住另一隻手。

完成這些動作後，她才轉過身來看向我這邊。

沒錯，她肯定就是那人。

「站在那邊的人！」

突然有人大聲叫自己，我一時之間反應不過來，只「咦？」了一聲，便僵立在原地動也不動。

「就是妳啊！妳有帶手機吧？請撥打一一〇。我暫時無法鬆手，請幫我通報，叫警察過來。」

啊，好，知、知道了——。

短短一、兩分鐘後，三名身穿制服的警察趕到，之後又來了兩輛響著警報器的巡邏警車，轉眼間這一帶便成了繪聲繪影的案發現場。

遭到逮捕的竟然就是長得和那張肖像畫一模一樣的男人。而蹲在停車場的那位女性好像就是被害人。垂著頭的犯人被帶上警車，被害女性似乎也在另一輛警車上接受警方詢問。簡直就是紀實報導節目「警察二十四小時」的狀況。腳踏車停車場周邊的風景變得完全不同於以往。

不過，更教人驚訝的應該是這場重逢吧。

「謝謝妳剛才協助通報。我有些事想請教，請稍等一下。」

聽到氣息尚未調勻的她這麼說，我點頭應聲「好的」，乖乖地站在不遠處的街燈下等著。

之後我一直用眼睛追著她，過了一會兒，不知道為什麼，應該立了功的她，和貌似上司的年長男性突然像吵架似地爭執起來。

「妳怎麼老是用這種卑鄙手段。」

「怎、怎麼說是卑鄙呢？我發現與通緝犯畫像中神似的男人，跟蹤之下目睹他犯案，然後以現行犯逮捕，這不是天經地義嗎？你在說什麼？」

「妳是說妳走在路上碰巧發現嫌犯，剛好身上帶著特殊警棍便扔出去絆倒他，然後碰巧順利逮捕到他嗎？別開玩笑了！妳擅自行動，偷偷摸摸地四處查訪，以為我會不知道嗎？」

「我才沒有偷偷摸摸！我是正大光明地查案子。」
「這就是我說的卑鄙。這是生安的案子不是嗎？重案搜查股的妳憑什麼插手？」
「我不是說了嗎？我的查訪跟這件案子無關。今天只是碰巧發現，然後跟蹤他而已。」
「是根據查訪得來的消息四處佈線，等他上勾再跟蹤的吧？」
「拜託！真是個不明事理的人！總之，一個大男人不要因為眼前的功勞被人搶走就大呼小叫的！」
「大呼小叫的是妳這個笨蛋！」
不對，不應該是這樣。竟然橫眉怒目地破口大罵，這不是我所仰慕的她——。
可是，等事情處理到一個段落，當她走來我這邊時，已經完全平靜下來。
「不好意思，讓妳久等了。託妳的福，成功逮捕到連續強制猥褻犯……啊，還沒自我介紹。我是警視廳的姬川。」
她邊說邊出示識別證，不過馬上又偏著頭說：
「咦？妳……我記得妳好像在書店的咖啡廳待過？不過，那可能是很久以前的事了。」
聽到這話的瞬間，我真的覺得心臟好像快停止了。
「妳記得我嗎？……」

「這麼說，果然沒錯囉？」

那輕輕綻開的笑容，我記得十分清楚。以前她曾在我面前展露、那隱藏著堅強意志的笑容。令我仰慕不已的那個笑容。

「好懷念……那時候，我真是一坐就坐好久，不好意思。還有，我偶爾還會在那裡打瞌睡對吧。我一直想要道歉，但又覺得丟臉，始終沒能說出口。」

「啊，不……不要這麼說，一點都沒關係。」

她一鞠躬後繼續說：

「可是，我非常喜歡有妳在的那間咖啡廳。我能夠非常專心地看書，昏昏沉沉地打瞌睡，我想都是因為有妳在，讓人感到很放心……雖然從店員的角度來看，應該覺得很為難吧。」

我光是搖頭就已經費盡力氣。

看樣子，不是只有我單方面這麼想。

她也確實意識到我的存在。

我們其實已彼此心意相通——。

稍微調整一下呼吸後，我總算開口說：

「那個……不過真是太意外了。想不到妳竟然會成為刑警……我一直以為妳志在從事和法律有關的……律師，或是那一類的工作……」

這時，她從口袋中取出像是票卡夾的東西，抽出一張名片交給我。上頭印著【警視廳池袋警察局　刑事課重案搜查股　擔當股長　警部補　姬川玲子】。

「那時候，我的確常在那裡買刑法之類的書，然後就讀了起來。託妳的福，後來我很快就考上警察。可是調來池袋其實是今年初的事。妳還在那家店嗎？」

我也連忙遞上名片。

「還沒自我介紹。我叫賀地。我也是最近才調回池袋。」

「哇！領班……升官了喔。」

「沒什麼，純粹只是工作年資長罷了……」

只是，能持續做這麼久，我想或許也是拜她之賜。因為我心裡總是期待著，有朝一日能像現在這樣再次見到她。

她指著我手中的名片。

「有事請撥這個電話給我。任何時候，任何事情，都可以找我商量……相信現在的我一定能派上用場。我必須做些什麼事來回報妳當時之恩。」

別說什麼報恩的。我承受不起。

索引

Index

震驚池袋這個都內數一數二鬧區的連續殺人案，通稱「藍色謀殺事件」，二月二十六日因緊急逮捕木野一政而大致收尾。隔天池袋四丁目發生一起歹徒挾持人質負隅頑抗的事件，這起事件的解決，竟意外逮捕到被警方認為是「藍色謀殺事件」共犯的茅場元、岩渕時生兩人。

不過，這充其量只能說是「大致收尾」。

由於逮捕到犯罪集團所有成員，代表警方已為一連串的犯罪畫下句點。不過，最後到底有多少人遇害、什麼人在哪裡被以怎樣的方式殺害，關於這些疑點，警方多數都尚未釐清。這樣的狀況直到木野落網一個半月後的現在，幾乎都沒什麼改變。

調查毫無進展的最主要原因在於主犯木野一政的健康問題。木野患有胃癌。而且已是末期。警方因而不得不辦理停止拘留，讓木野住院。不用說，當然已安排人力二十四小時監視他。

四月十七日星期二。玲子在收治木野的平岩外科聽取院長的說明。

「……老實說，可以撐到現在，只能說他超乎常人，或者該說是奇蹟。本人一直說自己還可以，不過站在主治醫師的立場，雖然不是說絕對不行，但現在的狀態，我實在無法准許警方進行偵訊。」

地點是院長室。負責偵訊木野的勝俣健作在玲子的旁邊。他從剛才就一直盤著雙臂不發一語。更確切地說，是完全失去幹勁。

目前的情況如此也沒辦法，玲子只好接受院長的決定。

「我了解了。那麼，我會找機會再來向你請教他的病情，今天就先回去了。」

院長也蹙起眉頭點個頭。

「我們也深刻了解木野先生是重大刑案的犯罪嫌疑人……沒能幫上忙，實在十分抱歉。」

目前的狀況是，木野坦承殺害十四人，其中六人的遺體已得到確認。這一個半月僅成功起訴了一件，移送檢方兩件。木野更進一步暗示，還有其他二十名以上的被害人遭到殺害，不過這些人十之八九都不知道姓名。

「……那麼，我們先走了。」

玲子催促半睡著似的勝俣起身，一起離開院長室。

走過尚有眾多門診病患等待叫號的大廳，來到門口時，勝俣隨即開始掏摸衣服內側口袋。八成是找香菸吧。

「真是的。壞事幹盡，然後說『我是癌症末期，先走一步了』……不但死者死不瞑目，我們也是竹籃打水白忙一場。」

可以的話，玲子死都不想和他站在同一陣線，不過在這件事情上，玲子不得不百分之百同意勝俣的看法。

木野想必不久於人世。恐怕沒有一個案件有機會上法庭。到頭來，玲子他們能做的就只是盡可能從共犯茅場和岩渕的供述中查明被害人身分，讓他們的遺棄屍體罪嫌得以成立，多一件是一件。至於他們協助殺人的部分，在主犯木野的罪行無法得到證實的情況下，不得不說極為困難。

「真的，該怎麼做好呢？」

玲子不禁嘆口氣，正巧與勝俣吐出的煙重疊。似乎莫名地意氣相投，令玲子一陣噁心想吐。甚至陷入強烈的恐懼中。

得盡快解除這樣的狀況才行。

「……勝俣警官接下來有什麼打算？我要回特搜總部。」

「藍色謀殺事件」由設在池袋分局的特別搜查總部集中偵辦，玲子目前加入特搜總部參與調查。勝俣也是同樣的情形，但眾所周知，這男人向來單打獨鬥，根本不理會組織辦案。如今木野的偵訊已觸礁，玲子不認為勝俣會乖乖地返回特搜總部。

「……我要去調查別的案子。」

我就知道。

「那案子和藍色謀殺有關嗎？」

「這種事我才不會告訴妳！」

可能真的是別的案子吧。

「是嗎，我知道了。那我先走了。」

玲子只是形式上鞠個躬，便準備掉頭離去。不料，馬上被一聲「姬川」叫住。聽到人家叫自己，總不能充耳不聞吧。即使是這樣的混球，好歹也是前輩。

「……是！還有什麼事嗎？」

一回頭，只見勝俣露出慣有的、只有一邊嘴角揚起的笑容。

「妳不會打算偷偷跟在後頭，搶走別人的線索……」

「我才不會！」

不管誰來求我，我都不會做這種事！

池袋警局。設置特別搜查總部的禮堂。

「我回來了。」

傍晚四點。可想而知，很少偵查員在這個時間回來。上座也只坐著池袋分局的刑事課長東尾警視。

「辛苦了。木野的情況怎麼樣？」

玲子微微搖了搖頭。

「感覺完全不可能了。據說木野自己同意應訊，但院長不放行。很想設法再多問出一件犯行，起碼再一件。」

東尾露出極度無奈的表情點了點頭。

「實在沒法相信。長得那麼強壯結實的男人，竟然是癌症末期！」
「是啊。關於這點，院長也說他超乎常人。木野每個月回診兩次，大約是十日和二十五日前後，也按時接受化療和放射線治療，這種狀態下要怎樣維持那樣的肉體……院長似乎也百思不解。」
玲子邊說邊再次環顧整間禮堂。
「……對了，課長，茅場偵訊的情況如何？」
兩名共犯中，茅場與木野的交情較久。因此被認為參與了多數犯罪。現在人已移送到池袋分局，連日持續偵訊中。
「喔，這個嘛……」
東尾從手邊的檔案中抽出一張文件拿給玲子看。
「……這是什麼？」
看似列出一堆人名。有的備註欄裡註明所屬組織，有的連住址、電話號碼、家庭成員都寫得一清二楚，有的除了名字以外沒有任何註記，資訊多寡不一而足。以目測估算，大約有四十人。
東尾也略微彎身向前查看名單。
「我們試著將茅場和岩渕的供述，以及調查被害人的人際關係中浮出檯面的失蹤者，和組對（組織犯罪對策課）四課舉報的失蹤者全部列成清單。」

原來如此。最後連名字都沒有的「中國人女性」、「二十多歲男性」也全列上去。假使是受到某人牽連而被殺害，也只能說真可憐。

「這要做什麼？」

「再過幾天勝俁組就會退出這個特搜總部。要是沒辦法偵訊木野的話，妳也無事可做對吧？以後就來追查這張名單上的失蹤者。」

如果再年輕個五歲，這時肯定會很想哀嘆一聲。

「……那個，我可以插句話嗎？假設要調查這份名單，那最後會怎樣結尾？」

「確定被害人身分後，如果是出自茅場或岩渕的供述，就以棄屍案偵辦……差不多這樣吧。當然，要是其中一人坦承『人是我殺的』，則另當別論。」

「喔。」

真無趣。實在太無趣了。

木野處理屍體的方法本來就很獨特，而且，想必他一直提防著兩名同夥因而被問罪的狀況發生，所以關於棄屍部分，木野的供詞始終避重就輕。就算間接證據顯示這些失蹤者確實是遭到木野殺害，而兩名共犯也承認遺棄這些屍體，但要起訴他們恐怕難如登天。因為證據少得可憐，現況也毫無把握能發現新事證。

東尾微微偏著頭看了看玲子。

「……我看妳不怎麼感興趣。」

那還用說。

「是啊。畢竟有些沒把握。」

更確切地說，是完全沒有。

東尾再次偏了偏頭。

「話雖這麼說，但這案子這麼大。犯人都抓到了，沒道理不調查吧？」

「可是，沒把握起訴的案子就算調查了……再說，組對為什麼要特地去調查這些失蹤人口再交給我們？簡單說，這些都是最近不見蹤影的黑道分子，對吧？這些人或許只是逃離組織退居鄉下不是嗎？」

「組對再怎麼樣也不會拿這種事欺瞞我們吧。」

「難說喔。那幫人如果故意要找搜一的麻煩，什麼事都幹得出來！」

尤其是玲子，組對四課從頭到尾就看她不順眼，即使她現在不是搜查一課的人。

怎麼了？東尾忽然抬起頭來。

「……啊，對了。忘了告訴妳，局長要妳回來後去局長室找他。」

怪了。

「局長是嗎？找我有什麼事？」

「我不知道。總之妳就去看看。再不趕快去，他就回家了。」

一看牆上的時鐘，四點二十分。再怎麼說也不會這麼早離開吧。

玲子趕緊下到一樓，敲了敲局長室的門。
「什麼事？」
「打擾了。我是刑事課重案搜查股的姬川。」
「請進。」
玲子在門口敬個禮，局長山井警視正隨即起身離開辦公桌，用手比著會客區沙發，邀玲子入座。
「連日來的調查很辛苦吧。請坐。」
「好的。不好意思。」
既然要坐下來談，恐怕不是三言兩語就能解決的事。
山井坐在辦公桌前方所謂的議長席上，玲子坐在他的左前方。
「哎呀，特地請妳來一趟，不為別的，無非是我已私下接獲妳的人事調令。」
雖然覺得意外，不過不該貿然下定論。況且玲子心知肚明，在「藍色謀殺事件」的偵查上，應該有加分也有扣分。
「是……那內定是要調到哪個單位？」
「那當然是總部囉。刑事部搜查一課。」
太好了！沒有草草下定論──。

不，慢點。從轄區分局的刑事課調到總部的搜查一課，這可是所有人都會感到高興的「榮升」。不過，山井的表情完全與她的榮升不符。

「搜一，是嗎？好的，謝謝你。」

「嗯。雖然很想說聲恭喜……」

看吧！果然有內情。

「其他還有什麼事？」

「嗯。總之，有諸多外在因素。不可能讓妳痛痛快快地調回總部。」

這話的意思是？

「難不成……同時要兼任其他職務？」

「大概就是這樣吧。」

「兼任是指，這裡？」

「對。同時兼任本分局刑事課重案搜查股，和刑事部搜查一課。具體來說，就是要請妳維持現狀，繼續特搜總部的偵查工作，然後六天一次在分局輪值。」

分局輪值就是所謂的值夜班。總部的偵查工作再加上分局輪值，可想而知，勤務會比現在繁重許多。

「……請問，這是所謂的懲罰性人事嗎？」

「不、不，調到搜查一課應該算榮升吧？」

「更確切地說，這難道沒有輕度違反勞動基準法嗎？單是總部的偵查工作基本上就無休了，除此之外還要再值夜班……」

況且在池袋分局值夜班屬於繁重勤務，忙到想假寐個五分鐘都不可得。值完夜班就要返回特搜總部，幾乎沒什麼休息地繼續偵查工作，四天後又要值夜班——。

山井可能多少也有幾分不忍吧。皺起眉頭，表面上擺出一副不太滿意的表情。

「不過，反正現在特搜的偵查已經有了一定眉目，待其他條件都完備了，早晚會正式調妳到搜查一課，只要把它想成是在那之前的暫時性措施，忍耐一定會值得的。」

說起來容易，但實際要忍耐的可是玲子。

玲子回到特搜總部，唉聲嘆氣地整理完調查報告後，手機有電話打進來。一看，螢幕上顯示著熟悉的名字。

玲子走到走廊上，觸摸了一下螢幕上的通話鍵。

「……喂，我是姬川。」

『是我，今泉。』

玲子以前的上司，前搜查一課凶殺案搜查第十股股長今泉春男。玲子從報上得知他現在晉升一階成為警視，就任搜查一課第五重案搜查管理官。得知消息那天她便發簡訊向他祝賀，但直接通話倒是相隔了好幾個月。

「好久不見。另外，恭喜你就任管理官。」

『喔，沒能回妳的簡訊，不好意思。這邊也是忙個不停。』

「不會，我非常清楚你不怎麼擅長使用簡訊。」

『講話不要那麼帶刺……看樣子，妳已經聽到消息了。』

就猜想他一定是要談這件事。

「是的……這次的人事調派，可以解釋成是管理官的意思嗎？」

『算是吧。警視廳雖大，但想要把像妳這樣的自走砲拉進一課的好事之徒，應該不多吧。』

雖然不明白「自走砲」的意思，不過現在先不管它。

「管理官願意提拔我，我非常高興，也很感謝。可是，因為這樣就要我池袋分局和一課兩頭兼，不會有點過分嗎？案子原本就已經很難破了，還要輪值夜班……這樣搞下去，我還沒調回一課就先累死了！」

『哈哈。』今泉傳來的笑聲雖然令人懷念，但此刻同時也令人感到生氣。

『在那之前就累死的話，那表示妳的能耐不過如此而已。即使順利達成，反對把妳調回一課的人也不在少數。假使要按正規程序走，那樣的空缺一下子就被人占去了。不過，也不是全是敵人。只要滿足一定的條件，就能風風光光地把妳迎回一課。我能打點的都打點了。剩下的就只等妳爬上來了。』

意思是，不論向誰哀求，都迴避不了這場整人遊戲嗎？

「……我明白了。總之，只要能克服兼任這一關，我就能重返一課是吧？」

『八九不離十。我無法保證一定能，但妳可以想成可能性很大。』

什麼嘛！還只是有可能而已。

隔天。更可怕的事發生了。

「玲子！」

那個井岡博滿竟然出現在「藍色謀殺事件」的特搜總部。而且，據說與玲子同樣以兼任形式調派到刑事部搜查一課凶殺案搜查第十一股。順帶提一下，他的原籍是三鷹分局。

「……我不認同！我絕對不認同！」

「我懂。這夢幻般的合作，我也有點難以置信。可是，這就是現實。這無疑是愛的奇蹟。就是那個啦，人事二課一定就是手持紅色繩圈的牛仔。他們把那紅色繩圈輕輕一扔，便巧妙地將我和玲子套在一塊兒，再把繩圈慢慢拉緊……這樣我們已經不可能分開了。」

那個繩圈只要套住井岡的脖子就行了。

「喂！不要碰我！」

別隨便挽人家的手！而且還當著大批偵查員的面！
「我真喜歡妳裝生氣的樣子。」
「我沒在假裝！」
「害羞了。」
「我才沒害羞。只是打心底覺得厭惡。」
「我喜歡妳，玲子。」
「……我不接受。禁止你叫我的名字，還有，不准你靠近我半徑三公尺以內！」
「可是，緊貼著妳ＯＫ嗎？」
這也是重返總部的考驗？或者是某種陷阱？

結果特搜幹部不知道發什麼瘋，竟指派井岡與玲子一組。而且還好心地連輪值日程都調整好，讓兩人可以一起自偵查工作抽身。真是的，開玩笑也要有個分寸。
走出分局時，井岡一臉油膩地探頭過來張望。
「……玲子，妳怎麼沒什麼精神哪？」
「行了，別在意。我只是對人生有點絕望。」
半數以上肯定是組對捏造的失蹤者名單。而負責調查這份名單的，是兩個鼻子上被人掛著「調到搜一」這牌子的笨蛋。要人不要因此氣餒、拿出幹勁來，這才是強人所難。

即使如此，也只能去做。沒有其他選擇。

「……那麼，井岡。先從這個查起吧？」

玲子邊走邊指著由下面數來第七個的【皆藤吉富（六十二）】。頭銜是【星野一家第三代總長】。

「不愧是玲子。要從這人查起嗎？」

「『不愧是』是什麼意思？你認識皆藤吉富嗎？」

「不，完全沒聽過。為什麼要從他查起呢？」

好累。感覺真的會在重返總部前翻辮子。

「為什麼呢……」

手指滑到名單的頂端。頭一個名字是【相川洋二】。

「這份名單的排列像五十音的索引對吧？不過只到第三十七個的渡邊隆三為止。下一個不知道為什麼是皆藤吉富。之後的六人全部姓名不詳。所以囉。」

也就是說，是無意中看到這個名字。如果換個說法，就只是瞎猜。若事後要找理由，也可以說是最後硬塞進去的，這樣的感覺很強烈，因而能從中嗅到組對四課的惡意。

「哎呀，果然厲害。要是日下主任來查，肯定會從第一個相川洋二查起。」

日下守警部補。玲子過去的同事也是天敵。他現在仍然在搜查一課凶殺案搜查股。

「可不是嗎？如果跟別人做同樣的事，就得搶在別人前頭。」

「我懂了。這就是我所喜歡的玲子主任。」

「我還沒正式回復主任職位。」

「可是我喜歡啊。」

「……隨你便！」

星野一家的總部辦公室在北區瀧野川。皆藤吉富的自宅同樣位在北區的上十條二丁目。

「就先去他家吧。」

「咦？可是……那是黑道大哥的家耶。不要緊嗎？」

「有事先約好就沒問題。何況我們又不是要強制搜索他的房子。只是去問一下，妳丈夫好像不在家，有沒有想到他可能的去處？實際上，對方也沒有拒絕。我並沒有感覺遭到敵視啊。」

「哼——」井岡嘟起嘴巴。

「是誰接的電話？」

「他太太。『是～我是皆藤的妻子』，講話嗲聲嗲氣的女人。」

「……真要說的話，上任才是敵意十足呢。」

最近的十條車站，從池袋搭埼京線兩站就到了。路程花不到二十分鐘。

上午十點半。到達後一看，上十條二丁目是個十分平凡的住宅區，不過這反倒讓佇立在那裡的皆藤宅邸顯得很突兀。

周圍全是兩層樓的住家，皆藤宅邸則是一棟四層樓、相當方正的水泥建築。位在轉角處，面南那一側有道鐵捲門，猜想是車庫；面東那一側有玄關。不過，只有這兩處開口。一樓到二樓沒看到半扇窗戶。要到超過半棟樓高，大約是三、四樓的高度，才能看到幾面普通的橫拉窗和向外凸出的窗戶。但這應該比一般住家要少很多。

「總覺得……光看就覺得這房子好悶哪。」

「不知道洗好的衣物要怎麼辦。」

繞到玄關，按下設置在看似堅固的大門旁的對講機按鈕。由於似乎內建攝影鏡頭，玲子於是先準備好警察識別證。

數秒後有人來應門。

《請問是哪一位？》

難道是幫傭？嗓音略高，但不討人厭的聲音。

玲子將識別證拿到臉的旁邊。

「不好意思，我是警視廳的姬川，今天早上有打電話過來。請問留美子女士在家嗎？」

《好的，我這就……開門。》

接著立刻傳來「喀咻」的解鎖聲，用手握住門把便能往下壓。玄關的大門就在前方約三公尺處，有如隧道的走道深處。

玲子兩人一踏入隧道，燈光突然亮起。腳下是大理石風格的石板路。每一塊石板都有稜有角，異常鋒利。要是跌倒，肯定掛彩。

走到大門前，不一會兒門便開啟。

「……請進。」

出來迎接他們的是瘦到看起來有點不健康的中年婦女。從聲音可以知道她不是皆藤留美子。身穿水藍色針織衫配灰色裙子。雖然沒穿圍裙，但推測八成是幫傭。

「早安。打擾了。」

這棟建築物沒有窗戶，但玄關內卻出奇地明亮。感覺就是一般的豪宅。大量使用間接照明，漂亮地營造出自然的亮度。可說是極度不環保的住宅。

「這邊請。」

穿上對方準備好的拖鞋，跟在女人後頭沿著走廊前進。途中有一大片落地窗，可以看見小巧的中庭，但無法分辨那裡是不是戶外。也許那也是利用照明模擬自然光的效果罷了。

轉了兩個彎之後，終於來到像是客廳的房間。這裡也非常明亮。磨砂玻璃的另一側充滿著白色光亮。

右手邊有組黑色皮革沙發，那裡站著一位身穿和服的女人。

「……恭候多時了。我是皆藤的妻子，留美子。」

幾乎和想像的一樣。感覺就是銀座高級俱樂部的媽媽桑之類的女人。有點花又不會太花的新綠色和服，可以說滿好看的。不過，年紀看來很輕。不會還不滿四十吧？

「我是打電話過來的警視廳的姬川。」

「我是井岡。」

留美子沒什麼表情，只說聲「請」，邀玲子兩人在沙發坐下。

「不好意思。」

府上好氣派，這身和服真好看。儘管內心一直質疑，為什麼一個警察非得這樣拍黑道老婆的馬屁不可，但在剛才那位婦人端茶過來之前，玲子還是說著這樣的場面話。端來的綠茶不得不說是極品。想必是好茶再加上用心沖泡吧。清爽的苦味轉變成淡淡甘甜的剎那，令舌頭好滿足。可是，玲子只喝了一口。立刻切入主題。

「……那個，我們今天來的目的是……」

留美子微微點頭應聲「是」，伏下視線。

「我們接獲警視廳內其他部門的消息指出，妳的丈夫皆藤吉富先生目前行蹤不明。關於這一點，我們想先向家屬確認，因而來拜訪。……如何？確實是如此嗎？」
她同樣又點了一次頭。
「沒有錯。今年初不久，一月十日，皆藤就下落不明。……我認為把這種事告訴警方不太妥，畢竟皆藤是一家的總長。平時的行動、作息也和一般公司的社長不同。老實說……他就算有一、兩晚沒回來，在別處過夜，我也不覺得奇怪。因此，實在慚愧，大約三天後我才感到不對勁。」
「別處」指的應該就是情婦那裡吧。皆藤吉富六十二歲。那方面至今依然生龍活虎嗎？
「那麼，妳如何確定他下落不明？」
「我向倉持確認後才證實的。」
「這位倉持先生是？」
「祕書，倉持真之。」
啊，是倉持真之嗎？如果是那個男人，我知道。總之就是星野一家的年輕一輩。今天早上確認過資料，他的頭銜應該是「總長室長」。
「倉持先生怎麼說？」
「他說，十日晚上，皆藤表示想一個人靜一靜，便坐上計程車離開公司，不知上哪兒去了。從此一去不返……當然，平時搭乘的車是由司機駕駛，到哪裡都有倉持陪同，不過，我一問才知道，之前偶爾也發生過同樣的情況……周遭的人似乎一直追究倉持的責任，但我……實在沒辦法那樣責備他。因為我太了解那個人……皆藤的脾氣了。」

玲子盡可能在她面前溫柔地提問：

「妳丈夫的脾氣是指？」

「他向來不會把自己的想法隨隨便便告訴別人。對我是這樣，對倉持當然也是。恐怕對相處多年的幹部們也是……『廢話少說，總之就是這樣做』，不特別說明理由，只說結論。不過，這就是他這人的魅力，也是他展現力量的來源。就結果來看，因為這樣事情運作得很順利，底下的人也很仰慕他。不論從好的一面或壞的一面來看，獨裁……或者該說是貫徹自己的主張，就是那人的作風。」

留美子定睛看向磨砂玻璃那邊。

「起初，我也覺得身為妻子應該要問，忍不住追根究柢問東問西，可是每次只要問太多就會挨罵……不過現在想來，當時就算挨罵也應該繼續追問。早知道會變成這樣的話。」

「變成這樣」究竟是指什麼？

「妳怎麼看妳丈夫下落不明這件事？」

「一開始我完全沒有頭緒，不過……之前的隨機殺人案，社會上稱為『藍色謀殺事件』是嗎？現在我確信，他應該是被捲入那個案子。事實上，去年十月，星野一家也有兩名小弟失蹤。除此之外，我想不出其他可能了。」

的確，星野一家有兩名小弟自去年起便行蹤成謎。雖然警方認為他們很可能遭到木野殺害，但無法取得有關這件事的決定性供述。

「妳明明不知道丈夫的下落，為什麼不報警？」

留美子冷笑一聲。

「報警……怎麼可能？」

不過這也難怪。假使她報了警，警方肯定會以掌握尋人線索的名義搜索她的家。要是因此搜出什麼違法行為的事證，豈不自找麻煩？

可是，如果我現在要求，她是否會讓我看一下呢？

「太太，我能體會妳內心對丈夫的安危感到擔憂。可是……既然如此，是不是更應該讓我們幫妳的忙？」

「幫忙……？」

「是的。至少能不能允許我們看一下妳丈夫的房間？妳每天看，不覺得有什麼可疑之處，但也許我們能夠看出什麼端倪。」

留美子想了一會兒，八成認為自己家裡應該不會有興奮劑、槍械這類違禁品。她一臉無奈地向玲子點個頭。或者，失蹤至今已三個月，可能早就處理得一乾二淨了。

「……這邊請。」

玲子兩人被帶到同一層樓，位在走廊深處一間奇特的房間。

天花板挑高約兩層樓，牆壁被一層看似鼠灰色的布覆蓋。這裡真的是連一扇裝飾性的假窗都沒有。

跟在後頭走進來的井岡不由得讚嘆一聲：「哇！」

「這間視聽室真氣派啊。」

被他這麼一說才發覺，沒錯，就是視聽室。右手邊的牆面做成一整排架子，排放著各式各樣的器材、CD和唱片封套。

「……皆藤非常喜愛爵士樂。年輕時常常強迫我陪他一起聽，可是我根本一竅不通……如果要聽爵士，我還寧願聽演歌。」

「哦，爵士嗎？」玲子邊附和邊察看四周。房間中央，音響組的正對面擺了一張附腳凳、看起來很昂貴的椅背可調式座椅，大概就是所謂的劇院沙發吧。旁邊有張玻璃茶几。玲子的眼前浮現一位老紳士邊喝著白蘭地，邊聆聽喜愛的爵士樂的畫面。

「那麼，妳先生都是獨自待在這裡嗎？」

玲子邊說邊朝沙發走去。

「是啊……來訪的客人會帶到剛才那個房間，或是其他地方。來這裡的話，向來都是他一個人。最近，我也頂多是幫他準備酒的時候會進來。也沒有其他家人了。」

玻璃茶几上放了一盞桌燈、雕花菸盒和白色的大理石菸灰缸。不用說，菸灰缸被洗得一乾二淨。

「可以看一下嗎？」

「請。」

從房間的整體氣氛來看，覺得他起碼應該抽雪茄，可是菸盒裡裝的是卡斯特的超淡菸，想不到是這麼平民化的牌子。旁邊有個小托盤，上頭放著勞力士錶、眼藥水瓶、貌似鋼筆的粗管筆兩支、放大鏡及太陽能計算機。還有一台小小的數位機器。是計步器嗎？

那是什麼？從剛才就一直有個奇怪的「吱─吱─」聲從背後傳來。

「……總長相當注重健康耶。」

回頭一看，井岡正吊在設置在門口右側牆邊的室內單槓架上，試圖向後翻身上單槓。

「喂！別玩了……這不是單槓！」

玲子走去將嘴裡念著「我還寶刀未老」的井岡拖下來。

「你不要太過分……要搗亂的話，馬上給我回去！」

「不好意思。」玲子邊鞠躬道歉，邊走回留美子身旁。

「這房間從妳先生不在之後就……？」

「是的，一直維持原來的樣子。不過，佣人有打掃過。」

其他地方也看過了，但只是這樣走馬看花，當然不可能掌握到線索。

「……謝謝妳的合作。順便請問一下，祕書倉持先生今天是？」

「是啊，接到妳的電話後，我有聯絡他，請他立刻來一趟。」

這時，當事人終於姍姍來遲。

「……抱歉，我來晚了。我是擔任祕書的倉持。」

姑且要了他的名片。公司名稱是「城北永和不動產」。這男人身上穿著普通的深色西裝，感覺比較像是中堅演歌歌手，而不像黑道分子。

玲子也問了他皆藤失蹤前後的情形，但和留美子的說法並沒有出入。

只是，他偶爾會沉默不語，感覺意味深長，所以玲子試著問他：

「是不是有什麼其他的發現？」

「啊，沒有……算不上是發現……」

這時留美子抬了抬下巴，彷彿催促他繼續說下去。

「你就說出來吧。這一類往事，你們比我知道得更清楚。」

不知道留美子自己知不知道，她對待倉持的態度，明顯與對待玲子他們不同。隱約透露出的，是大姐姐般的神情。

倉持惶恐地點了點頭。

「是……嗯，那個……社長獨自外出時，大多是去見那個……他與前妻所生的大小姐……或者應該說是去看孫子。因為這緣故，我不會同行。日後經我確認才得知，那天晚上社長並沒有去找大小姐，因此我們認為，他在半路上……說不定遭遇到不測。」

原來如此。是這樣的緣故嗎？

「意思是說，在此之前，相關人士已試著尋找過皆藤先生，是嗎？」

「那是當然的……社長如果有個三長兩短，我要負最大責任……當然會拚了命去找，現在也還在尋找。」

要是被埋在某處的深山之中，現在恐怕已化作一具白骨。

那之後的幾天，玲子兩人為了調查皆藤吉富的為人，前往各個相關處所打聽消息。說是這麼說，但最先造訪的是在自家療養中的下井警部補。他是前搜查四課的資深刑警。玲子猜想他一定對皆藤瞭若指掌。

「皆藤吉富嗎？……是條好漢哪。他也被木野幹掉了嗎？」

右手、右鎖骨和左腳腳踝打著石膏。額頭上的紗布已拆除，但傷口縫合的痕跡還很新。這些傷也全是木野的傑作。一房一廳的公寓的客廳。由於一個人住，感覺各方面都很辛苦，但下井表示自己還過得去。

玲子讓井岡去泡茶，自己則專心聽取下井的看法。

「從下井警官的角度來看，皆藤古富是個什麼樣的男人？」

「具有豪俠氣概、十分稱頭的老大……現在的警察不會說這種話了，不過，他真的是個好男人。話雖然不多，但每一句都很有分量。而且很照顧人，不搞邪門歪道。」

「可是，他是黑道對吧？」

下井不覺失笑。

「也是啦。妳要這樣講，我無話可說。他既買賣興奮劑，槍械也多到可以開店了。不過呢，好人與壞人的劃分絕不會是一道直線。這點道理，妳應該懂的。是不是啊？姬川。」

這是什麼意思？該不會是想借牧田的事來挖苦我吧？我寧願相信下井沒有這個意思——。

暫且就裝作不知情吧。

「……可是，木野會幹掉這麼好的一個老大嗎？」

玲子不經意地說出這句話，但說完自己也感到懷疑。

她原本的意思是，人如果是木野殺的，皆藤肯定也會玩弄一些詭計。不過，難道不會顛倒過來嗎？如果他當真是個好老大，木野就不會殺他不是嗎？皆藤下落不明搞不好不是被木野殺害，而是另有其他原因？

下井偏著頭。

「這種事，不是問木野就能解決了嗎？」
「就是沒辦法問他，才會來請教下井警官不是嗎？」
「可是妳問我，我也不知道啊。我跟那傢伙已經好多年不曾好好說句話了。哪知一重逢就是這種下場。」
下井的傷確實令人同情，但也可以反過來說，他逃過一死。
是的，木野故意不殺下井。玲子相信，這肯定是因為木野的內心深處還對下井懷有敬意。
究竟是如何？假使皆藤真的是值得尊敬的任俠，那麼木野應該沒殺他吧？
「……那，難道就沒有人了嗎？你有沒有想到，有誰可能非常了解皆藤吉富這個人？」
「那當然是他同輩兄弟中的首領山田，或是年輕一輩的首領內野。」
「可以的話，盡量不要是這些有直接關係的人。再稍微普通一點的人。」
「普通人？像是附近壽司店的老闆之類的嗎？」
「他是常客嗎？」
「是啊。那傢伙很勤於跟附近鄰居打交道。所以地方上的人應該都覺得他為人不錯吧。」
哦，這倒有意思。

從那之後，玲子兩人便開始挨家挨戶地走訪皆藤家四周的商店。米鋪、酒鋪、香菸鋪、便利商店、便當店、麵包店和房屋仲介。下井提到的那家壽司店、它隔壁的小飯館、現炸肉餅十分美味的肉鋪，他們全都去探聽過了。

不過，在皆藤搬來這一區二十多年，每個月一定會光顧一次的理髮店打聽到的內容最有意思。

「……玲子主任。我真的非理不可嗎？」

「那還用說。不是我常去的美容院，我才不要呢。」

「我也是啊，髮旋這一帶出乎意料地難搞。生手來弄都會一根根立起來。」

「那就請他幫你剃成五分頭。」

於是，兩人就這樣說定。派井岡充當客人，玲子則趁那段期間向老闆問話。

不，起初毋寧說是被問的那一方。

「吉富先生果然也被池袋的那個殺了嗎？」

「不，這個還很難說。就是因為不知道，才會像這樣到處打聽。」

「這樣啊……他今年正月來理過頭髮後就沒再來了，所以我一直很擔心。我看啊，八成還是因為那個吧……」

從這裡開始慢慢修正軌道，好不容易才將話題導入皆藤的人品。

「哎呀，一開始我完全不知道他是那條道上的人。只覺得他這人氣質不錯，挺瀟灑的。」

老闆的家人也在店裡一起工作。

「啊，我女兒和吉富先生的千金是同學。……我說，小光，妳和真利挺要好的是吧？」

「是。」回答的是一位年紀比玲子小一些，大約二十五到三十歲之間的女性。據說，最近她常常代替老闆幫皆藤理髮。

玲子也向小光打聽皆藤的為人。

「吉富先生真的是位很和善、感覺十分親切的人。即使離婚後沒有和真利住在一起，不過好像每兩個月會去看她一次。撫養費也是盡可能地給，不希望讓她在生活上有任何不便，他總是這麼說。」

那些錢的來源——現在先不考慮這事。

「聽說皆藤先生有個孫子，是這位真利小姐的小孩嗎？」

「嗯，好像是。十幾歲的時候，我想就連真利也……不太能接受這樣的父親，並不是叛逆期。吉富先生也明白這一點，所以那段時期好像有刻意保持距離。可是畢竟還是會很想見孫子。聽說他去懇求女婿，半年讓他見一次孫子，只見面就好……結果，對方那男的也是個好人。吉富先生非常高興地說，他以後還能見到孫子。」

父親是黑道大哥。女兒的心情的確是五味雜陳。不論他做得多麼完美，對自己多麼好。

這時，始終面帶笑容的小光忽然神情一暗。

「啊，不過……」

「什麼事？」

她微微點頭應聲：「嗯。」

「應該是去年秋天起吧。吉富先生的樣子不太一樣，或者該說感覺很鬱悶……總之，他很沒精神。」

說到去年秋天，正好就是星野一家兩名小弟不見那時候。

「妳可以具體描述一下是什麼樣子嗎？」

「感覺就算跟他說話也完全沒反應，好像沒聽見一樣。並不是睡著喔。眼睛確實有睜開，但感覺就是一直在發呆。」

難道是不知道自己何時也會被殺的恐懼導致心力交瘁？

「自秋天起一直是這樣嗎？」

「是……吧。雖然或多或少有些起伏，但感覺不再像以前那樣了。我爸爸還懷疑他是不是老年痴呆了。」

老闆插嘴道：「我可沒那麼說喔。」但小光不理會他，繼續說：

「可是我覺得那不太像是老年痴呆。事實上，差不多有兩次……吉富先生曾經在這裡哭。」

在理髮店哭？

「是因為聊到什麼事嗎？」

「沒有，完全沒在聊天，眼淚就突然掉下來。不過也可能因為頭髮剪到一半，脖子以下還罩著圍巾，沒辦法馬上伸手擦眼淚，可是話又說回來，吉富先生根本沒打算擦它……好像連自己都沒發覺眼淚流下來。在我看來是這樣。」

精神相當受挫這點看來是錯不了。

這時，出入口的門開啟。玲子心想，要是客人來的話是不是就先結束問話？幸好進來的是宅配業者，小光收下包裹後馬上就回來。

「……不過，他和真利之間完全沒有問題，變得比以前還要好。去年父親節還很高興地說他收到萬步計呢。」

大概就是放在視廳室裡的那個計步器吧。

「說是女兒要他別老是搭司機開的車子，每天要多少走點路……像寶物一樣，把那個萬步計拿給我看。可是現在那個老婆年紀很輕，比我和真利大不到一輪不是嗎？他說要是被她發現這種東西會很囉嗦，所以總是放在口袋裡，隨身攜帶著。」

隨身攜帶計步器？

「今年　月他還帶著那個萬步計嗎？」
「不，這個嘛……我就不清楚了。」
這時老闆娘突然插嘴說：「帶著啊。」
「那一次是我幫他結的帳，他掏出錢包時突然掉了出來。吉富先生心不在焉的，根本沒發覺。我跟他說，您的寶貝掉囉，撿起來交給他，他才突然回神似地，嘀咕著沒問題吧、不會壞了吧什麼的，著急地按來按去檢查它的功能。還好，那一次好像沒摔壞。」
到這裡為止還能靜下心來談話，之後客人陸陸續續上門，大夥兒便忙碌了起來。

一走出店門，井岡便頻頻摩挲自己的頭。
「不會覺得太短嗎？」
「哪會！很好看啊！」
「……主任，妳從剛才到現在根本沒看我一眼不是嗎？」
井岡的髮型在這時候根本不重要。問題是皆藤吉富最後一天的行蹤。
「對了，主任，剛才我聽著聽著忽然想到，」
真是的，吵死了！
「……什麼啦？」

「皆藤該不會是陷入憂鬱吧？」

憂鬱。憂鬱症的憂鬱嗎？

「什麼意思？你在說什麼？」

「不是啦，陷入憂鬱經常會出現這樣的症狀。明明沒做什麼事卻突然眼淚直流。自己在不知不覺間，明明不怎麼悲傷，卻莫名其妙地流淚，類似這樣的情形。這麼一想，皆藤自秋天起之所以經常發呆，會不會是因為得了憂鬱症？」

原來如此。如果是憂鬱症，那就解釋得通了。

「井岡，好好把這件事查個清楚！」

相隔多時，對井岡有點刮目相看了，也許。

兩人一間一間查訪都內設有精神科的醫院，中間空了一天在局裡值班，第四天就查到為皆藤吉富看診的順惠會醫院，並問過話。

「是的，皆藤先生確實患有憂鬱症。」

兩人詳細詢問院方皆藤自去年到今年初的病況，並在某種程度上上了一堂關於憂鬱症的課。之後兩人返回特搜總部，確認過日期後，再次電話聯絡皆藤留美子。

『……明天下午的話，我會在家。』

「那麼，兩點左右方便去拜訪妳嗎？」

『好的。沒問題。』
「能不能也請倉持先生陪同？」
『好的。就這麼辦吧。』
隔天。玲子兩人一到皆藤家，就被帶去上次那間客廳。留美子已坐在沙發上，倉持則站在她的旁邊。
玲子一走進客廳便提出要求：
「很抱歉，能不能再帶我們看一下妳先生的視聽室？」
留美子緩緩站起。
「好的，沒關係。」
神情和聲音都比之前要顯得僵硬。難道留美子自己感覺到什麼了嗎？
四人一起移動，走進上次那間視聽室。玲子和井岡一直走到房間中央的劇院座椅旁，另外兩人則停在門口沒有進入房裡。
玲子回頭，先問留美子。
「太太，請容我先確認一件事。從去年到今年，妳丈夫皆藤吉富先生是不是罹患了憂鬱症？」
留美子沒有任何反應。不過，那也是最好的回答。
「妳何不就承認吧。我們已向順惠會醫院的中村醫師詢問過了。」

然而留美子只微微嘆口氣，臉上的表情文風不動。

「……是的。中村醫師的確為他診治過。」

「聽說開始出現症狀是在夏季的尾聲，不過到了年底，症狀似乎有稍微好轉。」

雖然只有短暫的一剎那，但留美子明顯用力咬了咬牙。

「……中村醫師既然這麼說，那就是吧。」

連這個也不想承認的意思嗎？

玲子看向倉持。

「凡事皆獨自決定的一家總長，因憂鬱症陷入死氣沉沉的狀態，組織的營運想必也會停滯……你說是不是？倉持總長室長。」

倉持也始終看著玲子這邊，視線一動也不動。

「……社長要是身體出狀況，下面的人當然不好辦事。」

「就是說嘛。」

玲子將視線轉回留美子。

「……我很同情皆藤先生。他是個所謂的獨裁領導者，又備受部屬信賴……只是很不幸的，時代的演變並不如他所願。警方對特定團體的取締、世人的目光，一年比一年嚴峻。這世界無法再像以前一樣只靠俠義精神。再加上外國人、半灰集團[3]的抬頭。昔日的買賣一天比一天難做。」

接下來是從中村醫師那裡聽來的內容，加上玲了自己的推論。

「即使如此，周遭的人仍期望他做個老派的大哥。相信他本人也如此期許自己。不過，這反倒把自己逼進了死胡同。可以說，他本身已無法應付社會強加予他的皆藤吉富這個角色。即使理智上認為皆藤吉富應該這麼做，但心理和身體卻跟不上。硬著頭皮去做些什麼，一旦不成功便更加窘迫。如果再過度使用自己的身體和心靈，倘若仍然失敗，就會自責……據說憂鬱症主要就是這樣。愈是認真、意志愈是堅強的人，愈容易陷入憂鬱。」

差不多該言歸正傳了。

「順便說明一下，所謂的憂鬱症，據說症狀最嚴重時，其實什麼事都不想做，反而沒有危險。快治癒時才危險。開始擁有幹勁，試圖有所作為的恢復期，反倒容易出事。」

留美子露出冷笑，微微偏著頭「咦？」了一聲。

「刑警小姐，妳到底想說什麼？」

「比方說……自殺。」

雖然沒有掌握確證，但玲子看向門邊的室內單槓架。

3：泛指不隸屬於既有黑道組織的新興犯罪集團。成員多半是以前的飆車族。

「真的嚴重時，連自殺都不想了。等到精力稍微恢復，嘗試做點什麼，卻又力不從心……覺得又失敗了，這時，一想到自己尚未痊癒，就是最危險的時候。因為有了精力，一不小心就會朝最壞的選項暴走。」

「慢點！妳有什麼證據？」

玲子故意像在演戲似地朝大聲這麼說的留美子豎起食指。

「一是日期。『藍色謀殺事件』的主犯木野一政確實殺害不少人。不過，一月十日這天他絕對不可能……事實上，他罹患胃癌。那天的傍晚起到兩天後的上午為止，他短暫住院。至少一月十日的晚上，木野一政不可能殺害和綁架皆藤先生。」

這時，玲子從包包裡取出白手套戴上。

「留美子女士。能不能請妳過來這邊一下。」

玲子把人請到房間中央後，手指著茶几。

「我可以看一下放在那裡的電子計步器嗎？」

「……可以，請。」

欠身行禮後，玲子拿起黑色、圓角的長方形計步器。

「妳知道這是什麼嗎？」

「妳不是說了嗎？……計步器啊。」

「是誰買的？」

「不是皆藤嗎？還是說，是你？」

留美子回頭看向倉持，但他也搖頭。看樣子，她似乎真的不知道。

「這個是皆藤的女兒新田真利子小姐送他的禮物。有人指證，皆藤先生從去年的父親節起便隨身攜帶著這樣東西。可以請妳跟我們一起看一下嗎？」

按幾下按鍵即可回溯歷史紀錄。最近的計步器相當高科技，能夠輕鬆保存過去一年的數據。不用說，連去年父親節六月十八日皆藤走了幾步都能藉由它得知。

「……喏，看得出來，他真的是每天隨身帶著對吧？那麼，最後一筆資料會是什麼呢？」

調回到今年的一月。

「……嗯，到一月十日為止的資料都好好地保存著。也就是說，皆藤先生這一天離開公司後並沒有去別的地方，至少他有先回來家裡。這個計步器會留在這裡即顯示出這一點。另外還顯示，他把計步器取下放在這裡之後，並非在自己的自由意志下出門……是不是這樣呢？」

玲子將計步器遞出去，一旁的井岡便急著開始掏摸口袋。難道沒有事先準備好保存證據用的塑膠袋嗎？

玲子再次面向留美子。

「現階段，這只是我的推論……皆藤先生回到這裡，取下計步器，不料因為某件事觸發他尋死的念頭。也許他使用的是槍或是藥物，但我感覺那個單槓架也有點凶器的味道。然後發現皆藤死亡的……是妳，留美子女士，或是那位幫佣，是吧？」

留美子的視線始終沒有離開玲子。她難道不知道，那好戰的態度即代表她承認自己的罪行？

「不過，妳不能允許這樣的事情發生。堂堂皆藤吉富竟然患有憂鬱症而企圖自殺，作為他的妻子，妳不能原諒。妳認為那會對星野一家這樣的組織造成很不利的影響。所以，妳決定讓皆藤先生失蹤，偽裝成『藍色謀殺』的犯行。與其說是偽裝，不如說是利用這傳聞嫁禍他人。」

玲子環視室內。

「不過事實上，皆藤吉富先生至今依然在這個家的某個角落。不然就是被某人運出去了。如果是這樣，光靠一個女人很難辦到，妳說是不是？還要有男人協助……」

玲子邊說邊回頭看。

就在她的身後，井岡好像終於找到塑膠袋，並攤開袋口準備將計步器裝進去。

不料，計步器從袋口掉了出來。

「啊！糟了！」

計步器掉到地板上，井岡急忙蹲下想要撿起來。

就在這個時候。

玲子看見倉持皺了皺眉頭，朝井岡快步走過來。腰間有樣東西，閃現著銳利的光芒——。

「井岡！危險！」

「啊？」

那一剎那發生令人不可置信的事，

井岡聽到玲子的呼叫，直覺地用右手將計步器揮開，滾落地板的計步器順勢滑到朝這邊走來的倉持腳下。

「……呃！」

倉持如同踩到香蕉皮滑倒的喜劇演員般，左腳甩得老高，身子向後仰，咚地一聲後腦著地。

「讓開！」

玲子瞬間踢出右腳。

「媽呀！」

井岡剎時嚇得縮起脖子避開。倉持右手還握著匕首站在前方。

傳來「啪」地一聲清脆的聲響，玲子用右腳踢開倉持的右手腕。一起被踢開的匕首順勢滾到房間的角落。

「井岡！逮捕！」

「是！」

半昏厥的倉持交由井岡去上銬，玲子走去撿起匕首。由於基本上不會隨身帶著這麼大的塑膠袋，於是她從包包取出手帕將它包起來。

房間的中央，井岡也將倉持的雙手手腕銬上手銬，完成逮捕。站在茶几旁的留美子則呆若木雞地看著這副景象。

玲子也走回那裡。

「皆藤留美子女士，關於剛剛在這裡發生的事，和皆藤吉富先生下落不明之間的因果關係，我們有幾個問題想請教妳，能不能請妳跟我們一起到警局？」

留美子絕不會點頭的，但玲子比出手勢敦請她，她便乖乖服從了。

說實話，這次能抓住棄屍案的線索，以違反槍砲刀械法的現行犯逮捕到倉持，並藉此將留美子帶回警局協助調查，一切都只是偶然。不過玲子認為，將吸引偶然的那股力量，緊緊扣住事實，也算是一種實力。而且憑藉這股實力，玲子重返總部之路想必又向前邁進了一步。那麼井岡呢？那就不關玲子的事了。

將倉持和留美子移送到管區的王子分局後，暫時可以喘口氣。

「辛苦啦，井岡。」

「是！辛苦了。不過，真厲害啊。知道把著眼點放在皆藤身上，玲子主任果然運勢超強啊。我又開始崇拜妳了。」
是這樣嗎？將倉持的右手腕連同匕首一起踢開的那一擊，連自己也覺得很滿意。
不過，還是有些地方無法釋懷。
「可是呢……總覺得心情上有點複雜。」
「咦？是因為什麼呢？」
玲子回望被水泥團團包住的皆藤宅邸。
「該怎麼說呢？現在想來，會覺得這房子的風水似乎已將一切表露無遺。」
井岡挑起一邊的眉毛，頭歪向一側。他似乎完全不懂玲子的意思。
「我是說……皆藤他身為黑道大哥，這部分當然不值得讚許，但他竭盡全力想要完成自己的使命不是嗎？不料，他的認真任事反而將自己逼向毀滅一路。……說起來，任何人都可能發生這種事，不是嗎？姉川組解散後，我還不是為了重返總部，一直拚了命地工作。這股欲望至今依然沒變。不過，要是這股欲望不經意地忽然向自己露出獠牙……那畢竟很可怕啊。」
不知不覺間，自己硬將自己塞進所謂的理想模型裡。那模型漸漸增厚、變硬，變成自己也無法輕易脫下的沉重鋼鐵盔甲。更可怕的是，不論是自己或第三者都無法意識到這樣的狀態。因為鋼鐵盔甲原本就只存在於自己的想像中。
擁有目標，並試圖達成目標。這本身是件令人激賞的事，玲子也認為人就應當如此。不過，假使那欲望在不知不覺間具有導致自己的精神和肉體崩解的危險，那麼人到底該遵循著什麼繼續度過每一天呢？不努力不行，但努力過頭也不行。那要如何看清那條界線呢？誰又能夠看得清呢？

井岡在一旁「嗯——」地扭著頭。

「我啊，只要能和玲子主任在一起，不管在總部或轄區都好，要不然做人事或鑑識也行。」

話雖如此，但實在不想把這種人當作人生的榜樣。

這問題看來一時之間還不會有答案吧。

分享

Share

玲子半是事不關己地聽著對方說話，心想：「感覺我好像變得很重要。」

池袋警察局局長室的會客區沙發。玲子的正對面坐著副局長潮田警視。

「不過……姬川股長調回總部對我們來說也是件令人高興的事。」

坐在右前方的山井局長點了點頭，接著說：

「用不著我說，姬川股長當然是位特別優秀的偵查員。在本局轄區內發生的『藍色謀殺事件』上，對破案貢獻卓著，在後續的追查中，還破獲另外一起棄屍案。這樣的成績和辦案能力完全不容置疑……不過呢，今泉管理官，」

坐在玲子右邊的今泉低聲應道：「是。」

「有什麼問題嗎？」

「對於這次的人事調派，不可否認……我多少有些疑問。」

「這話怎麼說？」

「姬川股長，妳來本局多久了？」

玲子沒料到他會突然把問題拋過來。

今天是十月八日。

「啊？是……一年八個月。」

「那之前在總部的搜查一課呢？」

「應該是四年又兩個月。」

「今泉管理官。」

「是。」

山井乾咳一聲後說：

「……即使是總部，通常要在同一職務任職滿五年才會有所異動。假使接下來要調到總部，那也要先升等再調回。如果是『非此人不可，無可替代』的例外情況，也就是所謂的『原單位直升』嗎？……繼續留任總部的直升，這種情況還是有的……」

恐怕勝俁就是這樣吧。不過，與其說那男人的情況是『非此人不可，無可替代』，不如說是上面的人有什麼把柄被他抓到而不敢隨便動他，這可能更接近事實吧。

「不過，今泉管理官。姬川股長根本不符合這樣的情況。我想你也知道，上回的警部考試，姬川股長的筆試沒過關。連統合警部補的標準都沒達到。」

這話聽來真刺耳。

在採行複數警部補制的警視廳，警部和警部補之間設有一個「五等職警部補」的特殊階級。具體來說，沒通過警部考試但高分落榜者即獲任此職。不過現狀是，玲子連這一步都沒達到。即使以日復一日不眠不休地參與總部辦案和分局輪值，因而削弱了體力和思考力為藉口，也沒有意義。總之，玲子現在依然是個「普通警部補」。

山井繼續說：

「讓姬川股長維持警部補的身分調回總部，這樣妥當嗎？我是覺得有點勉強。」

今泉再次應聲：「是。」深深一鞠躬。

「這項人事安排確實是破例，但由於是總部的人事……還請你務必理解。」

這句「請你務必理解」，今天也已出現第三遍或第四遍了。

山井邊沉吟邊將頭偏向一側。

「姬川股長被派來本局時我尚未到任，聽說是相當突發性的調動。」

「……是的，的確如此。」

「這次又是以不太尋常的形式重返總部……我剛才也說過，姬川股長的實務能力無庸置疑。哎呀，正因為這樣我才想要懇求你。姬川股長對本局來說是不可多得的人才。可以的話，我希望她能做到任期期滿。不過我猜想這是不可能的事，所以個人私心認為，是不是能等到下一次升等再調動呢？剛才提到的兼任搜查一課，我理解那也是姬川股長升等前的暫時性措施。可以說是暫且為姬川股長確保住『統合主任』的位子……但實際上是未經升等這道手續就突然把人帶回總部。對於這樣的做法，我實在無法接受。」

關於這件事，山井的意見百分之百正確。因此今泉完全沒有反駁。更確切地說，是無力反駁。

「對於這件事，我覺得非常抱歉。不過，這是人事二課通過的正式決定，還請你……務必理解。」

話雖這麼說，但要是玲子在警部考試中拿到一定程度的成績就不會有任何問題，因此今泉現在的模樣更教玲子看了於心不忍。簡直就像一個為順手牽羊的女兒不斷向店員低頭道歉的父親。

不過，單就考試而言，玲子自己確實有點失算。

這絕不是可以大聲說的事，不過部分升等考試其實是「只要寫上名字就會過」，亦即保證過關的。事實上，玲子也多次聽到類似的傳聞。這回今泉並沒有明說，但玲子自己一直隱約地認定這次也是如此。要不，沒升等就兼任總部職務的措施會顯得很奇怪。

不過，八成是運作上出了什麼問題。原本應該至少讓玲子通過五等職這一關，卻不知出了什麼差錯，玲子竟然完全沒過。即使這樣，今泉還是用了一些手段，硬是將玲子拉進了總部。這應該可以解釋目前的情況吧。

山井從頭到尾都繃著臉，八成認為再多說什麼也無益。最後終於點頭。

「也罷，潮田副局長說得沒錯，調到總部基本上應該是件值得自豪的事。我們也……是如此。那就微笑歡送姬川股長離開吧！」

「謝謝你。」玲子和今泉同時低頭行禮道謝。

史無前例的四方會談就這樣落幕。

「那麼，我們先走了……」
玲子和今泉一起走出局長室。
慎重地關上門，邁步走在走廊上後，玲子問今泉：
「那個，管理官……我就這樣回總部真的好嗎？」
今泉轉頭看向玲子，皺了皺眉頭。
「事到如今妳在說什麼！東西都打包好了吧？一課課長也在總部等著妳回報。別說了，跟我來！」
「……是，不好意思。」
兩人走出池袋分局的大門，正好是下午四點。
雖說是秋天，但傍晚的風依舊相當溫暖。
走到下一個轉角時，玲子停下腳步。
在回總部之前，該說的話還是要說。
「……管理官，這次實在……給你添了不少麻煩。非常抱歉。」
頭低得比敬禮時還低。腰彎成九十度，只看得見在一公尺前方的今泉的腳。
「行了！姬川。別在這種地方。」
「……是。」
玲子抬起頭，卻仍然無法直視今泉。

「不好意思……可是，總比在分局裡……」

「總之，這次不是我一個人的意思，也沒有事先打點。」

玲子這才總算看著今泉的眼睛。

「如果不是管理官，那到底是誰……」

「最強烈希望妳重返總部的……其實是和田警官。」

前搜查一課課長和田徹警視正。兩年前發生的黑道分子刺殺事件，和田為了對辦案過程的種種疏失負責而被調到鳥取縣警局。聽說他在今年春天退休了。

和田警官竟為了我——。

想到這裡，玲子的心中便激動起來。

今泉繼續說：

「妳能重返總部，可以說是和田警官的臨別贈禮。和田警官最懊悔的就是，沒能在那件案子上保妳到最後。他去找誰遊說、答應什麼樣的條件，我也不知道。我只是遵照和田警官的指示行動而已。實際上等於什麼也沒做。」

今泉用大大的右手抓住玲子的肩膀。

「姬川。妳……真的是備受關愛啊。」

那位和田警官，為了這樣的我——。

玲子當下就想立刻下跪。很想磕頭道歉。兩年前，她不考慮後果，一意孤行的結果，傷害、失去了許多人，同時自己也在任期未滿的情況下被逐出警視廳總部。本來，她根本沒資格說想要重返總部之類的話。但除此之外，她想不出其他重新振作的方法。只有宣告要再次回到搜查一課，重組姬川組，才能支撐著自己繼續前進。

然而，要是沒有和田的鼎力相助，連這件事也不可能達成——。

那次事件傷得最重的就是和田。事到如今，自己還要讓和田受傷嗎？要再迫使他犧牲嗎？

「我……該對和田警官說什麼……」

今泉的手猛然使力。

「那還用說？當然就是再試一次。不管周遭的人說什麼，再做一次給大家看就是了。這才是對和田警官最好的回報。」

這樣好嗎？接受他的好意真的好嗎？當然不好。可是，看來只有這麼做才能報答和田的恩情。

「謝謝……。我不會再重蹈覆轍……」

是陰天的關係嗎？忽然感覺風吹起來好冷。

然而今泉的手卻很溫暖。

除了向一課課長報告以外，就很難有具體作為。隔天早上起，玲子便加入設在小金井分局的特搜總部。

爬上五樓，走進貼有「貫井南町富豪強盜殺人事件特別搜查總部」紙條的禮堂。裡面已聚集了將近四十位的偵查員。

「早安！」

玲子首先看向一排排會議桌的最前一列。她要找的人坐在最裡面靠窗的位子。對方也注意到玲子，站起身。

他是前搜查一課重案搜查第二股，別名「現場資料組」的主任林廣巳警部補。今年夏天聽說他一度被調去轄區分局，之後晉升一階，再以統合主任的身分被分派到凶殺案搜查第十一股。

玲子待在十股時備受他的照顧。他的外表雖然看起來像是在公所上班的「行政人員」，但其記憶力和分析力被公認為是警視廳內數一數二的。玲子最尊敬的人是今泉，而這樣的林可說是玲子第二尊敬的人。而從現在開始，他就是玲子的直屬上司。

「林警官，好久不見。近來可好？」

「哎呀，一點都不好。因為我的專長是資料這一塊。事隔多年，到了這把年紀又回到偵查領域。而且還是凶殺案搜查，真有點吃不消啊……」

林突然伸直了背脊，朝玲子身後張望。

「來了、來了！」

玲子也跟著回頭看。這時，一位穿著深色西裝的男人正好走進禮堂。恐怕那就是凶殺案搜查第十一股股長山內篤弘警部。

林快步走近他。玲子也立刻跟上去。

林向那男人敬禮，玲子也同時欠身行禮。

「股長早！剛才……」

玲子主動上前一步。

「我是今天起到刑事部搜查一課凶殺案搜查第十一股任職的姬川玲子警部補。請多指教。」

彎腰十五度敬個禮，隨即抬起身子。

山內是個矮小的男人。因頭髮稀疏、眼睛有點下垂，乍看之下給人十分和善的印象。

但實際個性不一定是這樣。

「喔，姬川主任是吧。我是山內。……總之，好好幹。」

「是，謝謝。」

只交談兩句，山內便走去上座辦公桌的另一側，在中央的位子坐下。之後就沒再看向玲子這邊。事實上，他這反應和視而不見幾乎沒兩樣，但由於林又有行動了，玲子於是再度向山內行個禮，趕緊跟上去。

排成兩排的會議桌靠窗的那一區。林一招手，便有三位偵查員立刻站起來答聲「是」。一位是約莫四十多歲、看起來有點邋遢的男性，一位是感覺比那男人還年長的女性，另外一位則是和玲子年紀相仿的高個子男性。

林讓三人排成一列。

「跟妳介紹一下。這次我們股被派來參與特搜的就是我和這三人。也是因為這樣，才希望妳早點過來……先從最資深的介紹起嗎？日野利美巡查部長。這位是新來的擔當主任，姬川玲子警部補。」

由於已從今泉那裡拿到股員名冊，因此很快就想到是哪一位。日野利美，五十三歲。玲子以外唯一的女性偵查員。雖然絕算不上是美女，但該怎麼說呢，感覺有一種昭和風味的熟女魅力。

「我是日野。請多指教。」

「我是姬川。也請妳多指教。」

「那位是中松信哉巡查部長。」

邋遢男。名冊上好像寫著四十七歲。

「我是中松。」

「我是姬川。」

「然後他是小幡浩一巡查部長。應該是我們股裡年紀第三小的吧。」

小幡好像是三十二歲，比玲子小一歲。長相雖然頗為俊俏，但身形稍嫌纖瘦。看起來似乎很聰明，可是沒什麼氣魄。而且感覺眼露凶光。老實說，第一印象並不好。

「……我是小幡。」

「我是姬川。你好。」

林重新面向玲子。

「事實上，他們應該會成為新的姬川組成員。」

「咦？不……別這樣說……」

我不要！竟然是這種大嬸、邋遢男，和眼露凶光的小伙子。

「在這裡，林警官是統合主任，所以是林組。」

「不、不，我已經不行了。我也拜託股長讓我早點轉為負責處理文書工作。這也是我想請妳儘早過來的一個原因。」

說實話，受人倚重的感覺還不錯。儘管新部下投來的輕蔑眼神絕對稱不上愉快，但只要換個心情，想著要趕快收服這些傢伙，那麼他們輕蔑的眼神便成了激發鬥志的動力。

只不過，有件事完全無法忍受。

「玲子主～任～！」

一聽見這個聲音，一股寒意瞬間傳遍全身各個角落。

井岡，你這傢伙，為什麼連這種地方都——。

「對不起、對不起，借過一下，打擾了～……來了、我來了～玲子主任，井岡博滿這就來幫妳加油打氣。我就知道，一定是那個對吧？沒有我，玲子也無法發揮本領是不是？」

玲子嚇得不敢轉頭，不過看著包括林在內的四名成員臉色愈來愈難看，也很難受。

「……林警官，總之，先將之前的資料……」

「嗯？喔，也對。」

「玲子主任！」

「可以的話，也希望你能補充說明。」

「啊，那當然……」

「玲子主任、玲子主任！真是的，玲子～！」

啊啊！煩死了！

特搜總部設置至今已過了四天，玲子透過從林那裡取得的資料及其補充說明已大致了解案情。也能充分理解早上會議的內容。

「既然已經講好了，那我姑且問一下。你怎麼會在這裡？這樣大剌剌地坐在我旁邊？」

「這種事不用問也知道啊。……這就叫做愛啊！」

被害人是山地啟三，七十四歲。就附上的生活照看來，似乎是個富富態態、待人和善的老人。

案發現場在他位於小金井市貫井南町一丁目◎◎的自宅。那是間占地高達四百坪的大豪宅。遺體是在六天前的十月三日早上七點左右被發現，通報時間是七點十二分。死亡時間在前一晚的十一點到凌晨兩點之間。第一發現者是平時照顧他生活起居的幫傭馬場典子，五十一歲。被害人的妻子三年前去世，沒有與獨子住在一起。兒子在橫濱經營餐廳，家住在橫濱市綠區。馬場典子也是通勤往返，所以被害人並沒有同居人。

「我聽今泉警官說，你已經解除兼任。」

「對。在上次那件棄屍案過後不久。」

被害人遭凶手用類似菜刀的刀具刺殺多刀。據馬場典子表示，廚房裡的菜刀並沒有被人動過的痕跡，也沒有遺失。因此，凶手很可能是自備凶器侵入山地宅邸行凶。凶手是翻越東側的外牆侵入內部。然後從設在北側中央的內玄關進入建築物裡。內玄關的門被人用類似鐵橇的東西撬開。現場並沒有找到用來殺人的刀子和侵入所使用的工具。

「明明解除兼任了，為什麼還來這裡？」

「我是三鷹分局的員警。成立特搜總部，鄰居來支援是應該的啊。」

山地宅邸為平房構造。十疊大的和室一間，八疊大的四間，六疊大的一間。西式房間則是八疊大和六疊大的各一間。另外還有兼作餐廳的廚房、寬敞的玄關、大小儲藏室三間、兩套衛浴設備和兩間廁所。被害人死在用來當作寢室的十疊大和室。推測他也是在同一個房間遇襲。

「那你怎麼沒早點過來？今天都第五天了。」

「這個嘛，為什麼呢？我也不知道。」

根據驗屍報告，死因為出血性休克。臉上有三處刺傷和劃傷，頸部兩處，胸部六處，雙臂有十七處，腹部八處，背上三處，合計三十九處。下半身有瘀青和擦傷，但沒有刀子造成的外傷。推測被害人遭受攻擊時很可能一邊在室內到處逃竄，因為出血漸漸失去體力，終致死亡。凶手不是一刀刺中他的心臟，讓他斃命。而是揮刀亂砍數十下，造成三十九處刺傷、劃傷，以致頸部、腹部和背部的動脈大量出血，這才是死因。就現場照片看來，棉被、牆壁和榻榻米上都滿布血跡。

「要是你一開始就來，現在早就和其他偵查員搭檔成一組了。為什麼偏偏在我來的第一天……」

「沒錯。簡直就是為了和玲子主任搭檔才派我來的，這麼說一點都不為過。」

竟然在一個七十四歲的老人身上留下三十九處刀傷。極為不專業的殺人方式。至少不是慣用暴力的人下的手。不過，這件案子值得特別一提的不是凶手的殺人方式。而是山地啟三這個男人的經濟狀況，或者該說是他的資產管理方法。

到目前為止的現場勘驗中，在山地宅邸共起出總額三億兩千多萬圓的現金。這些錢被裝在紙箱裡，分別存放在數個房間。走廊也放置了一部分。關於這件事已向馬場典子確認過，她也不清楚全部到底有多少現金。換言之，反過來說，也不清楚有多少現金遭竊。

「井岡……你該不會握有某位人事官員的把柄吧？」

「啊？那是什麼？」

接下來是玲子概略瀏覽過到目前為止的偵查報告所做出的推論。

接到馬場典子通報後趕赴現場的小金井分局刑組課（刑事組織犯罪對策課）偵查員，在掌握到現場留有大筆現金時，一定認為這是一起強盜殺人案。不管是誰，就連玲子也會這麼想。凶手知道山地家裡存放大筆現金，且對他的家庭情況知之甚詳，很可能是熟識的人。在這個階段，馬場典子本人自不在話下，被害人身邊的關係人也應該列入偵查範圍。

「我不想再和你一組了。」

「哈……這表示妳已經沒辦法把我單純看作一起辦案的夥伴。我懂。」

不過，自前天十月七日星期天的報告開始，一切變得難以捉摸。

被害人山地啟三是個極度厭惡與人來往的人。不但與整個社區，甚至跟左鄰右舍也沒有任何交流。山地家是代代相傳的大地主，據說現在的資產總額超過一百二十億圓。市內擁有眾多物件，收入完全來自於不動產。被害人在七十四年的人生中從不曾外出工作，也不曾創業。因此，人際關係幾乎全無。

就算是這樣，應該還是會與不動產業者、承租人、金融機構、律師或會計師之類的人來往，不過，據說每個月頂多只有一、兩位這類人士來訪，而且通常只帶他們去玄關左手邊那間八疊大的西式房間，辦完事便立刻趕人。

「除了工作以外，我連你的臉都不想看到。」

「玲子主任，妳講話總是那麼直接……總而言之，意思就是妳看中的是我的身體。」

在偵查的初期階段，投入查訪關係人的人力應該多於地搜。然而，所謂的重要關係人太少了。雖然有根據馬場典子提供的消息將與被害人往來過的人物列表清查，但不到三天就查完了。而且幾乎所有人都有不在場證明。凶手熟知被害人家庭情況這條線變得愈來愈不可靠。這樣的狀況若繼續下去，那麼很可能一開始的偵查方向就有問題。

不過到了今天早上，已查出新的有力情報。

提出報告的是那位眼神怪異的小幡巡查部長。

「剛才地搜組的報告提到，被害人在馬場典子做完家事離開後曾獨自外出，我們已查明他有可能去的一家店。」

地搜組關於被害人獨自外出的報告是指——。

六月初，晚上十一點左右，有人目擊被害人往東八道路的方向走去。

九月中旬，晚上十點左右，同樣是東八道路，有人目擊被害人在小金井南中西的十字路口等紅綠燈。

是這兩件嗎？後續的補充說明指出，兩次皆穿著輕便服裝。

「從被害人等紅綠燈時面向的方向，我們推測他可能沿著東八道路往東走，加上是步行，猜想應該不會走太遠，於是我們在那周圍打聽，得知他是位在前原町四丁目十一之△一家叫『友子』的店的常客。」

小幡。雖然眼神不善，但似乎還滿能幹的。

上座的山內問：

「是什麼樣的店？」

「就是一般的小酒吧。只有媽媽桑和一名打工的女性，很小的一家店。吧檯坐五個人，加上兩張小桌子，十個人就坐滿了。不過大約五年前，那附近開了一家以外國人為對象的日語學校。雖然不是媽媽的味道，但出乎意料地，竟有不少外國留學生衝著媽媽桑做的家常菜上門光顧。事實上，昨晚在那裡打工的女性也是菲律賓人。不過，她說她不是留學生。」

她的簽證等等，也請這裡的生活安全課去確認一下比較好吧？

小幡繼續說。

「被害人多則一週光顧這家店兩、三次，少則一次。當然，客人不是只有外國人，多少也有附近的住戶或公司行號的上班族，所以客人的背景很多樣。附近沒有類似的店應該也是一項有利條件。將獨棟房屋改裝成店面，生意好像很好。」

山內目不轉睛地注視著小幡的臉聽他報告。

「還有就是被害人來這家店時的樣子……與先前報告說的不善與人往來相反，他在這家店時，顯得非常陽光、隨和。不但『小友、小友』地叫著媽媽桑，店裡也隨時都有他寄放的酒。還有……這樣的發言實在有問題……據說被害人喝醉後常常會聊到錢的事。說自己家裡有滿滿的現金，甚至還滿到走廊上，夜裡去上廁所時，因為太暗還曾經被一捆捆的鈔票絆倒……也許被害人是對媽媽桑有意思，想引起她注意才會這麼說，但其他客人很可能也聽到了。」

小金井分局刑組課的課長問：

「媽媽桑的姓名呢？」

「抱歉。田部成實，四十八歲。山地的『田』，部署的『部』，成功的『成』，果實的『實』。她住在店的二樓，所以是同一個地址。單身獨居。」

山內點了點頭。

「趕緊讓田部成實盡可能地列出顧客名單。同時去查清楚在店裡打工的菲律賓女性。如果有男友的話，還要調查那男人的交友關係。」

「是……報告完畢。」

之後還有幾個人站起來報告，最後由山內說明偵查範圍的變動。

「林統合自今天起，轉為負責處理文書工作。之前負責的工作，由新任的姬川主任接手。再來是……地搜的一區，今天起同時負責二區。負責三區的也同時負責四區。原本負責二區和四區的人，等小幡把小酒吧的顧客名單整理出來，立刻去清查名單。至於被害人身邊的人際關係調查，負責不動產的是……」

就報告書來看，林負責的是被害人與簽定租賃契約的承租人的關係。今天起，玲子他們就要負責調查這個部分。

會議結束後，玲子與林交接工作。

「被害人和承租人之間的關係也不太好嗎？」

林偏著頭。

「算不太好吧，或者應該說，從承租人的角度來看，好像對他沒什麼印象。因為多半都承租很久了。像這樣的情況，雙方似乎只有在簽約或更新合約時才會碰面。而且中間還有房屋仲介公司，所以好像沒有由承租人直接與地主交涉的情況。」

「嗯……是這樣嗎？」

「好像是這樣。」

林已經查訪過的，尚未查訪過的。似乎掌握了一些線索的，完全沒頭緒的，玲子皆一一向他確認。

「……我明白了。那我這就去求證。」

「嗯，有勞了。不過，我的心證不見得可靠喔。畢竟很久沒跑第一線了。」

「好的，我了解……井岡，走囉！」

「是！」

話說回來，竟然是在查出被害人曾在小酒吧炫耀「我是有錢人」、「家裡堆放的現金多到會絆腳」的這天開始查訪承租人，運氣還真背。怎麼看都覺得那是條比較有力的線索。

來日本留學後便直接留下來，成為非法滯留者的外國人不在少數。可想而知，不具備居留資格的他們根本找不到像樣的工作，淪落至此，走向犯罪的可能性自然大增。假使在這種處境下的人來到那家小酒吧，聽到被害人說的話會怎麼樣？

恐怕會尾隨走出店門後的被害人吧。對方是個七十四歲的老人。基本上不會跟丟。最後，被害人走進被長牆環繞的大豪宅。由於是平房，不知道從外頭可以看見多少，假使看得見，窗戶也是暗的。一看就知他不是沒什麼家人，就是沒有家人。

從凶手攜帶刀子和類似鐵橇的工具看來，不太可能是當下立刻闖入。很可能是經過多次勘察，充分擬定計畫後才下手。

「玲子主任，我們要從哪裡查起？」

「這個嘛……從哪裡開始好呢？」

如果是聽到被害人談話的人直接犯案，那就最簡單不過了。但如果是聽到談話的人告訴其他人，消息如傳話遊戲般在外國人之間散布開來，然後當中的某個人犯案的話，要查出這個人就變得很困難。

「要不從最近的地方開始？」

「說得也是。」

兩人照著井岡隨口的提議，由距離小金井分局最近者開始，依序去拜訪林尚未查訪的承租人。

「……抱歉，打擾一下，我們是警視廳的人。」

出租的物件中有的是獨棟的住家，有的是用來經營工廠或店鋪的。有人在租借的土地上蓋公寓出租，也有人改作月租型停車場。

「啊，妳是說地主被人殺害的案子對吧。哎呀，我聽到也嚇了一跳。他是我們的地主啊。」

這名男性是洗衣店的老闆。圓滾的身軀，動作卻很敏捷。似乎是個頗為幹練的勞動者。

「不常與地主往來嗎？」

「往來？從來沒往來過呢。不過，最早租借這地方是在三十……不對，應該是四十五年前。第二次簽約是二十年，所以有更新過契約過一次。然後……沒錯，已經過了十五年，時間過得真快，才心想再過五年又要更新契約了。」

「這期間曾和地主見過面嗎？」

「不曾。況且我們店有點遠。」

這裡是貫井南町二丁目。距離山地宅邸步行約十分鐘。雖然感覺沒多遠，但也不是近到沒事會特地跑一趟。

「你知道什麼有關地主的事嗎？像是平時親密往來的對象，或是有什麼嗜好之類的。」

「不，我不知道。畢竟這四十幾年來只見過兩、三次面。每個月的地租都是透過銀行匯款。而且大部分的事都是由房屋仲介處理。妳知道藤光不動產嗎？」

不動產方面這條線，主要是由日野那一組在調查。報告書上也有列出藤光不動產的名字。不管怎麼說，都不歸玲子管。

「我聽過，負責這裡的仲介公司也是藤光嗎？」

「是啊。我們一直都是。」

就像這樣，首日最後拜訪的是一間叫「泉水莊」的老舊木造公寓。承租人是脇澤衣子，七十一歲。住在一〇一室，同時擔任公寓的管理人。

「這又是……熏死人的昭和味啊。」

「噓！」

從走道上看去，最前面的一間就是一〇一室。由於玄關門旁的窗戶透著光亮，判斷應該在家。

玲子按下門框旁的老舊膠囊型門鈴。

立刻有人應門。

「……來了。是哪位？」

大概很少有訪客吧。愛理不理的聲音中透露出一絲詫異。

「抱歉，我們是警視廳的人。」

隔著門傳來地板的聲響。還有拖鞋鞋底在水泥地上摩擦的聲音。接著門鎖被解開。

「……有什麼事？」

探出頭來的是一位有著漂亮白髮、個頭嬌小的老婦人。是腳麻無力？或是有些行動不便？她用左手緊握著門框以便支撐身體。

「打擾了。我是警視廳的姬川，妳是脇澤衣子女士，沒錯吧？」

「是的……」

「我想妳應該聽到消息了，我們來訪的目的，是為了這塊土地的地主那件案子，有一些事想向妳請教。」

玲子不動聲色地張望了一下室內。一進門就是廚房，裡面是間約八疊大的和室。再過去就是窗戶，所以恐怕只有一個房間。水泥地上有一雙穿舊的包頭鞋和一雙運動鞋。一個人獨居這點看似錯不了。還有兩支枴杖掛在鞋櫃上。

脇澤衣了發出一聲「喔」，點了點頭。

「地主的……嗯。我看過電視新聞和報紙，知道這件事。」

「有直接從誰那裡聽到這件案子嗎？」

「沒……這類事情，沒什麼……」

怎麼回事？回答得結結巴巴。傍晚時分突然有警察上門，心情不好是可以理解的，可是，感覺她說話時有不自然的「停頓」。

「是嗎？平常有機會見到地主……山地啟三先生嗎？」

「沒有，這個也……沒什麼……」

「冒昧請教一下，這裡是向山地先生租用土地的形式嗎？」

「……啊？」

明明看起來不像是重聽，為什麼沒聽到剛才的問題？

「那個，因為我們已經像這樣拜訪過好幾間承租戶，聽說有的是土地和建物兩者都向山地先生租用，有的是只租借土地，之後再自己蓋房子。所以想說不知道妳這邊的情況是怎樣？」

「啊，是啊……沒錯，沒錯。」

「妳只向山地先生租借土地嗎？」

「是的。只有土地。」

按門鈴前雖已大致確認過，但玲子再次打量一遍這棟房子。

「這裡全部有八戶是嗎？」

「啊，嗯……八間房……是的，沒錯。」

「全部住滿了嗎？」

「沒有，那個……現在有三處。三個房間……有人住。」

「脇澤女士和其他兩戶？」

「不……除了我這間之外，還有三間……所以，連我這間算在內，是四間。另外的四間空著。」

實際有房租收入的是七戶，其中四戶是空房，作為一個經營者，想必處境艱難。只是，這似乎也是沒辦法的事。雖然不像井岡所形容的那樣，玲子也覺得這房子實在太過老舊了。屋頂上的瓦片有如鋪上粉塵般皆已泛白，外牆在風吹雨打下也長黴發黑。仔細一看會發現，屋頂排水導溝的金屬扣也已鬆脫，微微傾斜。這樣子基本上不會有年輕人想入住。不，老人家應該也會比較喜歡設備稍微好一點的地方。
「這房子蓋好幾年了？」
「……啊？」
又來了！真希望能仔細聽好問題。
「這棟公寓建造至今差不多幾年了？」
「喔，呃……有四十……年吧？」
外觀看來，的確有那麼久的感覺。
「土地是簽幾年約？」
「現在是……二十年。」
對了，那間洗衣店也說是二十年。土地租約的年限一般都是這樣嗎？
脇澤衣子忽然顯露出很在意室內動靜的樣子。
「那個……時間差不多了，我想出去買東西。」
再過不久就是傍晚五點。
「真是打擾了。感謝妳百忙之中抽空。之後可能還會有事要請教，屆時請務必協助我們。」
「好的、好的……」
「那麼，打擾了。」

脇澤衣子縮頭縮腦地低頭行禮，同時伸手去抓門把。在這期間左手依然緊握住門框。看來真的是有些行動不便。

玲子兩人看著她把門關上後才邁步離去。

經過時順便確認了信箱，一〇一室是「脇澤」，一〇五室是「渡邊」，二〇一室是「吉田」，二〇五室是「岩田」。房間號碼不使用「四」，感覺也代表了這棟公寓的老舊。

走到離泉水莊大約十公尺處，井岡嘀咕道：

「怎麼感覺那老太婆的舉動有點可疑啊。」

喔。

「果然！你也有這種感覺？」

「是啊。她應該不是壞人，可是該怎麼說呢……好像心裡有些愧疚，總覺得很可疑。」

井岡這人，久久會有一次過人的表現。

作為一個人或作為一個男人，玲子完全無法接受他，但作為一個偵查員，偶爾會非常贊同他的看法。雖然不常出現，但過去他曾經在事後很明快地指出玲子的遺漏之處。

儘管這也是玲子個人很氣他的部分。

隔天。又是一早就開始查訪承租人，不過玲子查到第二間時，突然向井岡宣布要暫時換個方向調查。

井岡的嘴裡含著甘露糖，鼓著雙頰微微地歪著頭。

「換個方向是什麼意思？」

「我想去一趟房屋仲介公司。」

這時井岡瞪大了眼。一副甘露糖要從眼裡滾落似地，看來有點好笑。

「這種事不行啦！不動產方面歸日野那個大嬸管，不是嗎？」

「怎麼？你怕日野？」

「不是，與其說是怕……唉，沒錯啦。那種大嬸鬧起彆扭來，可是沒法子應付的喔。」

「放心。我要去的店不在搜查名單上。」

井岡嘴裡還在嘀嘀咕咕，但玲子不管他，攔下計程車便坐進去。

「不好意思，麻煩到武藏小金井車站。」

「玲子，稍微再……往裡面坐一點。」

等一下要去的地方，是玲子以前也曾去請教過事情的中田不動產。地址是小金井市本町五丁目，離山地宅邸和小金井分局都不會太遠。開車十分鐘就到的距離。然而不知為什麼，搜查資料上並沒有中田不動產的名字。是查核上的疏漏？還是因為它沒有經辦山地啟三房地產的實績，所以被剔除在名單之外？這點玲子也想不明白。不過這樣反而正好。不動產業界有自己獨特的網路互相串連。如果只是要檢索空屋，從任何一家房仲業者的網站進入都可搜尋。既然如此，去找曾經拜訪過，只要玲子出馬很可能就會幫忙的店，應該比較好吧。

「玲子主任，要不要吃甘露糖？」

「就說我不要了！倒是你，嘴巴不要一直動個不停。真不像樣！」

和以前來的時候相比，武藏小金井車站周邊的景物變化相當大。

「司機先生，下一個紅綠燈路口停。」

「知道了。」

過了車站後，附近的街道跟當時幾乎一模一樣。

「這附近可以嗎？」

「可以，到這裡就行了。」

玲子付了車資，找了錢，拿了收據，把慢吞吞的井岡推出去，然後下車。

中田不動產有限公司。設置在門口的藍色遮陽棚也一如往昔。

「有人在嗎？」

「歡迎光……啊！姬川警官！」

老闆中田俊英就在門口附近的櫃臺內，他果然記得玲子。玲子一直有這樣的預感，果不其然。

「好久沒問候你了。請問，方便占用你一點時間嗎？」

「可以啊，沒關係。請坐。」

中田面帶微笑地請玲子在椅子上坐下，同時像是刺探似地用眼睛打量著井岡。雖然基本上覺得不可能，但萬一被他誤會兩人是要來找房子一起住的話，可就不得了了。

玲子先主動說明。

「這次又是因為查案子，遇到不懂的事情……這位是現在跟我一起到處查訪的井岡。」

井岡默不作聲，只是點了一下頭。是因為中田是個長得頗帥的男人讓他不高興嗎？或者只是因為嘴裡含著甘露糖沒辦法開口說話？

反觀中田，則是展露出十分清爽的笑容。

「啊，刑警果然是兩人一組一起辦案。就像《相棒》[4]那樣。」

「哈哈……沒這回事啦。」

中田問她要喝茶還是咖啡，但玲子請他不必忙，要他也坐下。

4：這裡指的是日本朝日電視台與東映聯合製作的刑事推理電視劇。

「不過……如果有我可以幫上忙的地方，請儘管問。」

就猜想中田一定會這麼說。

「好的，謝謝你。那我就不客套了，中田先生，關於發生在貫井南町一丁目的那件凶殺案……」

「是的。」中田坦率認真地點了點頭。

「他真的這麼有名嗎？」

「我知道。因為是有名的大地主嘛。」

玲子繼續說。

「中田先生與被害人山地啟三先生直接認識嗎？」

「不，我沒有直接認識他。那種大地主只會跟特定幾家業者來往。」

「比如說，藤光不動產之類的？」

「是的。藤光、常盤房屋，此外主要的可能就是大和興業吧。」

全部都是列在搜查名單上的業者。

「你知道得不少呢。」

「嗯，畢竟都是在地業者。總會有些橫向聯繫。」

「中田先生從來不曾經手山地先生的物件嗎？」

「是啊……我們店是沒有。」

怎麼回事？這說法似乎有弦外之音。

「是有什麼內情嗎？」

這時，中田微微揚起半邊臉頰。感覺有點居心不良，不太像是他的表情。

「要說是內情……也許算是吧。」

「不會造成你的麻煩的話，可以告訴我們嗎？」

「要是我說出來，多少有些不妥。也會妨礙我以後的生意。」

「我明白，這是我們之間的祕密。絕對不會傳出去。我向你保證這一點。」

一旁的井岡也連連點頭。似乎沒有不高興的樣子。

中田宛如接下來要禱告似地，兩手合十後將手擺在櫃臺上。

「這有部分原因是……我父親的原則，我們店不會為了地主的利益做生意。協助租賃雙方進行公平的交易是我們的方針。」

「……是。」

隱約有種預感，接下來會聽到有趣的事。

中田繼續說。

「講白了……大地主多半不安好心。當然不是全部的地主都這樣。實際上也確實有些地主很有良心。不過很遺憾，那只占少數。所謂的大地主……十有八九都是難纏、嗜錢如命的人。」

這是相當危險的發言，但玲子暫且不作聲地點個頭。

「姬川警官，妳知道路線價嗎？」

「大概知道……是不是國稅廳為了算出要對土地課徵多少稅，所以每條道路都定有一個價格？」

「嗯，大致上說對了。那麼，借地權比例又是什麼意思？」

「借地權比例……承租人對租借地的所有權所占的比例，對嗎？」

「說得沒錯。真厲害！不過，行政部門對此事的曖昧態度，卻成為地主和承租人發生糾紛的原因。更確切地說，是讓事情朝對地主有利的方向進展。」

「這話是什麼意思？」

中田略顯得意地點個頭。

「舉例來說，假設有一塊六十坪的土地，路線價是二十五萬圓。路線價是依平方公尺計算，所以要乘以三．三。」

中田按了按手邊的電子計算機。

「……四千九百五十萬圓。實際上還有深度價格補正率這項因素，其比率會隨著商業區或住宅區這類區位劃分不同而改變，現在先省略不計。總之，以路線價來說，這塊六十坪的土地是四千九百五十萬圓。地主要出租這塊土地。新承租戶基本上簽三十年約。伴隨而來的就是借地權。我們假設這塊地的借地權比例是六成。在都內靠近車站的商業區等地段為八到九成，地方的山區和沿岸地帶也有三成的。三成是最低的數值了。」

中田再次按了按電算機。

「四千九百五十萬的六成是……兩千九百七十萬。承租人以借地權的名義，對這塊土地擁有六成的權利。這在承租人想將借地權賣給第三者時便產生意義。或者是三十年過去後，承租人想把土地歸還地主時。按理說，這時候地主必須用兩千九百七十萬圓向承租人買回借地權。」

玲子想稍作整理。

「不好意思。可不可以姑且將價格簡化為五千萬和三千萬？」

井岡也贊同地點了點頭，中田隨即噗嗤一笑。

「啊，對不起。說得也是。那就把路線價設定為五千萬，乘以借地權比例後，就是三千萬。……接下來我所講的，希望你們把它當成是經常發生的案例來聽。」

「我知道。充其量只是一個例子的意思。」

「是的。那是在……租賃契約更新的時候。比方說，承租人經過三十年後不想再做生意了，想要搬家，於是把土地歸還地主。最理想的就是地主用三千萬買回借地權，不過這樣的地主少之又少。不如說，抓住承租人的弱點，逼迫承租人免費奉還土地的地主占大多數。」

「怎麼這樣！」玲子不自禁地插嘴。

「……三千萬的權利，居然一毛都不付！」

「但就是這樣。現實中，這樣的地主多得是。」

「把他告上法院！」

「妳說得對。若告上法院，承租人一定勝訴。但真實情況是，承租人並不具備打官司所需要的財力、知識和意志力。不管怎樣交涉，大多數的地主或是付個三、五百萬，或是扣掉房仲手續費後給個兩百幾十萬，完全不會不好意思。如果是這樣，一般人肯定會考慮下一個實際可行的手段——把借地權賣給第三者。也許不可能賣到三千萬，但賣兩千八百萬、兩千七百萬，就可能有買家上門。他們會透過房仲業者尋找這樣的買家。不過這麼做，多半的地主還是會來找上門來抱怨。」

漸漸覺得那張照片上看似一臉和善的山地啟三，愈來愈像個死愛錢的地主，真不可思議。

「最常見的就是：因為是你，我才願意出租，因為相信你，我才把土地租出去，我不想租給其他不認識的人……這是不安好心的地主的固定台詞。而且，需要地主同意才能轉賣借地權。假使地主說『我討厭那個第三者』，那麼事實上借地權便賣不成。……想必妳又覺得應該打官司了，對吧？」

「對啊。」玲子很老實地點了頭。

「妳說得沒錯，打官司的話，承租人會贏。法院一定會批准他賣。法院代替地主准許借地權的買賣……不過現實是，借地權不是賣掉就好這樣的問題。不妨來想一想買下借地權的人，也就是下一個承租人，他和地主的關係會是怎樣的情況。下一個承租人也要有將近三千萬的錢才能買下借地權。很少人有能力自籌這麼多的錢，多半是向銀行貸款。銀行當然會要求擔保品。一般是以其租借地的地上物作為擔保。意思就是說，這裡還是需要地主同意。不過，地主不可能這麼老實地蓋章放行。他本來就反對把借地權賣給第三者，要他同意以自己的房產為擔保讓第三者去貸款買借地權，這太不合邏輯。這麼一來，第三手的承租人就無法備妥資金，最後『買不起』，只好放棄。」

「這種情況……」

「這一類的案例還有很多。看承租人不順眼就不收他的地租，這也是很常見的手法。一旦沒有持續繳地租，所謂的借地權便會消滅。正確地說，是租賃契約遭到解除。假使承租人以『寄存』在法務局的形式定期繳納地租則不在此限，但如果地主跟你說『不收』，你只是『喔，這樣啊』，置之不理的話，借地權不久便自然消滅……正好正中地主的下懷。再來是契約更新時的『更新費』，那筆費用本身就沒有法律依據。因為沒有法律依據，反倒變得不符合行情。總之就是隨地主開價。可是不付的話，以後有什麼事需要地主同意時，一切都不可能了。更名過戶，或是改建……因為不想要這樣，所以幾乎所有承租人都會支付更新費。

玲子雖然也知道寄存這項手續，和更新費沒有法律依據的事，但很慚愧的是，她並沒有意識到這一切的制度設計都對地主有利。

「……這樣簡直就是任由地主為所欲為。」

「是的。地主憑著一顆印章，隨心所欲地主宰承租人的生殺大權。我先聲明，並不是所有地主皆如此。有良心的地主也確實存在。」

「是，這我理解。」

中田點一點頭，同時嘆口氣。井岡似乎也對這艱澀的話題告一段落而鬆了口氣，但談話不可能就此結束。

必然還有後續。

「可是中田先生，追溯起來的話，從令尊的時代起，似乎就在對抗這類蠻橫的地主。」

「……嗯，說得好聽一點是這樣，可是如妳所見，我們的店沒有多大。事實上沒能幫承租人多少忙。」

「換句話說，你因為堅持那樣的原則，所以至今不曾處理過山地啟三先生的物件。」

中田似笑非笑地微微側著頭。

「……我很難這樣明確地告訴妳。」

「可是，是這樣對吧？」

「……應該算是吧。」

「不過，山地先生端出地主的嘴臉，他對於土地交易的盤算，我就算向藤光不動產、常盤房屋、大和興業之類的業者詢問也……」

「絕對不會說的啦。我相信他們死也不會告訴妳。尤其是藤光，他們等於是靠操作山地先生的物件過活。我懷疑他們反倒是積極地幫地主從承租人身上拔毛，能拔多少是多少。渴望從中賺取手續費……不過，只是拔毛還算好。」

這個叫中田俊英的男人，看起來相當痛恨不安好心的地主和敗德的房仲業者。感覺只要煽動一下，他就會抖出更多內幕。

「還算好是什麼意思？」

「比如……收據記載不實之類的。」

那是什麼？

「能不能告訴我詳情？」

「沒什麼詳情啦，很簡單的事。比方說，獅子大開口要一千萬的更新費，故意嚇得承租人六神無主，開口哀求算便宜一點。這麼一來便正中他們的下懷。這回一下子降價到五百萬。然後當承租人鬆口氣時，他們再要求只能付現金，而且只開兩百五十萬的收據。承租人心想，既然打了對折，收據這種小事就算了，勉強說服自己接受。這樣他們就從中賺走兩百五十萬啦。」

原來！山地宅邸裡紙箱中的巨額現金是這樣來的。

「……中田先生怎麼會知道山地先生和藤光不動產在做這種不正當的交易？」

「我怎麼可能知道。我終究只是聽說，好像也有這種事喔。」

原來如此。就是別再繼續深究下去的意思嗎？

玲子點了一下頭後，朝擺在櫃臺旁邊的電腦螢幕看去。

「那麼，這個話題就先到此打住……這裡可以查到山地先生的物件是簽幾年約、什麼時候要更新契約之類的嗎？」

「有的查得到，有的查不到。」

「查得到的範圍內就行了，能不能幫我查一下？」

「嗯，無妨。」

中田馬上著手調查。一經調查，玲子至今為止去過的、接下來準備要去的、未列在搜查名單上的各式各樣的物件資料一一浮現。

「……這一件，這裡掌握不到資料嗎？」

「因為是在神奈川。應該是由當地的業者負責，不是藤光等房仲業者。」

然後，中田清查出的物件中也包含了那一件。

「這裡我昨天去過。泉水莊。」

「這地方我也知道。是一位上了年紀、看起來很善良的老太太負責管理的公寓對吧……請稍等一下。」

中田走進裡面，拿出一些檔案。

「咦……怪了？這物件應該已經過了更約期。將近一年了。」

「什麼？」

玲子和井岡不由得對望一眼。

「……過了更約期不是很麻煩嗎？」

「不會，這部分，承租人的權利基本上受到法律保障，只要有繳地租，不致衍生大問題，倒是承租人……脇澤衣子女士，今後打算拿那塊土地怎麼辦，這問題比較重要。」

這讓人想起那棟幾乎成廢墟的泉水莊外觀。

「可是，我記得她說那棟公寓好像蓋了有四十年……一般租地，首次簽約是三十年，到期更新是二十年不是嗎？」

「土地是這樣沒錯，如果四十年屋齡是真的，那也許她租了這塊土地十年後才蓋公寓。因為某些因素。」

有道理。這種情況也有可能吧。

「不過……那裡現在好像有一半的房間空著沒人住。畢竟是四十年的老房子了。

脇澤女士到底想怎樣……如果是中田先生會採取什麼措施？」
中田側著頭。
「不，怎麼做到是其次，假使現在還沒有完成契約更新，我比較想知道原因是什麼。正如我剛才說的，契約更新時，地主和承租人很容易發生糾紛。也許被要求無償歸還土地，也許被要求支付天價更新費。或者是，承租人表示想把借地權賣給第三者，但被地主找了一堆藉口，變得進退維谷。」
假使脇澤衣子結結巴巴回答的原因就出在這裡，那會怎樣呢？圍繞著土地交易而產生的糾紛，促使那位老婦人把山地啟三給——。
不，這實在很難想像。凶手是翻越外牆，撬開內玄關的門侵入屋內，將人在寢室的山地啟三追得四處逃竄，讓他身負三十九處刀傷斃命。依此推論，凶手應該是體能好的人。如果只有最後在室內追逐的話，脇澤衣子或許也有可能辦到，但畢竟她不良於行，所以也許連這也不可能。到頭來，不論怎麼看，都不認為那位老太太有能力犯下這樣的罪行。
「中田先生，可以調查山地先生的物件中，有沒有其他狀況相同，也可能發生更約糾紛的物件嗎？」
「是可以不著痕跡地向朋友打探一下，只是需要花點時間。」
「請你務必幫這個忙。」

玲子兩人暫時離開中田不動產，跑了幾間預定要跑的物件，到了傍晚再度登門拜訪，但結果並不令人滿意。

「不好意思，姬川警官。目前沒有發現可能發生糾紛的物件。藤光的業務員，或是常盤、大和都有我認識的人，我私下詢問過，但二件都圓滿完成更約了。另有四件正在就金額進行交涉，但應該很快就能談妥。明年到期更約的物件有一件，這邊也是生意順遂，感覺不會為了更新費之類的起爭執。其他的還有三、五年契約才會到期……沒有那種過了期限還沒談妥的物件……除了泉水莊以外。」

目前沒有任何理由指向這件案子可能起因於土地契約的更新糾紛。反倒是山地啟三在店裡喝酒時大聲談論金錢話題，雖然不知道是直接或間接影響，誘使聽到內容的不肖老外犯案，這樣的推論更具有說服力。

不過，玲子現在負責的是承租人這條線。假使要從中挖出點什麼，以現狀來看就只有泉水莊。

要不要集中調查一下？

才在考慮是否要這麼做時，中田指著電腦說：「還有……」

「……是，什麼事？」

「我記得姬川警官剛才好像說，泉水莊現在有一半的房間空著？」

「嗯，脇澤女士是這樣告訴我的。」

「這有點奇怪。網路上的資料顯示空房是『3』間，我向藤光那邊詢問，對方也說有三間房空著。那棟公寓是藤光負責的物件，藤光說的應該最正確。」

怪了？這究竟是怎麼回事？

拜訪過中田的隔天起，玲子兩人開始對泉水莊進行監視。偵查用便衣警車是向小金井分局借來的。

小金井市中町四丁目是非常平凡的住宅區，但不知什麼緣故，泉水莊的四周有很多寺院和墓地。民宅也多半植有綠籬或是在院子裡種樹，給人綠意盎然的鄉間小鎮印象。從這個角度來看，它反倒與玲子出生長大的埼玉縣浦和市比較接近，而不像是在東京二十三區內。只不過浦和市與大宮市、與野市合併為「埼玉市」之後，感覺也大不相同了。玲子出事的那座公園，圍繞四周的樹木現在也全數移除，變成視野開闊的廣場。樹木製造了暗處，遮蔽所有的一切。有時那裡會成為犯罪的溫床，但有時也可能成為偵查時的絕佳隱身處。

玲子相中的監視地點是位在泉水莊斜對面的停車場。在沒有鋪設柏油的砂石地面上拉起繩索，劃分車位。四周種了一些樹，從樹林的間隙望去，正好可以監視泉水莊住戶的出入情形。

「喂！井岡，快去找停車場的所有者，請他同意我們使用啊。你在磨蹭什麼！」

「……說是這麼說，可是房仲公司的看板上什麼也沒登啊。」
「這點小事自己去查！」
「啊，打電話去問昨天的中田先生呢？」
「你不要什麼事都依賴別人！不知道就去問派出所……喂！還不快去！」
想辦法把井岡趕出去之後，只剩下玲子一人在車內，她從駕駛座繼續監視著泉水莊。
天氣晴朗。氣溫適中，是跟監最舒服的季節。最大的敵人反而是趁隙來襲的睡蟲。玲子也許較不適合擔任埋伏監視的角色。過去曾多次因睡著而搞砸。當然她事後都做了適當的補救。
玲子一人獨自留守過了二十分鐘左右，一名與脇澤衣子同樣年紀的女性從一樓最裡面的一〇五室走了出來。依據信箱上的名牌，她姓「渡邊」。推著花紋圖案的手推車，朝小金井街道的方向走去。猜想她可能要去公車站。從結果來說，這是玲子獨自留守期間唯一一次看到有住戶進出。
原以為井岡只是去徵求停車場的使用許可，應該三、四十分鐘後就會回來，但實際上他回來時已經是兩個半小時後。
「哎呀，抱歉、抱歉。心裡雖然一直掛記著只剩玲子主任一個人，但一不小心就這麼晚了。」

「你這傢伙……該不會跑去打小鋼珠吧？」

雖然這麼說，但他並沒有捧著滿滿一袋的獎品回來。看起來和平時沒兩樣，只有肩上掛著包包，兩手空空。

「怎麼可能！我去通知這停車場的所有者，並確實取得他的同意。然後就順便啊……」

井岡揚起嘴角露出詭異的笑容。

「……幹麼？有點可怕。」

「對吧？我也覺得自己的天分很可怕。」

「果然是跑去打小鋼珠。」

「就說不是了。我是去打聽消息，打聽消息。取得使用許可後順便去打聽一下，結果獲得不少關於泉水莊的情報喔。」

有點佩服。但也有點不安。

「你該不會問得太直接，讓風聲傳進脇澤衣子的耳朵裡吧？」

「這點小事我當然也會注意。放心吧。拜託！妳不要只肯定我的外表，也差不多該肯定我的實力了。至今為止，我不是一直在背後默默協助玲子建立戰績嗎？」

不，完全不記得有這種事。

「就算你一路幫忙建立戰績，也不要隨隨便便叫我的名字！」

「可是，想聽我的報告嗎？」

「嗯，那倒是想聽。」

「咳、咳！」井岡很有自信地清清喉嚨。

「……準備好了嗎？聽了會嚇一跳喔。據說那棟公寓直到最近都還住著一位巴西青年。」

「啊，等一下！」

這話題雖然很有意思，但現在一〇一室的門打開了。

「是脇澤衣子。」

「她要出門嗎？」

「難說喔。」

上半身穿著紫色開襟毛衣，下半身是米色長褲。看不見腳下穿什麼。右手拄著枴杖，左手握著提袋。如果她就直接出門的話，應該怎麼做？跟蹤她嗎？要跟蹤的話，按規定是兩人一組，但對方是個行動不便的老太太，就算一個人也沒有問題。如果是這樣，同為女性的玲子去比較——。

考慮了這麼多，但看來似乎沒有跟蹤的必要。

脇澤衣子沒有走到馬路上，而是開始爬起公寓的樓梯。腳步危危顫顫地一階一階慢慢往上爬。好不容易爬到二樓，喘口氣後開始在走廊上前進。

她在從前面數過去第二間房的門口站定。以房號來說，應該是二〇二室。她在那裡先看了看四周，然後才按門鈴。

「真是外行。舉動太過可疑了。」

「嗯。本性應該是個好人。」

脇澤衣子走進房間裡，過了好一陣子都沒出來。

「……然後呢，那個巴西青年叫什麼？」

「喔，對、對。好像是叫查古還查哥的，年紀大約二十五歲。妳看，脇澤衣子不是行動不便嗎？所以那個查什麼的好像就會陪她去購物，幫忙提東西，為她做許多事。」

「很普通的好孩子啊。豈不是佳話一則。」

「是啊。可是呢，因為最近幾天沒見到人，所以就問說那個查什麼的怎麼了？」

真是的。

「這話是誰問誰的？或者應該問，是誰告訴你的？」

「啊，對不起。是泉水莊斜對面那家香菸鋪的大嬸。想不到衣子會抽菸，她好像是那裡的常客。」

看吧，我就說嘛。

「喂，你直接找這麼熟的人問，真的沒問題嗎？」

「沒問題啦。我只要運用我的超級談話技巧，對方不但一點都不會起疑，還能誘使他說出所有情報。」

不過，放任這男人不管的玲子也有責任。

「……算了。然後呢，你還聽到些什麼？」

「喔，她好像問她那個巴西人怎麼了。是香菸鋪的大嬸問衣子的。結果衣子說已經不在了，回國去了。她的說法……不過，是否真的如此不得而知，聽說她抱怨外國人真薄情，因為個人因素突然說走就走，聯絡方式什麼的都沒告訴她。」

巴西青年，是嗎？

「那位青年是什麼時候不見的？」

「正確的日期不清楚，但我想就是這幾天。」

山地啟三在十月二日遭人殺害，今天是十一日。已經過了九天。假使他已潛逃國外，要逮捕會變得極為困難。現實情況是，日本與巴西之間並未簽訂犯人引渡條約。

玲子從口袋掏出手機。

「玲子，妳要做什麼？」

「呼叫總部，請求支援。」

響了兩聲後有人接聽。

『……喂，這裡是貫井南町富豪強盜殺人事件特別搜查總部。』

是年輕男子的聲音。可能是小金井分局刑組課的課員。

「辛苦了。我是搜一的姬川。麻煩請林統合聽電話。」

『好的，請稍候。』

大概是直接把話筒交給他吧。沒聽到等候鈴聲，林便接起電話。

『……喂，我是林。』

「辛苦了，我是姬川。請問，能不能緊急派小幡巡查部長那一組過來泉水莊支援？」

『妳又來了，突然說這種莫名其妙的話。』

我才沒說什麼莫名其妙的話。只是先說結論，稍後再解釋罷了。

對方想必也有自己的事要處理吧。小幡組是在傍晚五點過後與玲子他們會合，四周天色已明顯變暗。

兩人沒有一聲招呼就打開後座車門，坐進車裡。他的搭檔是小金井分局的中年警長。

「……辛苦了。」

小幡嘴巴上這麼說，但語氣中絲毫感覺不到慰勞夥伴的意思。

即使如此，玲子還是轉過頭來微微示意。

「不好意思。硬是請你們過來。」
小幡故意大聲嘆口氣。
「……我已經聽總部說了，怎麼，有個巴西人白幾天前不見了或什麼的？」
「嗯。反正就是這麼回事。」
「姓名呢？」
「還不清楚。好像叫查什麼的。」
「年齡呢？」
「聽說大約二十五歲，不過因為是外國人，實際上有可能更年輕，也有可能相反。」
「住民票，或是住民基本台帳[5]呢？」
「這個也還沒調查。」
只見後照鏡中的小幡深深垂下頭來。
「那豈不是沒辦法向入管[6]確認？」

5：日本沒有身分證，住民票即類似市民身分證。搬遷時可以不更改戶籍，但一定要到遷出和遷入雙方的戶籍機關辦理註銷和登錄。住民基本台帳則類似台灣的戶口名簿。
6：即入境管理局。

「是啊。目前是這樣。」
「那到底是要監視什麼？我們又是為了什麼被叫來？」
「這問題我等一下會想。」
「什麼？」
「別囉嗦了，暫時在這裡待命。」
那之後他仍然不停地唉聲嘆氣，抱怨還有成堆的工作要做之類的，搞得井岡心浮氣躁，大罵：「你給我差不多一點！」要找他吵架，玲子出面制止，就在這樣的混亂中，情況開始出現變化。
「……好了、好了，安靜一下！」
脇澤衣子和上午一樣拄著枴杖，提著同樣的袋子走出房門。假使玲子猜得沒錯，她應該又會上樓來到二〇二室門前。走進那個信箱上沒有名牌，應該沒人住的房間。
「小幡巡查部長。請你們繞到公寓的後面。注意二樓的窗戶，特別是從前面數過去第二個房間。」
「那間沒有開燈。」
「所以才要注意……好了，安靜地行動吧。」
小幡絕非心甘情願，但仍然遵照玲子的指示下車。說起來這也是理所當然的。遇上新的主任，且又是年紀只大自己一歲的女人，不過玲子是上司、小幡是部下，這是無可動搖的事實。
四人穿越馬路，在泉水莊前兵分兩路。小幡組繞到公寓後面靠窗的那一側。玲子兩人則躡手躡腳地爬上樓梯。
爬上最後一階時，暫時停下腳步。從轉角處探出頭，正好看見脇澤衣子將手放在二〇二室的門鈴上。
「脇澤女士。」
玲子叫她一聲，脇澤衣子就像是觸電般立刻把手抽回來。
玲子兩人也走上走廊，快步朝她逼近。
「……晚安。不好意思，嚇到妳了。我正好看見妳上樓，雖然覺得冒昧，但還是跟妳打聲招呼。」
「啊，喔……不會。」
這人恐怕是無辜的。如果可以的話，玲子不會想用脅迫的方式逼問她。
「那是什麼？」
玲子清楚地指著手提袋問。
脇澤衣子明顯露出狼狽的神情，但仍然想辦法將身體轉向走廊盡頭。
「這是那個……分來的……岩田先生分我的。」
岩田是二〇五室的住戶。二樓最裡面的房間。

「可是，岩田先生還沒回來不是嗎？房裡的燈沒亮。」

脇澤衣子輕輕「啊」了一聲。一副現在才發現的樣子。

「……是、啊。既然他還沒回來，那我待會兒再……」

「可是脇澤女士，妳剛才要按這一戶的門鈴對吧？」

明顯看得出來，她因為緊張而將身體縮成一團。

「不、不是……不是的。我只是稍微沒站穩，用手撐一下而已。」

「用握著枴杖的手嗎？」

「……嗯，一時之間，就順手……」

夠了，真希望她別再硬掰下去。

「抱歉，脇澤女士。我們上午也看到了。妳走進這個房間。提著同樣的袋子，按下門鈴，房裡有人解開鎖後，妳走進裡面。然後在房裡待了一陣子。大概是二十分鐘吧，或是差不多的時間。」

滿布皺紋、看似柔軟的手開始顫抖。

「……那不是分得的東西，應該是晚飯吧？是脇澤女士為住在這裡的人做好再送來的餐點。……前天，脇澤女士說這裡有四間房空著沒人住。信箱上的名牌也顯示如此。一〇五室住著渡邊，二〇一室住著吉田，二〇五室則是岩田。可是不久前，這棟公寓還住著一位巴西青年。……心地非常善良、很體貼房東太太的青年。平時總是陪著妳一起購物、幫忙提東西。脇澤女士也覺得他像是自己的孫子不是嗎？」
玲子其實也不想說這些話。如果可以的話，她很想假裝不知道，當它不曾發生。可是身為一個警察，一名刑警，她沒辦法這麼做。
「脇澤女士告訴鄰居他回國了對吧？還抱怨外國人真薄情，突然說走就走。……不過，其實並不是這樣，對吧？他根本沒有回國。現在還留在妳的身邊。因為他太喜歡妳了，擔心妳擔心得不得了，所以他……」
就在這個時候。
脇澤衣子一直提在手中的袋子掉在地上。
「查、查柯！快逃！」
她趴在門上，開始用拳頭用力地敲門。
「查柯！查柯！快……快逃啊！」
門的另一頭傳來拉開窗戶的聲音。但並沒有聽到接下來有任何的騷動。也沒聽見守在公寓後面的人喊：「抓到了！」
現場頓時陷入沉默，雖然只有短短不到一分鐘，卻讓人感覺十分漫長。
終於聽見解鎖的聲音，二〇二室的門靜靜地開啟。
一名高個子的青年從晦暗的室內緩緩現身。有點捲翹的短髮。淺黑色的皮膚。眼睛非常漂亮。圓圓的、黑黑的，閃閃發亮。

「……婆婆，沒關係了。」

聲音出乎意外地年輕。實際上可能才二十出頭。

「查柯，不可以，快逃！」

「不可以、逃走。……是、我、的錯。婆婆、沒有、錯。錯的、是、我……婆婆、是、好人。是我、的錯，不是、婆婆。」

「查柯……」

青年抱住眼看著就要倒下的她。一旁的井岡用手機聯絡小幡組。只說了句「麻煩來這邊」，小幡組便很快地上到二樓。

四名刑警團團圍住脇澤衣子和青年。

玲子將手放在青年的肩上。

「可以告訴我你做錯了什麼嗎？你能自己說明你做了什麼事嗎？」

青年無力地點了點頭。

「……我、殺了、地主。刁難、婆婆、地主、很壞。我、保護、婆婆。地主、不能原諒。我、不對。地主、更不對。」

「查柯……不可以……這種事不可以說出來……」

始末聽來雖然令人不忍，但也無可如何。

「喂。」玲子催促小幡。

「逮捕。」

「咦？為什麼？」

「你不是負責外國人這條線嗎？你去逮捕。」

小幡輕輕點個頭，從包包取出手銬。

「……十月十一日，下午六點七分。以殺人嫌疑緊急逮捕，嫌犯姓氏不詳。」

青年老實地伸出雙手，掌心白得教人難過。

玲子將嫌犯（犯罪嫌疑人）帶回分局，並讓小幡製作偵訊筆錄。

【偵訊筆錄

住址　東京都小金井市中町四丁目△△-◎泉水莊一〇二室

職業　無

姓名　查柯．莫拉艾斯　國籍巴西

平成◎◎年九月十五日生（二十二歲）

本職於平成※※年十月十一日下午八點三十分左右，於警視廳小金井警察局，告知上述者其緊急逮捕手續書記載之犯罪事實摘要，及傳達可選任辯護人之權利，同時說明在沒有辯護人的情況下欲自費選任辯護人時，可指定律師、律師法人或律師協會並提出申請，甚且，若提出想會見辯護人或即將成為辯護人的律師，將會立刻幫忙聯絡及轉告其意，並予以辯解之機會，再依其本人自由意志供述如下：

1.我確實侵入山地啟三宅邸，以預藏的刀子殺害該氏。

2.我沒有竊取任何財物。

3.我不打算聘請律師。

查柯．莫拉艾斯（指印）

經如實複誦以上內容，並請本人過目，表示無誤後，署名並按捺指印。

前述同日　警視廳小金井警察局派遣

警視廳刑事部搜查第一課　巡查部長　小幡浩一㊞】

嫌犯查柯．莫拉艾斯直接被小幡帶去拘留所。此外，脇澤衣子因有藏匿犯人的嫌疑，明天起要請她同意協助調查。她特地將查柯從原本住的一〇二室換到二〇二室予以藏匿，絕不會完全不受責罰。

玲子帶著剛完成的偵訊筆錄返回特搜總部，但晚上的會議已結束，禮堂內只剩下幾名偵查員。

不過，搜查一課的幹部全員仍坐在上座。

林統合和山內股長。還有擔當管理官今泉也在，想必他是接到已逮捕嫌犯的通報而急忙趕來的吧。

玲子邊低頭向三人行禮，邊走上前。

「不好意思，來晚了。」

「……姬川，這是怎麼回事？」

玲子將偵訊筆錄交給站起身的今泉。然而今泉只是大略過目一下，很快又嚴厲地看向玲子。

「聽在場同仁說，嫌犯被逮捕時完全沒有反抗。那有必要採取緊急逮捕，將人上銬押回警局嗎？以協助調查的名義將他帶回問話，明天再依正常程序逮捕也行，不是嗎？」

玲子搖一搖頭答道：

「不。嫌犯的精神處於非常不穩定的狀態，我感覺他有可能自殺，所以沒有以協助調查的名義將他帶回，而是選擇採取緊急逮捕。」

「就算是這樣，嫌犯並未嘗試逃跑和抵抗吧？」

「嫌犯身高超過一百九十公分。雖然外表看似纖瘦，但手長腳長，看起來很有力氣。倘若他突然改變態度，靠我們四個人有可能無法完全壓制。不過，我擔心的不是嫌犯會逃跑或是抵抗，而是自殺。因此，我認為採取緊急逮捕是妥當的做法。」

今泉露出一副「真拿妳沒轍」的神情，嘆了一口氣。不過玲子明白那只是演戲。這是她來到凶殺案搜查第十一股的第一個案子。與其一開始就與新上司山內衝突並埋下禍根，不如由今泉來對玲子提出忠告，以擺平事端。今泉八成是這樣想的吧。

這點道理，恐怕山內也已料到。

「……算了，事情過了就算了，之後的偵訊請好好做。管理官，我先走了。」

他整理好手邊的文件後站起身。

「喔……辛苦了。」

山內向今泉打了個招呼，錯身而過，離開了禮堂。

剩下的三人不由得互望彼此。

最先開口的是林。

「……唉，山內警官就是那個樣子。」

玲子也無可如何地點了點頭。

「他這人有點酷。」

今泉搔搔自己的短髮。

「姬川……拜託妳，能不能盡量按照程序來辦事？妳不是答應我不會再重蹈覆轍嗎？這樣豈不又變成和以前一樣……林警官也不要太放任這傢伙喔。」

「是。我會謹記在心。」

玲子完全明白今泉的考量。他一定是認為如果自己是股長，多少還能掌控玲子的行動，但站在管理官的立場便有可能管不到那麼多，因為擔心這點才會把林安插在同一個單位，負責監督玲子。應該就是這麼回事。

玲子當然也絕不想給今泉添麻煩。只不過，她也有自己的想法和做法。這次的事，不如說就是因為今泉不在，她才會趁勢選擇這種手段。她並不覺得這有什麼不對。

玲子拿起放在桌上的偵訊筆錄，交到林的手中。

「我還有一些事想查。今天先走了。」

「……喔。辛苦了。」

「你也辛苦了。」

向兩人行個禮後，玲子朝門口走去。

不料一出禮堂，便看見有個男人倚牆而立。是小幡巡查部長。難不成是在等玲子出來嗎？

「……啊，辛苦了。查柯有好好吃飯嗎？」

小幡站直身子，稍微瞇起眼睛看了看玲了。

「先不談這個，主任。剛才為什麼要緊急逮捕？」

這男人是無意中聽到裡面的談話？還是正好相反？

「為什麼，嫌犯他……」

「妳該不會是故意讓我為嫌犯上銬，把功勞讓給我吧？」

喔。他看出我的用意了嗎？

玲子刻意擠出笑容。

「我並沒有這個意思。不過，外國人這條線歸你管的不是嗎？不論查柯有沒有在那份名單上，如果由我逮捕的話，丟臉的可是你唷。因為嫌犯就住在被害人所有的土地上，可以說擺明了就是關係人。他不在名單上，那是一大疏失，就算他在名單上，被年紀相差無幾的新任女上司搶去功勞，你也沒得炫耀不是嗎？我也不想因為這樣被看成對功名饑渴的人。即使不會這樣，也有人會認為，部下的失敗就是上司的失敗。」

小幡看似十分不悅地撇了撇嘴。即使如此仍努力說服自己接受嗎？他做了一個深呼吸，然後開口說：

「……我剛才聽中松警官說，他把逮捕到巴西人的消息告知馬場典子後，那個幫傭……她才想起大約一年前，脇澤衣子和一個很像是嫌犯的外國人去找過被害人……這種事，要是她能早點想起來就好了。」

這種「要是怎樣怎樣」的話，一旦說出口就會沒完沒了。

不過在玲子開口之前，小幡又繼續說：

「總之……結果就是，主任把功勞讓給了我，是吧？」

「我就說不是了。到頭來還是會由我來偵訊查柯。」

「不然到底是怎樣？」

真是煩人耶！

「什麼怎樣……我也感謝我們可以有福同享啊！」

「什麼？」

玲子自以為這話說得挺漂亮的，然而小幡不為所動。

「我不會要妳感謝我的。」

「就說沒關係了。」

「我也不會向妳道謝。」

「啊，想不到你這麼坦率。」

「什麼？」

清楚知道應該要向對方稱謝。

如果懂得這點，就沒有事了。

對了，井岡上哪兒去了？沒看到他人影。

探查者玲子

Reiko the Prober

玲子陪同兩位上司來到武藏小金井車站附近的居酒屋。可容納六人的包廂裡，目前只有三人。玲子的斜對面是管理官今泉，隔壁是股長山內。

今泉將抽剩下一半的香菸在菸灰缸裡捻熄。

「……總之，我會再想想，看是要從其他股調人過來，還是從轄區分局提拔人上來。」

今天的議題是關於搜查一課凶殺案搜查第十一股今後的人事。即再過不久會有三名偵查員調離第十一股，要怎麼補人的問題。今泉從偵查適任者名冊、總部適任者名冊等挑選出數人並列成名單，徵求山內和玲子的意見。不過，今晚沒能找到三人都可以接受的方案。與其說沒能找到，不如說根本討論不起來。

怎麼說呢？因為股長山內表明「我沒有什麼意見」後，便早早退出了討論。玲子原本根據第一印象認為他是個「很酷的人」，不過這態度要怎麼說呢？與其說是「酷」，不如說就只是「漠不關心」。在玲子聽來，只覺得山內像在告訴別人：我對股裡少了誰、由誰替補進來這種事不感興趣，我只是做自己分內的事。

相反的，玲子的要求多如山。除了石倉最近才剛調到總部的現場鑑識部門，不列入考慮外，如果可以，她想從其他的前姬川組成員——菊田、葉山、湯田中，拉一個人進來。當中最有可能的是葉山。他的職級已晉升一階，成為巡查部長，這項升等調動至今將滿一年。有充分的資格調回總部。
然而，今泉並沒有欣然同意這項人事。只是伏下視線表示「讓我考慮一下」，不說好也不說不好。即使拿菊田和湯田追問他的意見，他也只是沉吟，不願明確表態。既然如此，玲子很想問他，那到底為什麼找自己來這裡？這種程度的事，在小金井分局內就能談了。
山內留下半杯烏龍茶，站了起來。
「那麼，失陪了。我還得去原宿一趟。」
凶殺案搜查第十一股的另一組人員已進駐原宿分局的特搜總部。聽說嫌犯已落網並遭到起訴，案子本身已破，但後續追查工作尚未完成。山內八成是想去確認進度吧。
今泉輕輕點個頭。
「……有勞你了。」
玲子也跟著低頭行禮，然後隨即抽出腳準備起身。因為上司要先離開，打算送他到店門口。
不料，山內瞬間比了個手勢制止她。
「姬川主任，不必為我費心。因為我也不會為妳費心。」
由於很少有人這樣對自己說話，玲子一下子反應不過來。但仍勉強忍住，不讓內心一湧而上的不愉快直接顯露在臉上。

「是、這樣嗎？……那麼，請容我失禮了。」

玲子說完這話再度行禮，山內正好從她旁邊經過。

「那麼，管理官，我先走了。」

「好的，辛苦了。」

他拉開門，迅速走出包廂。

玲子正因懊惱而低著頭，結果竟在桌子底下挖空的地面看見有東西正好掉在今泉的腳邊。感覺像是張白紙。一邊十公分多一點，另一邊短於十公分。大概和大張的相片紙差不多大小。

「怎麼了？姬川。」

「啊……沒事。」

玲子抬起頭，重新坐正。山內離去後，只剩她和今泉兩人的包廂，對玲子來說，氣氛變得自在多了。

「山內股長……是個挺有個性的人。」

「嗯，很優秀的一個人。只是，總覺得他的性格中似乎缺乏像是夥伴意識這種東西。」

今泉比玲子整整大二十歲，今年五十三歲。相對於此，山內則是在職級上低今泉一階，年齡卻稍長，今年五十六歲。這是警界常見的階級和年齡反轉的現象。不過要說這個的話，玲子遇到的部下幾乎都是這樣。以前的菊田和石倉，現在的日野和中松，全是比玲子年長的部下。沒辦法一一去在意這些事。

今泉忽然吃力地站了起來。

「……失陪一下。」

大概是要去廁所吧。今泉用手扶著隔間牆，跨過並排的坐墊。是自己多心嗎？那腳步看起來有些笨重。

「洗手間的話，右手邊走到底就是了。」

「是嗎。」

今泉拉開門，看向走廊右邊盡頭，露出明白她意思的表情，走出包廂。這麼一想，他的臉也比平時紅很多。才喝一杯生啤酒就已經醉了嗎？今泉有這麼不堪酒力嗎？

暫且不說這個。

「嗯……嘿咻。」

玲子鑽到桌子底下，撿起剛才發現的紙片。

翻面一看，不出所料，是張褪色的照片。

今泉很快就回來了。剛才那是怎麼回事？現在看他並沒有喝醉的感覺，也不覺得腳步有多笨重。

「管理官，你要喝什麼？」
「那就……來杯兌水燒酒吧。」
「麥子、芋頭，要哪一種？」
「麥子好了。」
「好的。」
玲子按下服務鈴，把剩下的一口啤酒喝光。
今泉乾咳一聲，伸手去拿擺在矮桌一頭的香菸。玲子對香菸的品牌完全沒概念，可是那包裝看來挺陌生的。
「管理官，你換香菸的牌子了嗎？」
今泉叼起一根菸後，看向手裡的菸盒。
「……這個嗎？不是，我沒換牌子。只是包裝換新的了。」
「喔，是這樣啊。」
「我當時也好驚訝。明明是去固定的店家買同樣的東西，可是，有一天卻突然換了不曾看過的包裝。」
他用拋棄式打火機點燃香菸，很享受地吐了一口煙。玲子目不轉睛地注視著那副景象，今泉不知想到什麼，露出略帶驕傲的表情，開始自顧自地說起來。
「……香菸這玩意兒啊，很奇妙。它和口香糖、糖果不一樣，不是放進嘴巴裡就沒了。一吸一吐之間，必定會花上幾分鐘。而在這幾分鐘的時間裡，腦袋就會切換到不同的思考回路。另外，就像是一直受到禁錮的某種東西得到了釋放……有時候抽根菸，腦中便會陡地浮現不同於以往的想法。比如讓這傢伙和那傢伙搭檔看看，或是讓那小子嘗試擔任偵訊官之類。」

「咦？是這樣子嗎？」

店員總算出現，玲子向他點了兌水燒酒和一杯紅酒，另外還點了幾道菜。

不料，店員關上拉門離去後，今泉不知道為什麼露出可怕的表情看著玲子。

「……管理官，你怎麼了？」

「我剛剛終於想起來了。有件事我一直很想跟妳說。」

「什麼事？又是香菸的功效讓你想起來的嗎？」

「也許是，也許不是，別囉嗦，聽我說。」

「……是。」

玲子重新坐正，面向今泉。

「到底是什麼事？」

「妳啊……偵訊技巧還是那麼差。」

玲子差點忍不住嘖舌。原以為只是喝酒閒聊沒當一回事，想不到真的在訓人嗎？

今泉繼續說。

「對於上次那個巴西人……妳好像也是非把對方逼到沒有退路才肯罷休。」

那是誤會。

「咦？才沒有這回事呢！我對那個巴西人非常和氣唷。」

他的名字是查柯．莫拉艾斯。

「不，妳對他的態度相當強勢。聲音都傳到外面來了，不是普通的大聲。不管怎麼說，那樣偵訊嫌犯太可憐了。對方可是無法流利使用日語的外國人喔。他既然已經承認自己的罪行，也表現出反省的態度，可以稍微和氣一點……」

就說不是這麼回事嘛。

「雖然你這麼說，不過管理官，假使我在這次的偵訊中曾對他大小聲，那也只有在問他關於犯案凶器的時候。這部分如果不查明清楚，本領高強的律師肯定會在公開審判時攻擊這一點。搞不好還會被翻案。」

「話是這麼說沒錯，可是應該還有其他的方法吧？」

「我當時判斷，手下留情只會給他為自己開脫的機會。」

「確實會有這樣的人，但我要說的是，那個巴西人真的會這樣嗎？」

「所以我說，我自認為已經夠溫和了。可是一旦問到凶器，他就含糊其辭，態度也突然變得不乾不脆。我甚至還質問他，為什麼只有這部分無法交代清楚……不過實際上是對著翻譯的人說的。」

今泉輕搖一下頭。

「就是那位翻譯被妳嚇到不是嗎？而且還是個男的？讓一個男翻譯都感到害怕的偵訊，看妳是怎麼威脅人家的。」

哪有啊！這傳出去多難聽。

「我才沒有威脅他呢。那我倒要請教一下，在那種情況下要如何不大小聲，順利地完成偵訊工作呢？如果是管理官的話，會怎樣偵訊犯人呢？」

「呃……」

今泉又點了一根菸，將菸灰撢落在菸灰缸裡。

「……我也不是多麼擅長偵訊犯人，所以絕不敢說大話……可是我也不會像妳那樣把對方逼得那麼緊。」

「不然，不以管理官自己為例也行。有沒有其他人的偵訊方法，是你認為可以當成範本的呢？」

今泉捏起一根早已冷掉的薯條後回答：

「這個嘛……目前擔任第二股統合的木和田邊就是很厲害的偵訊高手吧？」

「不好意思，關於木和田統合這個人，我只聽過他的大名，其他一概不了解。」

「那就是那個啊！以前待過搜一，現在在哪裡……是練馬嗎？可能已經不是了，那個魚住久江。以女性偵查員來說，她的偵訊方式應該是很好的範本。」

「魚住警官我也是只聽過名字，不曾直接見過面。」

「喂，姬川……妳的表情別那麼可怕嘛。」

先露出凶巴巴表情的人是誰啊！

加點的東西送來了。

玲子喝一口紅酒後，再次問今泉。

「……說起來，我哪有空在那邊悠哉地聽別人偵訊嫌犯。」

「應該沒這回事吧？偵訊室裡的談話，通常外面都聽得到吧？」

「轄區分局是這樣沒錯，來到搜一後就不會有這種情形了吧？只有管理官和股長才有辦法進去看，至少警部補以下的人不會有空去聽別人的偵訊。因為還有一大堆的事要做。」

今泉短嘆一聲，說完「妳說得也沒錯」，就伸手去拿兌水的酒。不過玲子沒打算輕易放過他。

「管理官，那不要具體指出是誰也沒關係。管理官自己認為，理想的偵訊應該是什麼樣子，請說來聽聽。」

今泉的表情為之一沉。他大概心想這下麻煩大了，可是現在才發覺已經太遲了。

「麻煩你。請務必告訴我偵訊的祕訣。」

今泉搔搔自己的短髮，無奈地撇撇嘴。大口喝下兌水的酒後，又叼起一根菸。不料還沒來得及點菸。

「喔，不好意思……有電話。」

今泉從掛在皮帶上的手機套中取出手機，貼在左耳上。雖然不知道是誰，但真是個會挑時間的傢伙。玲子差點把握在手中的照片捏爛。

「我是今泉。怎麼搞的！這麼慢……不對，不是那邊。不是在公園靠車站的那一邊，是另一邊……要怎麼說好呢？那個設有多個菸灰缸……對了，那裡不是立了一塊招牌叫『小歇廣場』嗎？出了那個廣場，就在馬路對面的居酒屋……不對啦，那是『噴水廣場』吧？不是那裡，是『小歇廣場』……河童？我不知道是不是河童，但好像是有個這樣的東西……哎呀，別管動物了，總之你就去找『小歇廣場』的招牌。出了那個廣場後，穿過馬路就是居酒屋了……店名？啊，叫『龜屋』。……喔。」

今泉掛掉電話後像沒事一般，看向玲子。

「……有誰要來這裡嗎？」

「嗯，是啊。」

「是我認識的人嗎？」

「嗯，妳應該認識。」

「那在那人來之前，我們把剛才的話題結束掉吧。」

「嗯？要結束什麼？」

「關於偵訊犯人的祕訣。」

「這……已經聊夠了吧？」

「你在說什麼！是管理官開的頭不是嗎？」

「那是沒錯啦……」

「務必拜託你了。」

今泉長嘆一口氣，將一直叼在嘴裡的菸點燃。

「那……我說的終究只是一般的論點。妳應該也多少知道一些，一定要說的話……偵訊官不是常說嫌犯是『我家的』嗎？」

「是啊。」

當然，玲子是有聽過這樣的說法，但她從未稱自己偵訊的嫌犯為「我家的」，也不曾有過這樣的想法。

今泉繼續說。

「我要說的是，對嫌犯就是要有這等程度的心儀，這很重要。」

「很多人都這麼說，可是我總覺得有點無法理解。『心儀嫌犯』，那是什麼意思？」

今泉雙臂交纏，歪著頭說：

「不是，我是說……有了，比方說有一對夫妻。這只是比喻而已……假設丈夫外遇。然後因為某種原因，老婆發現了。」

「喔。管理官發生過這種事嗎？」

「就說這只是比喻嘛。安靜聽我說……老婆怎麼發現的不重要。反正老婆就是察覺到了。這是關鍵。在這種情況下，假使做丈夫的對老婆已經沒感覺了，會變怎樣？」

這種事很簡單啊。

「就離婚啊。」

「啊，不，不是這樣，沒有要離婚。假設在不離婚的前提下，丈夫要設法收拾殘局，該怎麼做呢？」

「乖乖認錯道歉就行了，不是嗎？」

「不是，我是說……抱歉，是我講得不夠清楚。我說做丈夫的已經沒感覺了，意思是說，即使和老婆相敬如冰，他也絲毫不痛不癢。所以才能夠滿不在乎地裝傻。凡是男人都有這樣的一面。管它是襯衫沾到口紅印，或是刻有令人起疑的名字的打火機被發現了，就是要裝傻到底。」

玲子總算慢慢理解今泉要說的意思。

「我懂了。哪怕是被人拍到和別的女人在一起的照片，都裝蒜到底是吧？」

「對，就算被拍到照片……不對，如果是照片的話就糟了，反正不管有沒有道理，都沒有關係。」

看來他似乎對「照片」這個關鍵詞有不小的反應。

今泉繼續說。

「總之，因為對對方沒感覺了，所以才能若無其事地說謊。就算有再多證據擺在他面前，他照樣會設法找理由推託。」

「是的。簡直就像是不見棺材不落淚的嫌犯。」

「沒錯……不過，假使做丈夫的對老婆還有感情的話，妳覺得會怎樣？」

今泉手上的菸不知不覺變短了，眼看著就要燒盡。

今泉猛灌一大口酒。

「……嗯。雖然有外遇，但心裡對老婆還有感情。沒想過要離婚。那要怎麼做才好呢？」

結論應該和剛才相反吧。

「意思是，他會坦白招認？」

「沒錯。正是如此。」

「會這麼順利嗎？」

「姬川，好好聽我把話說完……做丈夫的確實是對老婆不忠，但那終究只是一時的心猿意馬，不是認真的。他真正愛的還是老婆。站在做丈夫的立場，會希望夫妻關係和家庭都維持和以往一樣。當然，外遇沒穿幫是最好的，但這時已追悔莫及。因為已經東窗事發了。這是不可動搖的事實。證據也不少。……做丈夫的大概會不停地想像。往後每天都會被老婆逼問有沒有外遇，而每次都得裝傻否認，還得持續忍受冰冷的眼神……假使對老婆沒有感情，那也就算了。只要一直裝傻就行了。既然已做好總有一天會離婚的最壞打算，應該不會是多大的折磨。不過，假使對老婆還有感情，那可就難受了。他最希望的是夫妻關係能一直保持下去。沒辦法這樣下去。歹戲拖棚絕不是他的本意。既然這樣，乾脆承認不是比較輕鬆？爽快地招認，低頭道歉並獲得原諒，才能早點回復正常的關係不是嗎？……正因為這麼想，男人才會承認自己外遇。」

的確，夫妻關係或許也有這樣的 面。

「……可是，管理官。在偵訊現場與我們對峙的經常是罪犯。」

今泉挑起一邊的眉毛。

「所以我不是說了嗎？那只是比喻。」

「我懂，我一直都懂。如果照你剛才的比喻，出軌的丈夫就是嫌犯，老婆則是偵訊官，對吧？那麼，為了讓對方自動招供，偵訊官必須讓嫌犯萌生罪惡感。必須與嫌犯建立信賴關係，讓嫌犯覺得不能對這位刑警撒謊，不，是不想欺騙他。為此，偵訊官要先心儀嫌犯。自己先心儀嫌犯，然後以『我都對你敞開心房了，你要對我撒謊嗎？』的態度向嫌犯逼進，對吧？」

今泉擺出一副無法認同的表情，但還是點了點頭。

「算是……這樣吧。」

「這就是偵訊的祕訣嗎？」

「被妳這麼一說，該怎麼說呢……聽起來好像過度簡化了。」

「可是，就是這麼一回事對吧？」

「算是吧。說到底，大家一樣都是人。建立一種無法對對方說謊的關係很重要，就是這麼回事。」

真的是這樣嗎？

「說歸說，可是也會遇到不合乎常情的對象，不是嗎？」

「因為大多數的嫌犯一開始都堅不吐實。打開他們的心房也是刑警的一項本領，對吧？」

「不，我所說的不是精神狀態，而是性格，或者說是人性。」

「所以說……像妳那樣老是以理逼人，讓對方坦承犯案也不是好辦法。」

不，我絕不是這樣。

「我對嫌犯也是有感情的。我也曾經讓對方流著淚供出一切。」

今泉露出帶有惡作劇意味的笑容。

「真的嗎？……那只是被妳最拿手的嚴詞逼供給罵哭了吧？」

太失禮了！

「什麼嚴詞逼供啊……是誰擅於此道？是誰這樣說的？」

沒想到會聽到今泉說出這種帶有性騷擾意味的話，玲子頓時不知所措。

真是的，沒道理就這樣作罷。

「我本來就對管理官用外遇來比喻偵訊感到不以為然。況且會想到這種比喻，讓人不免猜想，管理官是不是也有過這樣的經驗？」

難不成說中了？今泉將背挺直，彷彿要與玲子保持距離。

「……別、別胡說了。這真的只是比喻。況且又不是我想出來的。」

「咦？不過你的樣子看來相當投入，那就當是參考，請教一下。以外遇來比喻的說法，到底是哪位想出來的呢？」

「這種事不記得了啦……我還年輕的時候，不知在哪裡……好像是在這種酒席上，從刑警前輩那裡聽來的。」

快要不行了。即使知道自己在情緒上開始帶有攻擊性，卻無法阻止自己。

7：原文「言葉責め」，在此譯作嚴詞逼供。原意是藉由語言辱罵他人、羞辱人。同時也是性虐戀（SM）的用語。即施虐者以猥褻的言詞辱罵受虐者，讓對方達到興奮狀態。所以玲子聽到會認為是帶有性騷擾意味。

玲子拿起一直放在手邊的那張照片。

「那個……那件事暫且不談，請問這個又是什麼呢？」

「嗯？」

今泉將眼神看向自己這邊時，臉上還一副搞不清楚狀況的表情。但當他有所意識時，今泉的臉頰瞬間抽動了幾下，猶如迎面吹來一股疾風。至少在玲子看來是如此。

「……是、什麼啊？我不知道……在哪裡找到的？」

哦，打算裝作不知道嗎？

「就掉在桌子底下。要說位置的話，就在管理官和山內股長的腳邊。當然不會是我的，所以依常識來判斷，應該是管理官或山內股長掉的。」

「這、倒也、不一定……也許是前一位客人掉的。」

「有這樣的東西掉在桌下，店員進來收拾時一定會發現。因為連我都發現了。」

今泉似乎相當不安。只見正準備從菸盒中抽出香菸的他，手指明顯在發抖。

這下子，情勢完全倒向玲子這一邊。

「這是相當舊的照片。應該是昭和年代拍的吧？」

「這個嘛……不知道。」

「你不記得嗎？」

「什麼記不記得……就不是我的啊！」

「是這樣嗎？這張照片中右邊的男人，難道不是年輕時候的管理官？」

照片早已褪色褪得差不多，只能憑整體氛圍來判斷，在玲子眼中，那位貌似今泉的年輕人滿臉通紅。而且他的領帶是鬆開的，襯衫的釦子也解開了三、四顆。整個人坐在紅色的天鵝絨沙發上。

拍攝地點想必是某家酒店吧。

「這是在進警視廳之後的事嗎？」

「我不是說過……不知道嘛。」

「順便問一下，管理官的耳朵下方有顆痣對吧？」

今泉赫然一驚，按住自己的左耳。

玲子手指著照片中的男人。

「哎呀，你看看！這人的這裡。在完全一樣的位置，果然也有一顆痣呢。」

「是……嗎？那只是、沾到什麼、髒東西、之類的……」

「這位仁兄好像喝得醉醺醺的。滿臉通紅，一臉頹廢。到最後……你說是不是？畢竟是那樣的店嘛，乘著興頭就做了那種事，這也不無可能……怎麼樣？有沒有對女性強迫索吻啊？」

今泉突然瞪大了眼。

「哪有什麼強迫……」

今泉說到這裡又試圖假裝鎮定。

「……在我看來，不覺得有什麼強迫的樣子。」

「是嗎？可是在我看來，對方這位女性明顯露出一副很為難的樣子。」

穿著白色低胸洋裝的女性。髮型和化妝充滿濃濃的昭和味，與時下的酒廊小姐相比，即使退一百步來說，也很難說那樣叫優雅。

「而且……像這樣勾肩搭背，手就順便放在女性的胸部上。這讓我感覺到男人的下流，或者該說是赤裸裸的雄性本能，坦白說，這種感覺很不愉快。令人噁心想吐。」

「哪有……那隻手，不是那樣的吧？只是因為角度的關係，剛好看起來像那樣吧？」

就是玲子也不會為了這點小事就真的感到不愉快。她反倒覺得有趣起來。萬萬想不到年過五十的大男人，竟然為了這種事就哭喪著臉。

「我再問一次。這張照片真的不是管理官的，是嗎？」

「那還用說。……我完全沒印象。」

「你也不曾摸過這張照片？」

這麼一問，今泉立刻「啊？」一聲，雙眉高高挑起。

這場較勁，我贏了——。

「如果沒印象，也不曾摸過，那這張照片上一定不會有管理官的指紋，你說是不是？」

「姬、姬川，妳……要做到這麼絕嗎？」

「因為你說沒印象，最後不得已只好這麼做啊。」

今泉似乎終於放棄掙扎。

重重地垂下頭來，深深嘆口氣。

「妳一追問起人來，真的是追問到底，毫不留情啊……是啊，沒錯。照片上的人的確是年輕時的我。……我回總部去拿人事資料時，勝俣不知道有什麼事要辦，也在那裡。那傢伙主動找我攀談，說有樣好東西要給我。就是這張照片……已經是三十年前的事了。那時候，我還不太會喝酒。這家店也是勝俣一直死纏爛打地邀我去的。然後就灌我酒……不知不覺就變成這副德行了。這三十年來，我完全不知道他竟然有拍照。如今才拿這種東西出來，不知道那傢伙在打什麼主意……姬川，妳也要小心喔。」

今泉說到這裡時，拉門突然開啟。

「啊，還在還在！……嗨！玲子主任，好久不見了！」

「等、等一下！」

為什麼井岡會來這裡——。

「管理官，難不成剛才的電話是他打來的……」

「是啊，我剛來不及說，其實他也列入接下來搜查一課的補充人員候選名單。怎麼樣？第十一股。」

這我絕對不要！

夢中

In the Dream

大約一個月前，二月的最後一天。玲子在警視廳總部駐廳待命時，今泉說有事要談，把她叫了出去。地點是在十七樓的咖啡廳「粉彩」。今泉獨自坐在靠窗的位子。沒有其他客人。

「不好意思，讓你久等了。」

玲子行個禮，還沒坐下就心裡有數了。

從他的表情看來，顯然不是好消息。

「不會……不過，我想妳應該大致心裡有數了吧，關於春天的人事調動。……我要先請妳見諒。抱歉。這次人事調動，能調回十一股的前姬川組成員……可能只有一位。以我現在的能力只能做到這樣。真的很抱歉。」

今泉微微低下頭。玲子搖一搖頭要他別這麼說，同時低下頭去，除此之外也沒辦法再說什麼。

種種思緒在腦中奔馳。

玲子重返總部以來，凡事無不仰賴今泉。玲子想讓姬川組再度集結，如此才能洗刷姬川組，不，是自己的污名。今泉也十分理解這一點，每當升等考試及格者名冊出爐，必定也會拿給玲子確認。

當然，玲子也不會天真地認為，五人能全部再聚集起來。即使不是這樣，石倉也早已被調到總部的現場鑑識股。不過，那只能說是幸運。既然在總部的現場鑑識股，那麼很快又能在案發現場一起共事。不，單單是石倉在總部，對玲子來說即是再好不過的鼓舞。如果需要幫忙，就能輕鬆地去找他商量。

玲子比較放不下的是其餘三人。

菊田和男、葉山則之、湯田康平——。

尤其是菊田和葉山皆已晉升一階，各自成了警部補和巡查部長。重返總部的可能性比湯田要高。

那麼，要說這兩人中何者較占優勢，那無疑是葉山。葉山的升等和伴隨而來的人事調動都比較早。按規定，升等異動後經過一年以上才能調到總部。今年春天，葉山調到北澤分局剛好屆滿一年。反觀菊田，從千住分局調到機動搜查隊還不到半年。

也就是說，這次要把菊田拉進十一股已無可能的意思嗎？

一方面想問明詳情，另一方面又不想知道結論，兩種情緒反覆在心裡糾結纏繞。不過，還是不能不問。

「那個人……會是誰這件事……還不能說嗎？」

今泉點了點頭。

「是啊。還不到能告訴妳的階段。我這次的處理方式也多少有些強硬，需要提防有人反彈或節外生枝。我本身實在不怎麼擅長事先疏通、打點的工作。剩下的就是等人事令正式發布了。」

聽到事先疏通、打點，玲子腦中浮現的是「鋼鐵」勝俣的那張臉，但他與這件事有什麼樣的關係，玲子根本無法想像。

總之，現在只能仰賴今泉的善意。

「我才是過意不去。管理官處處為我著想，我還老是提出無理的請求。」

今泉露出苦笑。

「不是的。任何人在回顧過往時，都會有段令自己深感懷念的年代。對我來說，就是和田警官擔任主任、待在搜查一課重案搜查股第七股的那段時期。還有就是妳在凶殺案搜查第十股當主任的時候……七股已經回不去了。時間過太久也是一個原因，但更重要的是，大夥兒早已各奔東西。和田警官也已退職。連偶爾見面喝個小酒這種事都沒了。常言道，『他日再相逢』，但我們連個『他日』都沒有。不過若是姬川組，說不定還有機會再見到……我對此也有些期待。」

好意外。

玲子從來不曾見過今泉露出如此落寞的神情。

三月二十八日星期四下午三點過後。警方接獲通報，墨田區錦糸三丁目的馬路上發生持刀傷人事件。那時玲子正與凶殺案搜查第十一股的成員在總部留守待命，她當然不會這麼希望，但確實有想過，假使被害人死亡就有可能要趕赴現場。

過了一個小時左右，有消息進來，表示被害人有三名、嫌犯已落網，玲子於是轉而認為，那就不需要去現場了。她只要待到下午五點十五分過後，今天的工作便結束了。明天和後天接連放假。難得連休兩天，乾脆趁這個機會把家裡很久沒去理會的浴室的霉菌刷一刷吧。玲子心中出現了幾次這樣的念頭。

不料，又過了大約一個小時，情況漸漸有些轉變。

山內坐在股長辦公桌前，數度透過電話在討論什麼事情。

「……是……是，我明白了。那就這麼辦。」

山內講完電話，放下話筒，簡直像在看牆上時鐘似地，不帶一絲情感地看了看玲子。

「姬川主任。」

「在。」

玲子起身離座，走到山內的辦公桌前。這段期間，他除了眨眼以外，始終一動也不動。最後人都站在他面前了，還是不主動開口說話。

玲子最怕這種沉默了，忍不住自己先開口：

「……是錦糸町嗎？」

「是的。今天先直接回去，明天丙四人一起進駐本所分局。」

也就是要玲子、日野巡查部長、中松巡查部長和小幡巡查部長四人過去的意思。

人數雖然比別組少一點，但目前這也是沒辦法的事。

「是特搜嗎？」

發生凶殺案時，設在警視廳管轄內的搜查總部多半為「特別搜查總部」。

「不，不會成立特搜。男嫌犯基本上已遭到逮補，所以原則上不會把規模搞到這麼大。」

聽起來真的好奇怪。

「明明已經逮補嫌犯，總部還要派人去支援嗎？」

「是的。第一個理由是，本所分局在人員上出了點問題。再者，雖說逮捕了嫌犯，但嫌犯在案發現場附近企圖自殺，目前傷重昏迷。他身上沒有攜帶任何可顯示個人身分的物品，目前也不清楚其犯案動機。三名被害人中，儘管一名女性只受輕傷，但男性傷重不治，另一名女性不但重傷，同時也陷入昏迷。因此，嫌犯與被害人的關係，以及是計畫性犯案或隨機殺人，現狀還無法釐清。假使嫌犯或被害人其中一方清醒了，又沒有其他問題和疑問的話，要撤回當然是無妨。」

但假使有什麼問題就繼續偵查的意思。

「我明白了。那麼，我們明天一大早就過去。」

山內動了動下巴，看起來像在點頭，之後便一直看著下方，不再說話。

看來談話似乎就此結束，玲子行個禮，返回自己的座位。

本所分局在警視廳轄下一百零二間分局中，屬於名列前茅的大分局。廳舍只有四個樓層並不高，但面寬非常寬。從正面抬頭往上看，一眼望去便可看到一排排數也數不清的窗戶。大概是改建廳舍時，正好有這麼一塊形狀的土地才會蓋成這樣吧，不論如何，這在東京二十三區內可說是很奢侈的建築。

早上七點半在分局前與三人會合。說是這麼說，但只有日野利美和中松信哉這對中年警長拍檔準時到達。

「早安。」

一臉濃妝的日野也向玲子回道早安。

「早安。」

中松只是簡短發出一聲：「早。」

日野偏著頭打量玲子的腋下。

「哎呀，主任又換新包包了嗎？」

就因為同是女人，對這方面總是觀察得特別仔細。

「啊，嗯……還算便宜就買了。」

「這次是多少錢啊？」

而且每次都毫不避諱地追問價錢。

LOEWE的側肩兩用包。普通的話要三十萬。但因為是五木商會的角田便宜賣給玲子的，

「好像是……十八萬吧。」

其實是二十二萬。起初怕說得太便宜，她會要求自己幫忙介紹店家，所以都照實回答，但慢慢發覺日野不至於會這樣之後，最近開始會隨便報個便宜一點的價錢。

即使這樣，日野的反應依然毫不留情。

「哈！不愧是姬川主任。我啊，只要想到兩個孩子有的沒的花費，所有行頭都到大賣場打點，大賣場喔。買個兩萬三千圓的包包就掙扎了半年之久，像個傻子一樣……不過，真好看呢。你說是不是？中松。人長得漂亮，拿什麼都好看，真是占便宜。而且又單身，現在正值人生黃金時期呢！」

這半年來不知聽過多少次這樣的諷刺。

唯一值得安慰的是，中松對這類話題一概不感興趣。雖然他多少有些頹廢的感覺，平時的穿著也很難算得上整齊清潔，但話不多這點倒是幫了玲子大忙。

了不起就是低聲嘟噥一句：

「……怎樣都好吧。」

頂多是這樣。

一、兩分鐘過後，小幡也到了。

「對不起，早安……我遲到了。」

這一位也是，玲子不論年齡和職級都在他之上這點似乎讓他很不快。總是想辦法與玲子唱反調，總之不討人喜歡。

「早……那我們走吧。」

四人一到齊便走進分局大門。在服務台表明身分後，對方便要他們直接到二樓的刑事課。

走樓梯上到二樓，約在走廊的中間位置。確認過單位名牌後，走進刑事課，隨即有位身穿襯衫的中年男人走到門口附近迎接他們。

玲子先一鞠躬。

「我是搜查一課凶殺案搜查第十一股的擔當主任姬川。」

「辛苦了。我是重案搜查一股的擔當股長越野。」

兩人交換名片。本所警察局刑事課重案搜查第一股股長越野忠光警部補。職級與玲子相同。

「……這邊請。」

四人直接被帶到位在刑警辦公室內側的會客區沙發。

不過是兩兩相對的沙發，只有四個座位。越野大概心想自己拉張辦公椅來坐就行了，不料，中松早他一步命令小幡：

「喂！去那邊借椅子！」

而且在小幡伸手搭在一張空著的椅子上時，他又立刻不客氣地補上一句：「要兩張。」

中松四十七歲，小幡三十二歲。論年紀和當刑警的經驗，中松無疑都遠遠在他之上，不過小幡遭到這樣的對待，最困擾的是玲子。因為玲子肯定會受到波及。小幡毫不客氣地用惡狠狠的眼神看著在靠窗位置、與越野對坐的玲子。雖然覺得人應該要有這樣的反骨精神和上進心，可是一旦天天都得面對這表情，老實說很痛苦。即使自己不像今泉那樣，但畢竟希望同一股的夥伴能和平相處，玲子不希望變成大家的眼中釘。更何況，自己股以外的敵人已經夠多了。

現場氣氛非常僵，最後是玲子和日野並排而坐，對面的越野旁邊空著，中松和小幡則坐在借來的辦公椅上。

不久便有年輕女警端茶過來。大概是昨晚輪值的股員。

越野等所有人手上都拿到茶水後才開始。

「我想大家都已清楚這件案子的概要，不過為謹慎起見，我還是先說明一下目前的狀況。」

「麻煩你。」

越野將簡單匯整過的資料發給四人。現場照片的影印份數好像不夠，他直接將檔案攤開，朝向玲子他們這邊。

「……這案子是昨天三月二十八日下午三點五分左右，在錦糸三丁目、五之△附近的馬路上發生的。姓名年齡不詳的嫌犯最先襲擊的是峰岡里美，四十九歲……腹部有兩處被刺中，此外身體還有多處負傷，傷勢嚴重。至今依然昏迷不醒，但命是保住了。根據路人荒谷夏子，三十五歲，以及其他兩位路人的證詞，案發經過是這樣的……嫌犯持菜刀在案發現場的路上揮舞亂砍，導致峰岡里美多處受傷……」

越野手指著一張現場照片。

「案發現場就在『圓滿廚房』這家洋食館的前面。第二、三位被害人小野彩香，二十八歲，和她的上司菅沼久志，三十二歲，在這家『圓滿廚房』吃完延遲的午餐，走出店門時，身上流著血的峰岡里美冷不防向菅沼……究竟是求救或只是倒在他身上，目前並不清楚，但她像要抱住菅沼似地撲到他身上。菅沼驚訝地接住她，這時嫌犯進一步揮刀砍來。過程中，菅沼的頸部被砍傷，送達醫院一個半小時後死亡。失血過多致死。小野彩香的右手臂和頭部右側也被砍傷，但都只是輕傷……反倒是精神上的刺激太大，現在還沒辦法向她詢問案情。」

這也難怪。不久前還一起用餐的上司在自己面前遭人殺害。才過一天，當然沒辦法冷靜地描述當時的情況。

玲子問道：

「所以，小野小姐和死亡的菅沼先生與嫌犯並不認識？」

「是的。唯獨這點已得到確認……不，由於菅沼已經死亡，嚴格說來沒辦法確認，不過因為兩人是走出『圓滿廚房』後突然遭受攻擊。認為他只是無端被捲進這件案子應該沒問題吧。」

「峰岡里美呢？」

「她仍尚未恢復意識，什麼也沒辦法說，不過根據路人荒谷夏子的證詞，那時她正從峰岡里美後方數公尺的地方經過。而嫌犯是從對面的方向走來。然後站在峰岡的前面堵住她的去路，突然拿刀砍下來……在她看來是這個樣子。」

玲子試著從現場照片去想像當時的情況。

「從這段證詞看來，感覺也很像是隨機殺人。」

「是的。以現狀來說，這個可能性也很高。」

「嫌犯砍傷了三個人，之後呢？」

「嗯，嫌犯看了看倒在一塊兒的三人數秒後，朝著對面跑去……向東，荒谷夏子原本要走的方向。恐怕嫌犯就這樣一直往前跑，橫越第四街，朝錦糸公園跑去……警方接獲荒谷夏子和『圓滿廚房』的店員通報後，管區派出所的員警和本局的偵查員、機動搜查隊不久便趕到現場。依據荒谷夏子等人的證詞搜索嫌犯逃逸的方向，下午四點七分在錦糸公園內的公共廁所，發現一名疑似企圖割頸自殺的男性。在送往醫院的同時，向荒谷夏子說明這男人的長相穿著，斷定就是該案的嫌犯後，便申請逮捕令。計畫等嫌犯清醒、傷勢復元後，便依正常程序將他逮捕。」

聽到這裡，玲子仍舊有點想不通。

「請問……就我剛才聽到的，這案子似乎已經找到破案頭緒了。」

越野頓時表情一暗，似乎覺得很過意不去。

「嗯，是這樣沒錯……不過，目前本局內已設有一個與千葉縣警合作的共同搜查總部。就是之前那個鎖定消費貸款業者下手的連續強盜殺人案。因為那個案子，本局改採三班制輪值，一直到現在。……再過不久就滿三個月了。」

轄區分局的輪值通常採六班制。內勤人員原則上六天值一次「夜班」。改成三班制的意思就是，每三天就要值一次「夜班」。

「這真是辛苦啊……」

即使是六班制，刑警都很難照規定休假了。恐怕大多數刑警為了處理手上的案件，一個月得犧牲好幾天的休假。這就是三班制，而且還持續近三個月——真是同情到說不出話來。

越野打心底感到疲憊地垂著頭。

「真是丟人……連內衣大盜案都處理不好，我們絕不是存心放任不管，但實際上真的忙不過來，最後只好一部分交由生安和地域等單位接手偵辦。刑事課……說實話，大家都快累倒了。所以，總部那邊如果不是碰到這類的案子，也不會提報它過去……現在也是硬要求警備課的人幫忙看著嫌犯。」

說起來，玲子也不是頭一次遇到這種情況。以前待在十股時，也曾以類似的形式進駐赤羽分局參與辦案。在池袋分局時則是相反，得到其他課和其他股的大力相助。正所謂，有需要時要互相幫忙。

「我明白了。那麼請你老實告訴我。這個案子，本所分局能夠出幾個人？」

越野的頭垂得更低了。

「很抱歉。以目前的狀況只有我一個，這已是極限了。」

原來如此。這情況可比赤羽分局嚴重得多。

暫且不管人員的問題，倒是有多間房間可以使用，玲子等人借用了一間小會議室，在那裡將所有初期偵查文件瀏覽一遍。

玲子對嫌犯的照片很在意。八成是在醫院接受治療之後，經過醫師許可而拍攝的吧。雖然躺在床上，頸部被一層層繃帶纏繞起來，但清清楚楚地拍下了那張閉著眼睛的臉。

「越野股長，這張照片上的嫌犯看起來相當年輕。」

越野點了點頭。

「是的。看本人也是這種感覺。因為他身上沒有手機和駕照，錢包裡只有三萬數千圓和銅板、一張電話卡，以及應該是自己家的鑰匙，所以別說是姓名了，年齡什麼的也一概不知。我們當然有比對過指紋，但沒有犯罪紀錄。只是，我們判斷他應該不超過二十五歲。」

沒有任何能夠表示身分的證件？

「連會員證這一類的都沒有嗎？」

「是的，沒有。」

難道在犯案前就把所有證件處理掉了？假使是這樣，就不得不考慮是有計畫的犯罪，而不是隨機殺人。

在推敲案情的過程中，有電話進來，表示原本昏迷的被害女性峰岡里美轉醒了。她住在位於隔壁江東區扇橋的私立醫院。

玲子將所有擺在會議桌上的文件全塞進包包裡。

「那我們馬上就去問話。」

越野才開口就被玲子制止。

「不，我們四個負責跑外面，麻煩越野股長留守。」

「可是這樣……」

大概是想說這樣對玲子他們不好意思吧。通常這類偵查都是由總部和轄區的偵查員搭檔一起進行，但也不是非得這樣才能查案子。

「放心。應該只是單純的隨機殺人案。」

玲子向三人催促一聲：「來，走吧。」朝門口走去。越野在門口低頭深深行禮，直到四人離去。反正藉此賣個人情也不壞。說不定哪一天就會以某種形式得到回報。

一來到走廊上，日野立刻問玲子：

「……要怎麼做？沒有必要四個人全都去醫院吧？」

姑且不論她平時的冷嘲熱諷，日野本身是個非常能幹的偵查員。腦筋動得快，以她的年紀來說，體力也不差。很有行動力。

「說得也是。醫院那邊由我和小幡警官過去。」

其實本來想直接叫他的名字，但怕一個不小心惹惱他，事後會很麻煩，所以還是加上了職稱。

「所以，日野警官去找另一位……」

「小野彩香嗎？」

「是的。請再去找她問個仔細。中松警官去嫌犯住的醫院，再仔細調查一遍他身上攜帶的物品等。調查完畢，再去兩位目擊證人那邊走一趟。」

「……了解。」

小幡站在玲子的後方，所以不知道他是什麼反應。不過大致可以料到。他肯定將嘴角撇向一邊，露出一副很不耐煩的表情。
走出分局時，日野忽然靠過來。
「……主任，妳不是真的認為這只是單純的隨機殺人案吧？」
日野也總是會像這樣直接向自己打探。
「哎呀……妳看得出來？」
「那當然。像主任這樣的人，不可能會樂意幫轄區分局的人跑腿。妳裝成志工幫忙撿垃圾，其實是在尋寶……所以才會排除轄區的人介入。」
小幡果然一直盯著這邊。中松則是一副無聊地看向別處。
「不，我沒有這個意思。」
「妳的依據是什麼？剛才的報告裡有什麼線索引發妳這樣思考嗎？」
對此，玲子只回答了一句：「沒什麼。」絕不是欺騙隱瞞。真的是沒有足以稱之為依據和線索的東西。硬要說的話，就是「碰運氣」吧。以前也曾因為類似的狀況進駐赤羽分局參與辦案，結果意外查到有職業殺手的存在。這次的案子背後，該不會也像這樣藏有內幕吧？
這樣的期待確實是不少。
到了醫院，首先向峰岡里美的主治醫師詢問情況。

「畢竟傷得很重，連內臟都受損，所以暫時無法進食。因此請避免長時間的會面。由於麻醉藥效還在，目前傷口幾乎不會疼痛，但意識多少有些模糊，我想本人應該會覺得呼吸相當困難。」

「好的。」玲子應道，接著問：

「具體而言能夠講多久？」

「三十分鐘就是極限了。」

「我明白了。」

同時向醫生確認過診斷書，雙手和左肩被砍傷，腹部有兩處被刺傷，這些都和調查報告的內容一致。

「謝謝你。那麼，訊問會在三十分鐘以內結束……走吧。」

玲子趕緊帶著小幡前往病房。

峰岡里美住的五二五號房就在護理站的斜對面。是間不算太大的單人房。

「打擾了……我們是警視廳的人。」

病床在房間右側。只有臉部和連接點滴的管子露在棉被外頭。因此無法得知傷勢狀況如何。

走近後，再一次試著向她打招呼。峰岡里美只緩緩眨了一下眼睛，除此之外沒有任何反應。那樣子與其說是剛恢復意識不久，不如說是還在夢中。

不過話說回來，怎麼會憔悴成這副樣子？

接受長時間的手術會消耗體力，這不難想像。可是，她的臉頰消瘦，雙眼凹陷，肌膚失去光澤，實在不像是單純因為手術的關係。也許她天生就是這種體質，但以不到五十歲的年紀來說，皺紋太多了。若說將近六十歲倒還能接受。一頭顯眼的褐色頭髮，老實說也和她不搭。

玲子再一次與她攀談。

「這案子現在由我負責。我叫姬川。我會視妳的身體狀況，慢慢問妳幾個問題。麻煩妳配合。」

她再次緩緩閉上眼睛，接著張到半開，但無法分辨這是不是表示了解的反應。

玲子將附近的圓椅拉過來，與小幡並排而坐。由於里美整個人正面仰躺在床上，小幡的臉肯定不在她的視線範圍內。

「現在傷口會痛嗎？……可以出聲嗎？」

停了一拍後，只聽見傳來「哈」的一聲氣音。基本上似乎可以溝通。

「假使出聲會很難受，用眨眼睛來回應也沒關係。眨得快表示『Yes』，眨得慢表示『No』，這樣如何？可以做到嗎？那麼，準備好了嗎？」

眨眼的同時，下巴也微微動了一下。

「好的，謝謝合作。……妳的意識才剛恢復不久，現在是案發第二天的上午十一點。案發至今快整整一天了。這段期間，警方已經調查過妳身上攜帶的物品。關於這部分，請讓我確認幾個問題。……妳的住家在墨田區立川三丁目，沒有錯吧？」

同樣眨了一下眼睛。應該是表示「Yes」。

關於里美的住處，本所分局的偵查員昨天已詢問過手機電信公司，從其合約中確定了住家地址。

墨田區立川三丁目十七-◎，青木莊二〇五室。

「妳一個人住在這裡嗎？」

微微點個頭。

「有沒有想要通知哪位家人、親戚或朋友，妳現在在這裡住院？」

閉上眼睛，微微搖了搖頭。這表示「No」吧？

「那妳上班的地方之類呢？」

對此又是一個小小的「No」。真的嗎？真的不需要通知任何人嗎？

「這樣啊。我明白了……那麼，雖然會很不好受，但請容我問一下昨天那起事件。妳有看到犯人的臉嗎？」

眼睛閉起，但這次沒有搖頭。

「是不太記得嗎？」

微微點頭。這代表什麼意思？

「這是表示妳不太記得遇襲時的狀況嗎？還是，妳不記得犯人的長相？」
不對，這種問法沒辦法用「Yes」或「No」回答。
「對不起，我再問一次。妳還記得昨天遇襲時的情形嗎？」
小小的「No」。
「不記得是怎樣遭受攻擊的？」
再一次的「No」。
「那，犯人的長相呢？」
對此也是「No」。
「妳完全回想不起來犯人的長相，和被攻擊時的情況嗎？」
對此則是「Yes」。不過，這種反應可以有多種解釋。
是單純害怕想起詳細情形？還是雖然記得，但不想說出來向別人說明？抑或是，暫時性的記憶中斷？
若以自己十七歲時的經驗來說，玲子屬於「記得，但不想說出來向別人說明」。只要心裡對此有所排斥，就絕對不肯說。而這種「拒絕」的精神狀態，不是刑警靠二、三十分鐘的談話就能夠化解得開的。
玲子很清楚，猜測對方和同情對方並沒有意義，現在沒有時間了。換個話題。
「那麼，接下來要冒昧問一個問題……這次之所以會發生這樣的事，關於可能的原因，妳自己有沒有什麼頭緒？」

對此是個小小的「No」。

「不論什麼事都行。枝微末節的小事也沒關係。說不定那件事乍看之下沒有直接的關聯。即使不是最近發生的事也沒關係，一段時間之前發生的事也可以。在人際關係上有沒有什麼糾紛之類的？」

里美想了想，最後還是回答「No」。

不過唯獨這次的回答，讓玲子覺得哪裡怪怪的。不，或許不該說怪，應該說它和之前的回答都不一樣。

在此之前，里美一直維持呆滯的反應，宛如在夢中一般。但唯獨剛才回答「No」時，她的眉毛像被針扎到一般，微微地動了動。

或許是傷口突然發疼。醫師也說過，即使傷口不會痛，但她應該會感到呼吸困難。無意識地皺一下眉毛也沒什麼好奇怪的。或者是，對於玲子糾纏不休地追問感到厭惡。玲子的措辭好像在影射事件有一部分的起因在里美身上，因而令她感到不快。可能也有這樣的因素吧——。

沒錯，理智上可以理解。雖然理解，但就是無法不去在意。玲子懷疑剛才的這個「No」可能另有別的涵義。

還是說，這不過是刑警特有的卑劣行徑，一心只想著要抓到「我家的嫌犯」，不希望這案子以單純的隨機殺人案結案呢？

玲子和小幡在沒什麼收穫的情況下，走出醫院。

淡墨色的雲厚厚地籠罩在筆直的都道上空。以方位來說的話，那是東方嗎？

「真不喜歡下雨啊。」

玲子不經意地嘀咕道，小幡隨即有點生氣地回答：

「不會下雨啦。那朵雲不會飄來這邊。」

「咦？原來你懂這種事啊。」

小幡對此毫無反應。真是的，到底有沒有心要跟上司交流啊？

「唉，算了……小幡警官先回分局製作申請書面查詢的公文，然後去調查峰岡里美的戶籍資料。」

偵查相關事項照會書。收到這份公文的公務單位除非有相當的理由，否則不能拒絕提供書面資料。峰岡里美的本籍是千葉縣柏市。就算單程要花一個小時，應該傍晚就能回來。

由於小幡一臉不滿的樣子，玲子又稍微補充了一下。

「雖然本人不自覺，但嫌犯有可能單方面懷恨在心。因為不清楚兩人是在什麼地方、透過什麼方式產生交集，所以要盡可能地徹底清查被害人身邊的關係人。」

「……知道了。」

「我會去她在立川三丁目的住處查一查。」

兩人先一起坐上計程車，雖然有點繞遠路，但玲子還是請司機繞道立川三丁目，然後在那裡下車。

「那剩下的事就麻煩你了。調到相關文件立刻回分局。」

「……了解。」

玲子望著逐漸駛離的計程車，想像小幡現在八成正如釋重負地嘆氣。不，玲子才想要嘆氣呢。

她深深覺得這次的十一股真不簡單，竟然能將這麼多難以共事的成員全湊在一塊兒。股長山內警部以下共十一名股員。這當中能夠信任的，除了統合主任的林以外沒有半個。山內、日野、中松、小幡就不用說了，自己與別組的兩位警部補和三位巡查部長也沒走得特別近。何況玲子的歡迎會連辦都沒有辦，那之後也不曾像以前的姬川組那樣，有吆喝大夥兒去喝一杯的習慣。別組的警部補和巡查部長各有一人分別邀約過玲子，但警部補那次邀約，玲子不巧有點感冒，巡查部長那次則是今泉有事找她，不得不婉拒。之後便不再有人邀約。玲子不免心想：「只不過拒絕一次，什麼嘛！」但要自己主動邀人家也總覺得提不起勁，到頭來就是不了了之。

就在她暗自嘀咕時，青木莊到了。

「……嗚哇！好慘！」

位在住宅區深處一棟已開始腐朽的兩層樓木造公寓。灰泥外牆上有數道如閃電般的裂痕，面向大街的大概是客廳，有扇窗戶被像是垃圾袋的東西塞滿了。不過，設有玄關的正面還算好。察看一下這裡與隔壁之間的縫隙，發現建築物的側面連灰泥都沒有塗，鐵板直接裸露在外。而且接縫處到處都是縫隙。照這情況看來，屋頂肯定也相當淒慘。

「有人在嗎？……」

不幸中的大幸是，一進去的右手邊就是管理室。不必繼續走在這昏暗的走廊上，真是再好不過了。

由於按下呼叫鈴後沒有人回應，玲子便敲了敲門，然而還是沒有動靜，正當她準備再按一次呼叫鈴時，室內終於傳來低沉的聲響。

等了一會兒後，嵌在傾斜門框裡的薄門像整片掉落般，被打開了。

「……來了，哪一位？」

一位全身浮腫的老婆婆。頭髮為淡墨色，和剛才在醫院前看到的雲十分相似。是內臟哪裡出問題嗎？名副其實的面色如土。

「冒昧打擾了。我是警視廳的人。我來這裡是想請教有關住在二〇五室的峰岡里美女士的事。」

「……喔。」

而且呼出的氣出奇地臭。已經到了可稱之為腐臭的程度。說話時只好盡可能不用鼻子呼吸。

「是這樣的，昨天峰岡女士突然受傷，現在住在扇橋的醫院裡。」

「喔，這樣嗎？……真可憐。」

「峰岡女士是一個人住在這裡嗎？」

「是啊，一個人。」

「一直都是嗎？」

「嗯，一直都是。」

「有沒有其他人進出，或是有朋友來找她之類的？」

「不太清楚……不過，就算有男人也會在別的地方碰面吧？正常人應該不會把男人帶來這種地方。」

的確，也許是這樣沒錯。

「在哪上班，知道嗎？」

「她嗎？」

「對。」

「嗯，如果簿子上有寫應該就會知道。」

玲子請她把口中所說的簿子——住戶登記簿拿出來一看，發現峰岡里美竟然在一家距離案發現場僅咫尺之遙的小酒吧當店員。

錦糸三丁目八-◇，「彌生酒吧」。

管理員向前探頭張望玲子手中的登記簿。

「……不過她好像時常換工作。現在不知道是不是還在那裡。」

根據這本登記簿上的記載，峰岡里美是在五年前住進這裡。

玲子邊翻頁邊詢問其他住戶的事。有沒有一位比較年輕，單看外表大約二十出頭的男人？但根據管理員的說法，男性住戶全部在四十歲以上。個個都是看起來其貌不揚的中年男人。玲子也問了峰岡里美的交友關係，但管理員表示一無所知。

「……謝謝妳。」

玲子離開青木莊後直接前往「彌生酒吧」。利用手機地圖搜尋之後，發現徒步約二十分鐘。起初猶豫要不要搭計程車，但又改變主意，決定去看一下案發現場，於是邁開步伐前進。

實際走過後，不出所料，案發現場就在青木莊前往「彌生酒吧」的路上。同時很快就找到了「圓滿廚房」。菅沼久志和峰岡里美受了那麼嚴重的傷，原本想像店面前應該會留下不少血跡，但就目前所看到的景象，這裡完全不像昨天曾發生有三名被害人遭砍傷的現場。不但餐廳照常營業，警視廳的封鎖線也被拆得乾乾淨淨。

看一下手錶，下午一點過了十分鐘左右。肚子雖然不怎麼餓，但在「彌生酒吧」問完話之後，不妨來這裡吃點什麼，玲子如此思考著。

下一個路口向右轉，往前三十公尺左右，「彌生酒吧」就在右手邊。是棟較小的獨棟房子。一樓當作店面使用的樣子。這麼一來，老闆應該住在二樓吧。

玲子試著撥打住戶登記簿上的電話號碼。

鈴聲響到第七聲時，突然有人接起電話。

『……喂，你好。』

沙啞的聲音分不出是男是女。

「你好。我是警視廳的人。請問這裡是『彌生酒吧』，沒錯吧？」

『嗯，是沒錯……』

剛才這聲回答的語尾聽起來有點像女人。

「冒昧請問一下，現在方便過去拜訪，跟你聊一下嗎？」

『啊？我嗎？我幹麼要跟警察聊？』

「是這樣的，關於在你那裡工作的員工峰岡里美女士的事，我想向你請教幾個問題。」

『咦？里美……是嗎？她幹了什麼事？』

太意外了。員工在那麼近的地方險些遭人殺害，竟然到現在都不知道？

總之先提出見面的要求，然後掛斷電話。等了大約五分鐘，果不其然，感覺很不堅固的鋼骨樓梯上方，有扇門打開了。一名幾乎沒有眉毛、面如般若[8]的年長女人走了下來。

在兩人相距三、四階時，玲子先向她行禮致意。

「是井上女士嗎？」

「嗯……啊，妳就是電話裡的刑警？」

「是的。敝姓姬川。」

「咦……感覺不太像刑警。總覺得很像那個，保險業務員。」

頭一次聽到別人這樣說。雖然不知道這是褒還是貶，總之先回她一個笑容。

在電話中自稱「井上千賀子」的她，立刻打開店門讓玲子進去。是間吧檯只能坐六個人的小店。即使現在是白天，不開燈的話，店內還是很暗。

她要玲子找個位子坐，玲子便在入口數來第三張凳子上坐下。

「……是那個嘛，執勤中不能喝啤酒之類的，對吧？」

「是的。不過，妳不用忙了。」

8：般若之面，簡稱為般若或般若面，是一種日本能樂的面具。這種面具是一個頭上長角、嘴巴張得很大且皺眉頭的鬼女造型。

「烏龍茶可以嗎？」

「不好意思。」

她準備了兩只杯子、罐裝烏龍茶及瓶裝啤酒。烏龍茶的罐子微微冒著水珠。看似冰得很透。

「來，請用。」

「謝謝。」

玲子將她端出來的烏龍茶含一口在口中，先告訴她峰岡里美遭人刺傷，目前正在住院。

千賀子停止倒酒的動作，露出十分驚訝的表情。

「咦？那個……就是里美？」

「妳果然不知道？」

「嗯，我當然知道有案子發生……應該說，我是到了晚上才聽客人說附近出事了，可是怎麼會……唉，原來是、是這樣啊……那里美怎麼樣了？傷得很重嗎？」

「雖然沒有生命危險，但腹部有兩處被刺傷，傷勢嚴重。」

「在哪家醫院？她啊，孤身一人。沒人會照顧她，幫她拿換洗衣物之類的。我如果不去幫她，她肯定很傷腦筋。」

要是平常，住在哪家醫院這種事，玲子一定會告訴她。不過，峰岡里美連在哪裡上班都不願意告訴玲子，想必有什麼隱情吧，暫且假裝不知道可能比較保險。

「對不起，不是我負責的，所以一時之間我也不知道是哪家醫院。之後我會再跟妳聯絡。」

「喔，是嗎……嗯，那就麻煩妳了。」

千賀子又猛灌一口啤酒。

玲子繼續問。

「峰岡女士是在昨天下午三點左右遇襲的。如妳所知，現場就在這附近，峰岡女士為什麼這個時間會出現在這一帶？妳心裡有沒有什麼頭緒？」

千賀子點頭如搗蒜。

「就是那個啦……她啊，除了來這家店，其他時間都只會遊手好閒，沒半點能耐。反正一定是一早就去玩小鋼珠，然後錢被吸光了，就提早來店裡……她只要沒錢又沒地方可去，就只會來這裡。可能是那個吧，打算來這裡借錢，要我借她三千圓之類的。」

認為峰岡里美是在來這裡的途中遇襲果然是對的？

「這種情況很常發生嗎？」

「經常這樣啊。我都搞不清楚到底借她多少錢了。……可是，不知道怎麼回事。雖然是個無可救藥的人，但該怎麼說呢……就是會想照顧她。里美那個人，不是有點像可憐兮兮、骨瘦如柴的流浪貓嗎?」

的確。峰岡里美身上確實看得到貧困潦倒的影子。即使這樣,她並非完全孤獨。明白這點算是一個收穫。

「妳從以前就和峰岡里美女士很熟嗎?」

「沒有。這五、六年才變熟的。她最早在我這裡做了差不多一年,之後有一陣子沒來,然後又做了兩年左右,又不來了……所以這次應該是第三次了。我才想說,她八成差不多又做膩了,不來了吧。所以昨天她無故缺勤,我並不覺得有什麼奇怪……可是想不到她竟然遇上那種事。」

「在那之前的事,妳知道嗎?」

千賀子歪了歪頭。

「在那之前?妳是指她開始在這裡工作之前嗎?」

「是的。」

「她不太願意聊那些事。頂多是感嘆沒有好的對象,總是自怨自艾,說自己遇人不淑,除此之外什麼也沒說。」

「這樣啊。」玲子說完停頓了一下,然後改變話題。

「……順便問一下,這家店會有二十歲出頭的年輕客人嗎?」

「年輕人?二十歲出頭……應該沒有吧。就算年輕一點的,少說也有三十幾了吧。」

「或是看起來比實際年齡還要年輕的？」

「不，不可能的。因為那人是少年禿。雖然仔細看會發覺他臉部的皮膚很有光澤，感覺很年輕。還有聲音也是。不過，猛一看會覺得他四十多歲，搞不好還會以為他五十多歲呢。」

「那麼，不是店裡的客人也沒關係。峰岡女士身邊有沒有類似這樣的年輕男性？比如會進出這裡的業者之類的。」

即使這樣，她看起來還是毫無頭緒的樣子。

「……里美的交友圈很小。會出入這家店的業者中也沒有這樣的年輕人，要說其他方面的話，大概就只剩小鋼珠店的店員了吧。」

小鋼珠店的店員嗎？錦糸町周邊到底有多少家小鋼珠店啊？

在現場周邊逛了一會兒，回到分局正好是下午五點。

走進上次那間會議室，發現小幡已經回來了。

「……主任。」

說完拿著文件站起身。不是平常那副臭臉。臉上露出格外溫順的表情。

「辛苦了。挺快的嘛……文件都齊全了？」

「何止齊全了。請看這個！」

展示在她面前的是戶籍全部事項證明書和附票。

小幡指出某一項紀錄。

「里美有個兒子，今年十八歲。由於沒有結婚紀錄，應該是私生子。」

這事玲子看了也知道。

「搞什麼……里美說自己一個人住，青木莊的管理員也這麼說。她工作的地點就在案發現場附近一家叫『彌生』的小酒吧，那裡的媽媽桑也說她是個孤獨的人，身邊沒有人會照顧她……」

小幡深深點個頭。

「那也沒錯。十八歲的年紀，已有足夠的能力自力更生。我也有想到他可能已離家獨立，成為獨當一面的人，可是，總覺得事情沒有這麼單純。」

這話是什麼意思？

小幡接著說。

「我打聽到的消息也是里美一個人住，所以就很想知道她兒子現在怎麼樣了，我試著查了一下……沒有就學紀錄！」

「……啊？」

玲子一時沒能理解他的意思。

「峰岡里美的長男重樹原本預定就讀當地的小學，但實際上並沒有入學。」
沒有就學紀錄。
也就是說，那個嗎——。
「我記得大約二十年前，豐島區發生過這樣的事情。最近在神奈川也……」
「是的。受到那件事的影響，柏市好像也趕緊追蹤那份住所不明的兒童暨學生名單……峰岡重樹的名字也在那份名單上。」
「那你去市府查過了嗎？」
「沒有。還沒能查到那裡。」
到處爬來爬去、如毛毛蟲般的什麼——這樣的印象在腦中形成定影。不過那毛毛蟲立刻縮小、變平、不會動了。
不，雖然不再爬來爬去，但仔細看會發現，它仍然微微在動。
就像被扎了一下——。
是那個！峰岡里美的眉毛！
她用力皺了皺眉頭，原因就是這個嗎？

9：由戶籍所在地的地方戶政機關製作，關於戶籍內登載的所有人的身分關係（出生、結婚、死亡等）的證明文件，稱為戶籍全部事項證明書。附票則是關於以往至今住址變更的紀錄。

向醫院詢問後，得知會面時間到晚上八點，於是玲子和小幡再次前往拜訪峰岡里美。

還不能進食、洗澡的峰岡里美，以和上午一模一樣的姿勢躺在病床上。

「抱歉一直來打擾。我是警視廳的姬川。」

里美斜眼朝這邊瞥了一下，依舊沒有出聲回答。

「峰岡女士，妳現在感覺如何？和上午比起來，心情是不是也多少平靜了一些？……我盡量不打擾妳太久，請妳稍微回答幾個問題。」

玲子自己反倒很難再和上午一樣，用同樣的語氣說話。她已無法把里美看作單純的被害人。

她再次將圓椅拉近床邊，與小幡並排而坐。

「……那之後我去拜訪妳所住的青木莊，在那裡聽說妳在『彌生酒吧』上班後，又去『彌生酒吧』問了一些事情。因為我心想，雖然妳對犯人毫無頭緒，可是說不定問周遭的人能得到一些線索。……從結果來說，管理員和『彌生』的媽媽桑都對這樣的人沒有半點頭緒。」

仔細觀察里美幾秒後，仍然沒什麼特別反應。

「媽媽桑……千賀子女士。她非常擔心妳。說妳住院的話，應該會需要有人幫忙準備換洗衣物之類的，而除了她以外，沒有其他人或朋友能照顧妳，所以希望我告訴她妳住在哪家醫院。……怎麼辦？當然，那時候我也可以直接告訴她，只是那家店的事，妳什麼也沒對我們說，所以我猜想也許有什麼原因讓妳不想通知千賀子女士，於是就沒告訴她。我們該怎麼做呢？可以告訴千賀子女士妳住在這家醫院嗎？」

里美總算輕輕點個頭。

「我明白了。那我明天就轉告千賀子女士。」

里美輕輕嘆了口氣。眼睛始終望著天花板。然而，里美不是在看那有四個角、凹凹凸凸的天花板，也不是在看燈具所散發出的慘白的光。

她在看的是某個更加黑暗的地方。

「還有就是……以現狀來看，我們連昨天的那個是隨機殺人還是有計畫的犯案都還搞不清楚，而且犯人……上午沒有告訴妳，其實犯人在犯案後企圖自殺。至今依然傷重昏迷，住在另一家醫院。」

真厲害。聽到這裡，視線依然一動也不動。里美在這半天裡，肯定反覆在內心堅定地發誓，不論警方對自己說什麼，絕不會把情緒表露在臉上。

「所以我們也很傷腦筋。既無法向犯人問話，而妳也想不出為什麼會遇襲……當然，假使是隨機殺人，那妳和犯人就沒有交集，如果是這樣，調查也沒有意義，然而現階段我們無法如此斷定，只能猜想妳和犯人可能有什麼交集，並朝這個方向去偵辦……

然後，我們調查了妳的戶籍，以及搬遷紀錄等等……」

接下來會聽到什麼，想必里美自己心知肚明。

「……峰岡女士，妳不是有個兒子嗎？今年十八歲的男孩子……重樹。重樹現在在做什麼？有聯絡嗎？」

並非既不肯定也不否定，事情便會處於不明的狀態。有時不回答本身也是一種回答。

「這樣啊……這種事不用我說，想必妳也很清楚，重樹原本預定要進入當地的小學就讀，可是實際上並沒有入學。不僅如此，妳的本籍設在千葉縣的柏市，一直沒有將住民票遷出。如果沒照規定辦理這些手續，按理來說，小孩是沒辦法在遷居地就學的。我們很擔心這一點。……峰岡女士，重樹現在人在哪裡？已經十八歲了……如果他成長得優秀出色，過得健健康康的，那當然很好，不過，假使不是這樣的話……那就有問題了。」

里美依然不做任何表示。

好吧。既然妳打算堅持到底，那我就徹底查個水落石出。

不會讓妳永遠躲在夢中。

黑暗之色

Color of the Dark

本所分局提供用來當作辦案據點的小會議室。玲子四人一起討論今天一整天的偵查結果，直到晚上十一點。

本所分局刑事課鑑識股的報告書、首日證人的供述筆錄、日野和中松重新向三名目擊者問話的內容、峰岡里美和小野彩香的診斷書、菅沼久志的驗屍報告。針對這些資料進行綜合檢討後，可以推斷案發經過應該是這樣的。

嫌犯先在「圓滿廚房」附近的馬路上堵住峰岡里美的去路，持菜刀用力砍下。峰岡里美的雙手、左肩和腹部的一處傷口，被認為是在這時候所受的傷。接著峰岡里美朝「圓滿廚房」走了幾步，抱住正好從店裡走出來的菅沼久志。一旁的小野彩香大聲尖叫，因而受到牽連，跌坐在現場。據當時在店內的店員糸田克郎表示，嫌犯試圖硬將抱住菅沼久志的峰岡里美拉開，在一片混亂中，嫌犯所持的菜刀劃過菅沼的頸部右側。菅沼僅有一處傷口，但因傷到要害部位而成為致命傷。小野彩香身上有兩處被砍傷，本人和目擊者都表示不清楚是怎麼受傷的。推測可能和菅沼久志一樣，是在互相推擠中受的傷。而嫌犯最後又刺了峰岡里美一刀，然後逃離現場——。

日野放下手上的原子筆。

「……怎麼看都覺得嫌犯的目標是峰岡里美。」

玲子點了點頭。

「我也這麼認為。峰岡里美不願意多說，可能也是對自己遇襲的原因心裡有數吧。」

中松瞄了一眼身旁的小幡。

「……所以你認為其中一個原因，可能出在峰岡里美的兒子身上。」

小幡含糊地點個頭。

「嗯，不過……峰岡重樹連小學都沒有就讀，是住所不明的兒童。雖然不清楚那之後他過著怎樣的人生，但我猜想有可能後來開始對母親懷著恨意。」

日野也看了看小幡。

「也就是說，姓名年齡不詳的嫌犯就是峰岡重樹。」

「也有……這種這可能性。」

玲子也放下筆，依序看了看三人的臉。

「總之，明天一天全員出動去柏市。如果能從峰岡里美身邊的關係人那邊查出什麼最好，即使沒有……也不能放任她兒子的事不管。」

日野和中松皆點了點頭，只有小幡又是一臉不滿的樣子。

「……就算這麼說，可是明天是星期六，公務機關沒上班啊。」

如果要玲子說的話，她的看法和小幡完全相反。

就是因為公務機關放假才更要採取行動。

千葉縣柏市布施。

想不到這麼近，是玲子對這裡最直接的印象。交通看似比玲子的老家埼玉縣南浦和還要不便，但離都內只有不到一小時的距離。在這一帶買房子，通勤到東京上班也絕非不可能。

然而一下計程車，小幡立刻滿臉鄙夷地說：

「……好慘的鄉下。」

玲子聽到「鄉下」一詞，立刻想起勝俣那對猜不透到底在看何處、如昆蟲般的眼睛，禁不住顫抖起來，但也不是不能理解小幡為什麼會這麼說。

彎道平緩，連護欄也沒有的雙線道。道路兩端是蓋上水泥蓋的邊溝。家家戶戶都用磚牆圍起來，在院子裡栽種松樹、杜鵑或柿子樹等植物。兩層樓住家和平房各占一半左右吧。質感看起來雖有新舊之差，但屋頂上無不鋪著看似沉重的日本瓦。

姑且不論慘不慘，玲子也覺得是很典型的日本鄉村風景。

目的地的建物就在這樣的景致中。

日野確認過地址後點了點頭。

「看來就是這裡沒錯。」

沒有任何圍籬的三棟平房式集合住宅，就蓋在距離馬路約一公尺的土地上。每棟各有四扇門，三棟合計便有十二戶。根據小幡的調查，峰岡里美以前往的是「B-3」。

「這個……又更慘了。」

這個實在是……，就算不是小幡也會這麼覺得。

外牆的鐵板幾乎布滿紅褐色的鏽斑，抬頭一看，電視天線已斷，屋簷的排水導溝也已鬆脫垂下。顯然不是人能夠日常營生的環境。更確切地說，所有窗戶和防雨窗都緊閉著，任由雜草長到大門前，與其說是空屋，不如說幾近廢墟吧。不用說，這邊明顯比青木莊要「淒慘」得多。

玲子個人感到好奇的是，每一戶的牆上都伸出一支前端像筆頭菜一樣膨起，基本上在都內沒有見過的金屬製老煙囪。

玲子忍不住發問。

「……那個是什麼？」

結果日野瞪大眼睛看了看玲子。

「主任，妳不知道那是什麼？」

「啊，嗯……不是，以前好像有在哪裡看過，可是我家沒有那種東西，朋友家也……」

中松用鼻子「哼」了一聲，抬頭往上看。

「……是廁所的煙囪。以前家家戶戶都是抽水式廁所，臭得不得了。為了讓臭氣排出，上面會加裝風車。」

原來如此。

「嗯，我完全不知道。」

「哎呀，主任是大小姐嘛。」

平時日野經常挖苦自己，但「大小姐」這稱呼似乎是頭一次聽到。

先不管這事。

「那麼，我們分頭去拜訪鄰居吧。問他們對這裡的屋主、住戶知道些什麼事，什麼時候變成這樣的狀態，為什麼會變成這樣……」

雖然不是故意找麻煩，但玲子命令小幡和自己、日野和中松一組。

一下子便弄清楚屋主的事。

住在離這裡約五百公尺處的村田郁彥，五十七歲。目前似乎專事農業，沒在經營房屋租賃。據他表示，正如玲子他們所見，建築物已老舊到留不住房客，話雖如此，但不論改建或拆掉都要花錢，所以就放著不管。最後一位房客約在十年前搬走。那時郁彥的父親視正充還在世，由他負責管理，郁彥本身對住戶的事幾乎一無所知。

「你對峰岡里美這位女士也沒有印象嗎？她今年四十九歲，十年前的話，應該差不多四十歲。」

「沒印象。因為我當時還在千葉市內的眼鏡行上班。頂多在插秧和收割時會回來幫忙，這邊的事我完全不清楚。」

「有沒有留下什麼文件之類的，可以知道當時這裡住著什麼樣的人？」

「沒有這類文件吧……都已經那樣了。父親也上了年紀，似乎開始覺得一切都很麻煩。他好像對房客說要斷水斷電，叫他們趕快搬出去，帶走要的東西就行了，不要的東西他會處理掉。……總之，十年前就是那樣的設備。用的又是桶裝瓦斯。住戶全是不知從哪裡流落到此的窮光蛋。個個似乎都嚴重拖欠房租。」

即使如此，據說他依然保有每一戶的鑰匙。玲子問能不能看一下裡面，他很爽快地答應了。

「不過最好要有心理準備……畢竟一直鎖著沒去管它。應該很髒吧。」

從村田家緩步走回剛才那座廢墟。根據小幡的報告，峰岡里美的地址只有在門牌號碼後面加上「B-3」，並沒有整棟公寓的名字。

玲子向郁彥詢問這件事，郁彥表示：

「啊，沒有名字喔。我們都叫它『長屋』，附近鄰居大概都叫它『村田先生的公寓』吧。」

一來到「B-3」的門前，郁彥隨即小聲嘀咕道：

「……搞不清楚是哪一支，不過十二支都在，一下子就會打開了吧。」

「不好意思，麻煩你。」

不出所料，起初的五、六支都打不開，到了第七支左右，忽然聽到一聲清脆的卡嚓聲。

「看吧，打開了。」

「感謝你。」

玲子請郁彥開門。

「……打擾了。」

玲子先察看一下屋內。

除了玄關旁的窗戶之外，連正面房間的防雨窗也關著，因此從玄關看去，裡面暗到伸手不見五指。玲子從包包裡取出手電筒，試著照向那片黑暗，但只看得出像是衣物的東西散亂四處，還是不清楚細部狀況。

郁彥指著裡面。

「腳會弄髒。直接穿鞋子走進去沒關係。」

「不好意思。……那我們就不客氣了。」

戴上白手套，同時準備一條手帕用來掩口。

玲子他們請郁彥在外面等，穿著鞋子走進屋裡。

首先是廚房。杯麵的容器、麵包的包裝袋、零食的袋子、空的保特瓶。到處都是讓人聯想到窮苦生活所吃剩下的垃圾。可想而知，空氣中充斥著濃濃的黴味。水壺和鍋子都還留在洗碗槽的架子上，但因爐口四周也散亂著垃圾，可以推測最後並沒有人使用它。角落裡堆得像垃圾山的東西，仔細一看，竟然是被大量垃圾掩埋的小冰箱。

右手邊有兩扇門。猜想可能是廁所和浴室，但感覺不挪開垃圾便打不開門的樣子，於是決定稍後再處理。

裡頭是間八疊大的和室。這裡同樣滿是垃圾。還有多組棉被鋪在地上，這些棉被交纏在一起，形成奇怪的團狀物。衣物也散亂四處。無不變成土色，不撿起來攤平便看不出原來的圖樣。

手電筒的光圈照到一台直接擺在榻榻米上的小型映像管電視機。伸長的室內天線掉落在一旁。沒有看到其他電器產品。也沒有桌子和椅子。左手邊是牆壁，右手邊是壁櫥。

中松走到裡面，接連打開玻璃窗和防雨窗。

正想感謝終於有新鮮空氣和室外光線流入屋內，哪知揚起的灰塵一下子就遮蔽了視線。日野大喊一聲：「喂！」表示抗議，中松大概也很清楚這種情況，把防雨窗全部打開後，立刻關上玻璃窗，阻斷空氣流入。

玲子關掉手電筒，用手帕捂住嘴巴，瞇起眼睛環顧變得明亮的室內。

榻榻米和棉被皆宛如古地圖一般。褐色污漬形成歪斜的陸地，東造一塊大陸、西造一座小島，構築出奇特的世界。一隻看起來像老鼠的小動物屍骸就在裡面。不過，目前倒沒有看到蒼蠅或蟑螂這類昆蟲。難道這裡已是連這點價值也沒有、是完全乾涸枯槁的「死亡之屋」嗎？

玲子在棉被底下發現類似小片瓷磚的物體。蹲下來一看，馬上便知道那是什麼。是小孩子玩的遊戲軟體，而且應該是攜帶式小型遊戲機專用的。卡匣式遊戲片本身雖然與玲子童年時玩的遊戲片相近，但尺寸明顯小很多。用眼睛粗略數了一下，有十片以上。

玲子一一拿起來細看。雖然髒，但都能清楚辨識遊戲名。好像幾乎都是動作類遊戲。賽車、迷宮、格鬥類。感覺相似的遊戲名似乎不少，仔細一看才知道，原來有完全一樣的遊戲片混雜其中。是峰岡里美弄錯，買了一樣的遊戲片給兒子嗎？掀開棉被一角，發現遊戲機主機和應該是遊戲機所使用的電線。

背後傳來物體滾落的低沉聲響。大概是有人推開壁櫥門吧。

回頭一看，小幡正站在推開一扇拉門的壁櫥前。

「……主任。」

他邊說邊轉頭看向這邊。

原本被小幡擋住而看不見的壁櫥內部，逐漸躍入玲子的眼簾——。

隔成上下兩層的壁櫥上層。

孤伶伶被棄置在那裡，小小的一團。

穿著土色衣服、幼小孩童的身軀。
只剩下兩個窟窿的眼睛、鼻子。缺了幾顆門牙的嘴巴。
玲子命令身旁的日野。
「……趕快聯絡千葉縣警局！」
雖然沒有明確預料到會有這樣的狀況，不過玲子的心裡絲毫不感到驚訝。

除了柏市警局，連千葉縣警總部的偵查員也趕來現場。
不用說，當然是由玲子向他們說明情形。
「……所以，從頭到尾就只是非強制性地拜託村田先生讓我們看一下房子。並非在那之前就掌握線索或依據，判斷那裡可能會有屍體才進去的。」
從縣警總部的立場來看，警視廳的人未經許可便進入縣內建物，並發現白骨屍體。當然會覺得有失顏面，可能想以某種形式責難玲子的越權行為吧。
不過，玲子也準備好足以壓制對方的理由。
「我們在偵辦都內發生的一起案件過程中，發現有名住所不明的兒童。我們的目的只是要收集和那起案件有關的情報。如果今天市府有辦公，當然會先協調好，請市府人員同行，不巧今天是假日。不得已只好自行向周邊的居民打聽……就是這麼回事。」
縣警搜查一課的管理官眉頭深鎖，勉強點個頭。

「……那麼，我們要全面偵辦這件案子，沒問題吧？」

「那當然。我們也準備協助各位調查遺體的身分。被認為是最後住在那間屋子裡的女性，目前在我們的監控之下。如果需要的話，也可以要求她提供ＤＮＡ。」

看到管理官再一次點頭，玲子繼續說。

「……不過相對的，也要將驗屍報告和這間屋子的鑑識結果向我們公開。」

管理官剎那間露出嫌惡的表情，但不用想也知道那樣行不通，很快便點頭回應。那是當然的。他可不希望看到週刊這樣寫：警視廳的警察在縣內公寓發現一具童屍，縣警總部接獲通報後才知道有這起棄屍案。

「那麼，麻煩你了。」

由於能報告的全報告了，玲子等人於是離開現場。

傍晚回到本所分局。有關柏市一案的報告書，及對越野股長的報告，玲子都交由日野和中松負責，她和小幡則三度前往峰岡里美入住的醫院。

到達時是傍晚五點。距離晚餐還有一個小時左右。不過，這和里美一點關係也沒有。

「……打擾了。我是警視廳的姬川。」

才一、兩天的時間，情況不可能有多大的好轉。里美依舊是一直盯著天花板。玲子他們就算走到床邊，她也絲毫不理睬。

「傷口狀況如何？一直用相同的姿勢躺著，想必很累吧？我也有過多次經驗，所以能體會。醫院的病床躺起來其實沒那麼舒服，妳說是不是？」

圓椅被移到病房一角，小幡一次搬兩張過來。

「……謝謝。」

玲子坐下後，里美靜靜嘆口氣，閉上眼睛。目前無法從她的表情讀出任何訊息。不用說，那是她刻意所為。從某個角度來說，她應該是個性格剛強的人。

「今天，我們去了柏市的布施。也去看過妳以前住的那棟公寓。」

里美摒住呼吸。

「在附近四處打聽之下，很幸運地見到了房東。我們向他詢問過妳的事，不過很遺憾，他似乎不記得妳。」

以為她至少會安心地鬆口氣，但連此都沒有。

「……不過，房東讓我們看了一下屋子裡面。」

玲子注視著里美數秒。

病房內的時間彷彿暫停了。里美凹陷的雙眼依然緊閉著。唯有連接著右手臂的點滴試圖低調地完成自己的任務。

「我們在那裡的和室找到一具小孩的白骨。現在正由專家進行鑑定，稍後會得知詳細結果，但就我所見，看起來像是三、四歲……差不多那麼大的小孩。」

里美緩緩地吸口氣。感覺呼吸似乎不太順暢，很痛苦的樣子。

「……首先我想請教一下，峰岡女士，妳知道那具遺體是誰嗎？」

胸部吸飽氣之後，動作便停止。

「昨天我也問過妳，妳的兒子重樹，十二年前原本預定要進入市立小學就讀，對吧？然而，實際上他並沒有入學，因為妳沒有遷住民票，我們推測他應該很難到別處就學。……怎麼樣？妳有沒有想到，那屋子裡的白骨可能是誰？」

這時，里美總算微微張開嘴巴。

「用不著……這樣拐彎抹角地問吧？」

好難聽的聲音。又乾澀又沙啞的聲音。不清楚是平時就這樣，還是這一兩天幾乎沒說話才變成這樣？不過，玲子並沒有感到不舒服。她的聲帶完全生鏽了。宛如那棟公寓的外牆。

「我只是在陳述到目前為止已經查明的事實。我當然也可以從這些事實去推測案情，不過可以的話，我想聽妳自己說。」

里美的嘴角痛苦地扭曲。

「……妳想說那是重樹對吧？說找到一具白骨什麼的，妳就是想說那是重樹不是嗎？」

本人也許已用盡力氣發出聲音，可是實際上並不怎麼大聲。
「是這樣嗎？」
「什麼……是這樣？」
「那具白骨是重樹嗎？」
「……是又怎麼樣？」
她的沉默給人一種「強硬」的感覺，但那似乎只是「倔強」或顯現出「我是強者」的意思。更深入認識的話，也許會漸漸看到她的「強烈欲望」。里美的內在有著這種「負面的強度」。
「峰岡女士。骨骸保存得那樣完好，至少那孩子和妳之間有沒有血緣關係，調查一下就會知道了。這麼一來，警察當然會來找妳問話。不是警視廳。千葉縣警局的偵查員幾天內就會來這裡。想必也會來找我問話吧。到時候，我該如何回答他們呢？那具白骨是重樹的話，那又怎麼樣……難道我要告訴千葉縣警局的偵查員，峰岡女士只有這樣說嗎？」
里美微微張開眼睛。總算肯面對現實了嗎？
「……我就說是了，不是嗎？」
沒有說。里美至今一次都沒有承認。
「妳說的『是』，是指什麼意思？」

「就說了……是重樹！」

「什麼是重樹？」

「屍體啊！我們不是在談屍體嗎？妳們在壁櫥裡找到一具白骨不是嗎？就是那個！那就是重樹……我從剛才就一直這麼說了。」

玲子剛才說是在「和室」找到的，完全沒提到「壁櫥」。如果是一般的偵訊，這是很重要的「祕密揭露」。

玲子點一下頭，刻意放軟聲調問她：

「事情為什麼會變成那樣呢？」

里美依然看都不看這邊一眼。

「……不知道。不記得了。」

「不，妳記得。重樹是怎麼死的，又是在怎樣的狀態下被棄置在那間屋子裡，妳一定記得清清楚楚。……請說出來吧。屍體都已經找到了。現在不是妳默不吭聲、裝傻到底就有辦法解決的狀況。」

里美緩緩嘆了一口氣。也許她正在自問：應該從何說起？到底又是哪裡做錯了呢？

「……唉……真要說的話，就是……男人吧。」

她說到男人這兩個字，聽起來不帶任何感情。

「峰岡女士，妳沒有結婚，是吧？」

「是啊……我與重樹的父親是婚外情……我這人沒什麼學問，不可能像刑警小姐那樣有份稱頭的工作……頂多是在酒吧裡賣俏、拍男人的馬屁……即使這樣，年過三十後，我開始漸漸感到不安。每天都想著，再這樣下去會愈墜愈深。年輕時要是心一橫去賣身的話，也許還能存到錢……不，這也很難說。那樣搞不好會養小白臉，就全沒了。」

玲子試著想像年輕時的里美，但想像力老是往不怎麼好的方向發揮。腦中只能描繪出雖然年輕，但性格陰沉、散發著灰暗氣息的女人形象。

「我以為懷孕就能稍微留住對方的心。因為對方沒有小孩……可是沒用。他也不願意承認。……大概是兩百萬吧。只給了我兩百萬，之後就沒消沒息。……老實說，我覺得生小孩真是虧大了。何況我原本就不喜歡小孩。一直覺得小孩很礙事。雖然也想過很多，比如學會走路之後，是不是就會覺得他很可愛；學會說話的話，是不是就會對他產生感情；如果是女孩的話，是不是會不一樣之類的，可是這些都沒有發生。我根本就不適合養小孩……所以說，慢慢地。只要給他食物，他自己就會吃，也學會自己去上廁所。於是我開始覺得，啊，放著不管他也沒關係。原本以為還早得很，沒想到這麼快就能對小孩子放手……不是有句話說，就算沒有父母親，小孩也會自己長大嗎？就是這樣喔。」

玲子強忍住想要罵她一句「荒唐」的衝動。

「然後呢？」

「……什麼然後……反正對刑警小姐來說，事不關己……也是啦。只要去上班，有沒有小孩都不干我的事。就算被人問到，我也回答沒有。不久之後，我變得只要一出門就把小孩的事拋到腦後。那樣也比較輕鬆。我甚至會想說，自己是不是還有別條路可走……不是我自誇，我以前也挺有男人緣的。問題是，那人是不是好男人。不論是經濟方面，或是做人方面。只是……女人不是都會盡量不去看對方的缺點嗎？硬是強迫自己相信，除了他，自己一無所有，想盡辦法要拴住對方，女人就是會為這種事拚死拚活對吧？」

玲子的想法與她南轅北轍，也完全不認為那是一般的論點，但這時候否定她也沒多大意義。

「……也許是吧。」

「是不是？所以說……我有時會在旅館過夜，有時在男人那裡過夜……我不敢跟對方說我不能過夜，家裡有小孩在等著，這種話我死都不會說，也絕不想讓對方知道。……然而我一回家，孩子就會說：『媽媽妳回來了。』出乎意料地淡定。只要叫他聽話，給他麵包、果汁、零食之類的，他好像就會做好自己的本分。實際上，他做得很好。並沒有什麼問題。」

哪裡「沒問題」了！

「可是，從結果來看，重樹死了。」

「是沒錯……大概是生病吧。我一回家就發現他死了。」

「之前都健健康康的嗎？」

「要說是健康嗎……感覺他總是半睡半醒的樣子。老是在看電視、玩電動，沒什麼時間概念之類的。……我也搞不太懂。」

「什麼時候死的？」

里美微微偏著頭。

「好像是快要上小學之前。我還想說，上學之後會更輕鬆，不用再那樣照顧他。哪知，他怎麼會在那之前就死了，真的好想哭……也覺得有點害怕。心想該怎麼辦？要怎麼做才好？被人發現的話會怎麼樣？……擱在那裡不管他，一陣子之後就開始腐爛，因為實在很臭啊，我也漸漸不想回到那間屋子。然後房東就說，不付房租就滾出去，東西擱著不帶走也行，總之就是搬走……我問房東，搬走之後，這間公寓要怎麼辦，他說要拆掉，搗毀所有的一切，然後直接扔了……於是我心想，這樣也好。」

就算要拆掉，一般也會先將內部清空。照常識判斷，不可能會任由東西留在建築物內便直接解體，然後將所有東西和廢料混在一起丟棄。可以說，這件案子就是因為建築物實際上沒被拆除，才會這麼晚被發現。

里美繼續說。

「……我也有給他手機。心想他有事應該會聯絡我。事實上，一開始他真的有打給我。問媽媽妳在哪裡、什麼時候回來……好煩喔。我跟他說，我正在工作，早上就會回去，一陣子之後，慢慢地我也懶得接電話了……小小年紀，這方面算是滿懂事的。漸漸地就不再打電話來了，我也因此感到安心。俗話說，沒消息就是好消息。」

她有很多話想說。

儘管孩子是在期待下出生的，但事情變得不順利之後就任由他自生自滅，然後死去——雖然這理由說不過去，但在事情演變成那樣之前，可以做的事應該有很多。假使自己沒有能力撫養，應該可以託給親戚或是行政機關。柏市及其周邊就有兒童諮詢所和養護機構。為什麼在明白自己沒有那個能力時不願把孩子託給他人照顧呢？

不過，玲子現在不說這些。玲子的任務不是要確認白骨的身分，也不是要讓遺棄致死罪成立。自始至終就只是為了查明里美和襲擊她的犯人之間的關係。

「……那麼，我再問妳一次。妳認識前天持刀砍傷妳的男性嗎？」

一旦開了口，想必里美也多少感覺輕鬆了點。

「不認識。完全沒見過這男人。」

十分爽快、毫不遲疑地回答。

與此同時，玲子外套口袋裡的手機震動了起來。昨天來這裡時向院方確認過，只要將手機切換成靜音模式就能使用，所以今天也這麼做。

「等等，我接一下電話。」

掏出手機，螢幕上顯示著都內的號碼。八成是本所分局打來的。

玲子站起身，但沒有走出病房，當場就講了起來。

「喂，你好。」

『喂，是姬川主任嗎？』

「我是。」

『辛苦了。我是本所分局的越野。現在方便嗎？』

玲子用斜眼大致瞄了一下里美的樣子。

「……可以的，沒問題。」

『剛剛警備課的人打電話來說，嫌犯的意識恢復了。雖然還不能說話，但暫且保住一命。』

「這樣啊。我知道了。」

『姬川主任要過去嗎？』

「不……如果要過去，我會先回分局一趟。」

『了解。』

按下結束通話鍵，將手機收回口袋，同時重新面向里美。那雙眼睛依舊直直望向天花板，但玲子有注意到。

在玲子講電話期間，里美至少朝玲子的方向看了兩次。明顯很在意談話的內容。越野的聲音也多少有傳出來，她很有可能已經知道電話的內容。

不過，玲子故意與她硬碰硬。

「峰岡女士。犯人已經恢復意識了。」

沒有回應。但對玲子來說，這沉默就是最好的告白。

里美認識犯人——。

玲子沒有坐下。

「……那麼，我們先走了。」

說完，小幡也猛地站起，開始收拾椅子。

大概是在準備晚餐吧。具有保溫功能的送餐車靜靜地從走廊外頭通過。粉紅色、圓圓的、設計很可愛的麵包車。在醫院這個充滿「疼痛和不安」的地方，那樣的顏色和形狀，想必會與「用餐」的樂趣一同帶給患者平靜和安慰。

不過那台送餐車不會開來這裡。

玲子覺得這樣很好。

這樣的溫情，即使只是一點點，對峰岡里美這女人來說都是多餘的。

回到本所分局，一走進刑事課，原本坐在自己座位上的越野立刻起身，彷彿已等候多時。

「啊，姬川主任……請到會議室這邊。」

他比出手勢，另一隻手同時在整理什麼文件。

當越野來到走廊上時，玲子問他：

「那是什麼？」

「剛才透過傳真送來的柏市一案的報告。不過只是概略的初步報告。」

一走進會議室，發覺日野和中松也在。

「辛苦了。」

「辛苦了。」

玲子找了個空位坐下，越野也在她隔壁坐下。接過文件，大致瀏覽一遍。日野問：「那什麼？」小幡回答：「柏市的報告。」不一會兒，三人便並排在玲子的身後張望那份報告。

開頭是鑑定報告。不是專科醫師所做的驗屍報告。而是警方所做的屍體狀況調查報告。

根據這份報告顯示，死因不明、骨骼沒有缺損、年齡約兩歲到四歲、性別不詳，但由衣著的形狀來看，推測應是男孩子。更詳細的部分，只能等待縣警委託的專科醫師製作的驗屍報告。

接著是鑑識報告。

堆積在廚房裡的垃圾。麵包和零食類的製造日期，最近的是十年前的三月十二日。看來直到十年前為止，里美他們都一直住在那間屋子裡。不過這麼一來就和屍體的年齡多少有些出入。重樹如果活著，今年十八歲。再怎麼看，那死去的孩子軀體頂多四歲。加上十年也只有十四歲。不過，這有必要將死亡時的健康狀態，尤其是營養狀態納入考慮。假使是餓死的，那麼死亡推定年齡便有可能比實際年齡要小很多。

浴室和廁所。除了相當髒之外，沒有特別引人注目的報告。

接下來是裡面那間和室。榻榻米及棉被上的大部分污漬很可能都是屎尿造成的。如果玲子記得沒錯，天花板並沒有大片漏雨的痕跡。這樣一來，死因的追究便自然要移到日常的各種事物了。

繼續往下看，出現採集到的證物清單。

玲子仔細看著有關散布在棉被底下那些遊戲軟體的那一項。報告上詳細列出一片一片遊戲卡的名稱。

「怎麼了？主任。」

雖然有聽到日野的聲音，但大腦拒絕做出反應。玲子專注地看著這份遊戲名稱的清單。

機器人英雄大戰、馬利兄弟II、Punyu Punyu冒險物語、成長喵2、鬥龍戰士、超級馬利賽車、鐵男孩傳說、大家一起玩遊戲卡9、汪汪大進軍・節慶廟會GO、Daiborg Silver-Z、成長喵3——。

原來如此。感覺這個很值得稍後繼續調查。

「……越野股長。」

「什麼事？」

「嫌犯什麼時候才能說話？」

「這很難說。因為是自己割頸自殺。不管傷勢輕還重，畢竟是靠近喉嚨。說話應該會很難受吧。」

這倒是真的。

「這麼說，就要看他本人的體力了。」

「應該……是這樣吧。」

總之，不直接見面就很難做什麼。

隔天，玲子早上第一件事就是前往嫌犯所住的醫院。同行的是越野股長和小幡。

這家醫院的規模比里美那間來得大，雖然沒有直接的關聯，但病房相對寬敞。負責在裡面監視的據說是兩名刑事課人員。好像與最初負責的警備課人員交接了勤務。

越野小聲問其中一名刑警。

「……開口說話了嗎？」

「叫他會有反應，但只有這樣而已。」

和峰岡里美沒什麼差別的意思嗎？

嫌犯整個頸部纏著一層又一層的繃帶，臉色也多少有些蒼白，但頭髮正常地露出來，比原本預想的要健康的樣子。至少，看起來不像是昨晚還在生死邊緣徘徊。和里美一樣，身上只有連接點滴的管子，沒有人工呼吸器之類的儀器。

玲子用眼神知會越野後，走到病床邊。

站著察看嫌犯的表情。

「……早安。我是警視廳的姬川。以後由我負責偵訊你。可以吧……峰岡重樹先生。」

斜後方傳來越野和小幡同時倒抽一口氣的聲音。

不過，嫌犯的反應比他們更大。

瞪大了眼睛，與玲子對視。

沒錯。所謂的偵訊，開頭最關鍵。

「關於你三天前犯下的案子，我有許多事想問你……不過，你現在覺得如何？可以說多少？能出聲嗎？」

這時，嫌犯移開視線，開始嘗試發出聲音。

呼氣中慢慢夾雜著聲音。微微發出啊、啊、喔、喔，可是一旦要化為具體的語言，還是會伴隨疼痛的樣子。一改變嘴型，表情立刻劇烈扭曲起來。而且似乎會影響到患部，因此暫時閉起嘴巴一動也不動。

「沒關係，不要勉強。時間多得是。我們先從能用『Yes』、『No』回答的問題開始吧。……你是峰岡重樹沒錯吧？」

嫌犯皺起眉頭，咬了咬嘴唇。雖然沒吐出半個字，但與里美的沉默在本質上明顯不同。意義也不一樣。嫌犯正在拚命思索。但不知道該怎麼回答。不管回答「Yes」或「No」都與事實不一致。

恐怕那沉默代表了這樣的意思。

「你現在並不是以峰岡重樹的身分活著。沒有用這個名字過生活……是這個意思嗎？」

這時，他輕輕點個頭。不過似乎因為這樣的小動作，讓頸部的傷口痛了起來。

「你不必勉強。只用眨眼睛來回應也沒關係。眨得快表示『Yes』，眨得慢表示『No』，這樣你就沒問題了吧？」

對此，他快速眨一下眼。確實看著玲子的眼睛點個頭。

「好的。謝謝你……順便問一下，你的手能動嗎？必要時就用筆談。可以嗎？」

再次快速眨動一下。「Yes」。

「……小幡警官。」

一回頭，小幡已將自己帶來的筆和記事本準備好。

玲子接下筆和記事本，朝他伸過去後，嫌犯小心謹慎地從棉被裡伸出雙手，以免牽動到頸部的傷口。

右手臂上雖然扎著點滴的針頭，但只是寫幾個字好像沒問題。他自己擺好記事本，握起筆來。

「那麼，可以請你寫下現在的名字嗎？」

他又眨了一下眼睛，但這應該沒有什麼意思。真的只是普通的眨眼吧。

嫌犯一個字一個字仔細地寫下來，儘管筆觸軟弱無力。

內、田、茂、之。

「內田茂之先生，這樣念對嗎？」

短短的「Yes」。

「這是確實登載在戶籍上的名字嗎？」

對此也是「Yes」。

「意思是，在那之前叫峰岡重樹？」

停頓了一下才回答，但同樣是「Yes」。

「這麼說，你後來在兒童養護機構或什麼地方住過，之後再成為內田家的養子，是嗎？」

對此是「No」。這可以解釋為，他是以棄兒的身分受到保護，再由當地的首長命名，另設新的戶籍。「重樹」之所以變成「茂之」，可能是因為本人記得名字，但發音不標準[10]，或是聽的人聽錯了的緣故。

「那麼現階段為了方便，我就稱呼你內田先生。……三天前，錦糸三丁目的馬路上發生一起持刀砍人案。被害者有三人。最先遭到攻擊的峰岡里美女士身受重傷，三個月才能痊癒。正好從現場附近的餐廳走出來因而遇襲的小野彩香小姐，要三個星期才能痊癒。和她一起的菅沼久志先生……很遺憾，當場傷重身亡。」

嫌犯內田茂之——峰岡重樹，臉上瞬間失去所有表情。

連眨眼、呼吸，甚至是脈搏都看似停止。

里美還活著，和殺死另一個陌生人。這兩件事究竟何者對重樹的衝擊較大？

「……殺害菅沼先生，殺傷小野小姐和峰岡女士的是你嗎？」

嘴唇開始微微發抖。

「是你嗎？內田茂之。」

10：重樹的日語念作shigeki，茂之念作shigeyuki。

兩眼失去焦點——。

連要怎麼回答「Yes」和「No」都忘了嗎？重樹從喉嚨深處用力擠出不成聲的一句「是」。

「……我明白了。你的傷也尚未痊癒，今天不會逮捕你。所以現在是非強制性的偵訊。」

再次只用氣音發出「是」。接著又眨了一下眼睛，表示「Yes」。眼裡積留的東西溢出，滑落到耳畔。

「……關於罪行的部分，日後到分局會再好好問清楚，在那之前，我想先確認幾件事。……你還記得曾和母親峰岡里美一起住在千葉縣柏市的公寓嗎？」

濕潤的雙眼再次瞪大。他用不知道該如何理解這問題的表情看著玲子。

「……柏、市？」

「對。千葉縣柏市一個叫布施的地方。還記得嗎？」

他緊緊閉起眼睛，表示「No」。

玲子原本打算繼續追問，但重樹先開口問她：

「那、個……房、子……」

「房子，是指那棟公寓？」

「對……不、在、了、嗎……」

「不，還在。原封不動地留了下來。」

「……那……那間、屋子……裡……」

不記得地名，但還記得在那間屋子裡發生的事。是這個意思嗎？

「是，那間屋子怎麼了？」

淚水不斷自重樹的雙眼流下。那極盡折磨的苦痛讓整張臉扭曲變形。

「那間……屋子、裡……弟、弟……」

「你弟弟？」

「對……我弟……在。」

啪！重樹手中的記事本掉落在地上。

玲子用雙手扶起他空了的左手。

「有找到喔。很小的男孩……那是你弟弟是吧？叫什麼名字？」

「小、弘……。」

「是嗎？小弘。我們找到了他完整的軀體。……不過，根據我們的調查，在戶籍上，峰岡里美女士只有你……重樹一個兒子。所以，我們起初認為那個小孩可能是重樹。可是，不是……你和小弘相差幾歲？」

重樹忍著頸部的疼痛，拚命試圖組織自己的話。

「大概、五、歲、左右……」

「還記得他出生時的事嗎？」

「一、點點……在、那間、屋子……那個、人、自己……生、下來。」

里美在自己的家生下第二個小孩，但沒有報戶口。意思就是這樣。

重樹繼續說。

「有了、弟弟……好、高興……幫他、換、尿布……做很多、事……那、時候……很、幸福……那、時候、那人、也、最、溫柔……可是、小弘、會走路、之後、漸漸、不、回家……和小弘、兩人、一起過、的日子、變多……小弘、尿床……我想、弄乾淨……可是……一回來、就生氣……打電話、也、不接……可是、我和、小弘、兩人、在一起、不會、寂寞……小弘、沒精神……我把、自己、的、麵包……或零食、給他……我、竭盡、所能……不讓、小弘、哭泣。」

峰岡里美說的幾近真實。不過當中夾帶了一個大謊言。

遭到她冷漠對待的不是重樹一人，而是重樹和弟弟小弘兩人——。

「你有和弟弟一起玩電動嗎？」

重樹驚訝地抬眼看了看玲子。

「有……只要、求那人、就會、買、遊戲、給我們。不用、花工夫、小孩、就會、乖乖的、這種事、她會做。小弘、也會、玩、簡單的、遊戲……賽車、或是、養寵物、之類……小弘、玩得、不好……不過、我們、很常、一起、玩、賽車。一撞車、小弘、就、咯咯笑、很高興……很開心、的樣子。」

警方扣押的遊戲軟體中，有些有兩片是一樣的。調查後發現，那些重複的遊戲卡不是透過電線連線同步進行的對戰遊戲，就是團隊合作型的遊戲。

從里美的口氣聽來，很難想像她會和孩子一起玩電動。這表示，對戰對象另有其人。換句話說，重樹可能有個哥哥或弟弟。如果是這樣，就機率來看，弟弟的可能性比較高。而那具白骨難道就是弟弟？

簡單說，玲子認為峰岡重樹還活著，而這就是嫌犯是峰岡重樹的依據。

「這樣啊……小弘也最喜歡哥哥了。」

小哥哥和小弟弟。

在那間屋子裡描繪的世界地圖，一定是只有兩人的——。

重樹用力咬緊牙根。

「……最後、那一天、小弘、也是……在玩、電動、玩著玩著、睡著了。我也、一起、睡著了……可是、那人的、聲音、吵醒、我……還、很早、暗暗的……突然、打我。問我、怎麼了、發生、什麼事、做了、什麼……小弘、死了。罵我、怎麼、沒、好好、照顧、他。非常、生氣……對我說、是你、害死的。」

腦中浮現出拂曉時分那間昏暗的和室。

在滿是污漬、皺巴巴的棉被中，蜷縮著睡覺的小兄弟。俯視著他們的黑影。映在年幼的重樹眼裡，那身影肯定像是從黑暗中跑出來的惡魔。
披著黑暗之色、神色如惡鬼的母親——。
「是誰把小弘移到壁櫥裡的？」
「是、她。不想、放在、看得見、的地方……應該是。」
「可是，那之後還是繼續住在那間屋子裡？」
「……對。我、是、這樣。那人、幾乎、沒回來。可是、有一天、說要、搬家。突然、帶我、離開、那間屋子。留下、小弘……帶我到、完全、陌生、的城市……過了、好幾天……在、公園的、長椅上……要我、在那裡、等她、就這樣……到了晚上、那人、沒回來……我知道、自己、被遺棄了。」
玲子原本一直握著重樹的手，現在則將它放回棉被上。
「……可是，你不是有手機嗎？」
「那時候、被她、沒收了。我、什麼、也沒帶。」
「電動也沒有？」
「啊……只有、帶著、電動。裡面有、和小弘、最後、一起玩的、賽車。」
應該是吧。所以那間屋子裡才會只有一台遊戲機。但卻有同步連線用的電線。
那之後，大概有人給予重樹庇護，再交給警方，然後被當作棄兒，辦理新的戶籍。

不明白的是這之後的事。

「為什麼事到如今才要向母親報仇？」

重樹用力皺起眉頭。

「……我記得、電話、號碼……」

「那早一點跟她聯絡不就好了。」

「我想、她不會接……打給她、會造成、困擾……可是、住在、育幼院、期間……我慢慢、明白、那、不正常……國中、畢業、後……我、鼓起、勇氣、打給她……心想、絕對、不會接、沒想到、接了……也聽到、聲音……我、什麼也、沒說、很快、就被掛斷、電話、可是、我打了、好幾次、聽到、有人說、錦糸町、錦糸町……此外、還傳來、可能是、小鋼珠、的聲音……我在、那一帶、搜尋、終於、找到。」

單單錦糸町車站周邊就有將近十家的小鋼珠店。不可能這麼容易找到。

「你花了多少時間？」

「三年……我要、工作……只有、假日時……」

不過，從重樹的表情也能明白看出，這並非出自思慕之情。

「持續搜尋了三年……那動機是什麼呢？」

「當年、我不懂、可是、怎麼想、還是覺得、害死、小弘的、不是我、只有可能、是她……我想、確認這件事……花三年、找到她……可是、不敢、馬上、去找她……不過、不知道、第幾次、我叫住她……她、把我、忘了……看到我、還問我、是誰……不過、我可能、也有說、自己是、茂之……我提到、小弘。我希望、她說、小弘、不是我、害死的……希望她、承認……可是、她說……隨便、怎樣都好……她已經、忘了……十多年來、我每天、都很痛苦、一直自責、小弘會死、是我害的、她卻說、這種事、隨便、怎樣都好……那時候、我就決定。我要、殺了她、然後自殺。死了、去找小弘……」

然而，重樹沒能殺死里美，反倒殺死完全不相干的陌生人——。

這不是用一句不幸的意外就能打發掉的事。重樹的行為，無疑是個任性妄為的殺人犯，既然菅沼久志沒有任何過失，就算要酌情量刑，也很難判斷他有什麼值得同情之處。

假使有其他能做的事，那就是控告峰岡里美犯下遺棄致死罪和遺棄屍體罪，不過這也都過了追訴期，不得不以不起訴處分。里美若有傷害小弘的事實，那就是傷害致死，若承認是故意，還可能犯下殺人罪，但這部分的偵查權限不在玲子他們手上。

這種情形絕不是第一次。不，如果不論程度大小，警察可以說每天都要直接面對這類法律的矛盾。

而且，自己只是遵守法律，被法律保護著。明知道有多矛盾，自己卻沒有立場去改變法律。

既然如此——。

雖然不可原諒，但無論如何腦海中就是會浮現一個想法。

至少，如果里美能死的話——。

死去的菅沼久志並不會復生，但就算如此，玲子的心中還是極不平衡。

結束首次偵訊後，重樹對準備離開病房的玲子說：

「刑警、小姐……謝、謝、妳。」

由於沒料到他會道謝，自己的臉上也許有些驚訝之色。

重樹繼續說。

「那人、看到我、也沒認出、是我……可是、刑警小姐、一開始、就叫我、重樹……又找到、小弘……謝謝……還有……對不起。」

對此，玲子什麼話也說不出來。

只能微微點個頭，並回他一個不太自然的笑容。

玲子這時還不明白理由。只是覺得自己不值得他感謝。她的確有這樣的感覺。是因為自己希望里美死去嗎？不，不單純是這樣。那又是為什麼——想不通。

製作筆錄的過程中，這疑問依舊在腦中徘徊不去。常常寫到下一行思緒就飄走了，不知不覺手便停了下來。

這種時候日野一定會出面提醒。

「主任，妳怎麼了？」

「……啊，沒，沒什麼。」

到了星期一，日野和越野去搜索「內田茂之」的住處；中松去重樹一直待到國中畢業的育幼院和相關公務機關調查；小幡則去他工作的地方收集情報。只有玲子留在本所分局的會議室裡繼續製作筆錄和調查報告。

中午過後，她到附近的超商去買三明治和蔬果汁回來。看著那外包裝，心想重樹和小弘連這樣的食物也要分著吃——就在她這樣思索的時候。

一個巨大的人影堵在會議室的門口。

玲子只是看到那景象，全身的細胞便同時沸騰。

那張熟悉、充滿笑容的臉，但卻帶著幾分落寞——。

「……菊田。」

「主任，我回來了。」

為什麼——。

「什麼？你怎麼會……可是管理官什麼也……」

「啊，是這樣嗎？他說已經和主任溝通好了，要我早點過來。所以我就去總部向課長報告，然後趕過來……」

笨蛋、笨蛋、笨蛋、笨蛋！

「就算是這樣也可以打通電話啊！」

「啊，也對……不過，這樣不是也挺好的嗎？」

菊田將背包卸下放在會議桌上，走到玲子面前。

「……菊田和男，警部補，今天起受命調到刑事部搜查第一課、凶殺案搜查第十一股。請多指教。」

十五度的敬禮。以前有覺得這動作這麼可愛嗎？

「……嗯……請多指教。」

只是握住他伸過來的右手，感覺就快被吸過去了。強壯、有力，溫柔又溫暖。

「主任……妳一定覺得很孤單。」

「笨蛋。我怎麼可能覺得孤單。」

「不過，妳可以放心了。」

「……什麼事？」

「我會保護主任的。」

這什麼話！你這麼說是什麼意思——。

「……菊田，你從剛才就一直叫我主任、主任的……你自己也是主任了，不是嗎？」

「是沒錯，可是這裡畢竟是姬川組。」
「很難說……搞不好會被人改稱菊田組……也說不定喔。」
「不。有姬川主任在的地方就是姬川組。」
菊田從口袋掏出手帕，遞給玲子。
是五、六年前菊田生日時，玲子送他的禮物中的一條。
不過玲子沒有收下。
我又沒哭，也沒有快要哭出來。

玲子說明完「錦糸三丁目持刀砍人事件」的梗概後，菊田遺憾地撇撇嘴。
「母親逼死次子，經過十多年後，這回換成憎恨母親的長子想把母親給殺了，是嗎……明明是母子，怎麼會走到這一步。虧這世上還有像高岡那樣的男人。」
高岡賢一。是以前玲子他們負責偵辦的「多摩川離奇屍體遺棄事件」的重要關係人的名字。高岡確實是個擁有強烈「父性」的男人。就結果來看，那過度濃烈的父愛讓他失去了理智。笨到無可救藥，但卻很正直的男人。
不過，被菊田這麼一說，把父親和母親、男人和女人這種身分對調之後，玲子頭一次有種能理解這個案子的感覺。
「嗯……可是出了家門，一不小心就會把家庭、孩子都拋諸腦後，從意識中消失，我想這種事一定不少見。」

「咦？」菊田訝異地看向這邊。

玲子點個頭後繼續說。

「所謂的工作狂，不就是這樣嗎？近年來似乎興起『奶爸』風潮，年輕爸爸也會幫忙帶小孩，但這種名詞會流行，就代表了『以前不是這樣』……女性也進入社會工作後，某個面向已男性化，埋首於工作中，把工作當成逃避的地方，當成藉口，漸漸不顧家庭……就算不至於演變成這樣的案件，但所謂放棄教養之類的情況，今後可能會愈來愈多……剛剛，忽然有這樣的感想。」

「原來如此。」菊田感嘆道。

「而和峰岡里美不同，沒有放棄養育小孩的認真母親，反而沒有地方逃避，說不定會因為育兒而出現精神衰弱。」

「不……若走到那一步，就變成是整個社會要如何養育孩子的問題了。我一點也不想把峰岡里美視為是社會失衡下的犧牲者，相對於她所犯的罪，我認為她受到的懲罰實在過輕……可是我也不認為自己和她沒有絲毫共通點，並非完全無法理解她……心想有了小孩就生下來，但發現養兒育女比想像中辛苦，才會說自己不適合養小孩……實際上里美也這麼說過，但這也不是什麼特別的想法，不是嗎？」

玲子闔上資料，將背重重靠在椅子上。

「法律再怎麼完備，行政支援再怎麼豐富，只要有像里美這樣的父母，像小弘這樣的無戶籍兒童就不會消失……不，問題不在那樣的父母。人不會因為生了小孩就自動變成稱職的父母。大概都是要非常努力，吃過許多苦頭之後，人才會漸漸成為父母。沒有決心要忍受這些辛苦的人，沒有資格做人家的父母……」

玲子說著說著，變得愈來愈討厭自己。

「我覺得自己就是典型的這種人……我現在當然沒有小孩，可是比如自己的父母……工作時，我基本上忘了他們的存在。感覺好可怕……想到親子之間，可能在不知不覺中帶有那樣瘋狂的情感……」

菊田搖了搖頭。

「不……主任不是這樣的人。主任……沒問題的。」

「這很難說吧。你並不瞭解我的那一面。」

「也許是這樣沒錯……可是，我知道主任有很多不同於那樣的一面。主任沒問題的。」

能聽到菊田這麼說，玲子感覺稍微輕鬆一些。同時想到峰岡重樹可能也是這樣。他只是想從里美口中聽到「小弘的死不是你害的」這句話吧，玲子再次這樣認為。

不行。感覺心情又要憂鬱起來。換個話題吧。

「……不過，菊田倒是沒問題。看起來會是個好爸爸。」

「啊，不……」

哎呀，說錯話了嗎？有些場合不太適合談這種話題嗎？

「抱歉。我好像說了不該說的話。」

「不、沒那回事……不要緊的。對不起。」

「對了……那要辦歡迎會嗎？現在組裡的人，總覺得很難相約去喝一杯，不過這是個好機會，邀大夥兒去熱鬧一下嘛！」

「喔，好……」

菊田的回答有點不乾脆。

「……幹麼？難不成沒辦法隨心所欲想喝就去喝？你老婆阿梓小姐有那麼可怕嗎？」

這麼問之後，才意識到這種說法可能也不太恰當。

看來，照以前那樣的步調似乎不太順。

有老婆的菊田，感覺有點麻煩。

索引 INDEX：草莓之夜

2016年1月1日初版第一刷發行

作　　著　譽田哲也
譯　　者　鍾嘉惠
副 主 編　陳正芳
美術編輯　鄭佳容
發 行 人　齋木祥行
發 行 所　台灣東販股份有限公司
　　　　　＜地址＞台北市南京東路4段130號2F-1
　　　　　＜電話＞(02)2577-8878
　　　　　＜傳真＞(02)2577-8896
　　　　　＜網址＞http://www.tohan.com.tw
郵撥帳號　1405049-4
新聞局登記字號　局版臺業字第4680號
法律顧問　蕭雄淋律師
總 經 銷　聯合發行股份有限公司
　　　　　＜電話＞(02)2917-8022

Printed in Taiwan

國家圖書館出版品預行編目資料

索引INDEX：草莓之夜／譽田哲也著；鍾嘉惠譯.
-- 初版. -- 臺北市：臺灣東販, 2016.01
面；　公分
ISBN 978-986-331-902-3（平裝）

861.57　　104025814